KB266490

유부녀 교사가
여고생 제자에게
푹 빠지는 이야기 3
이루마 히토마
일러스트 네코야시키 푸시오

CONTENTS

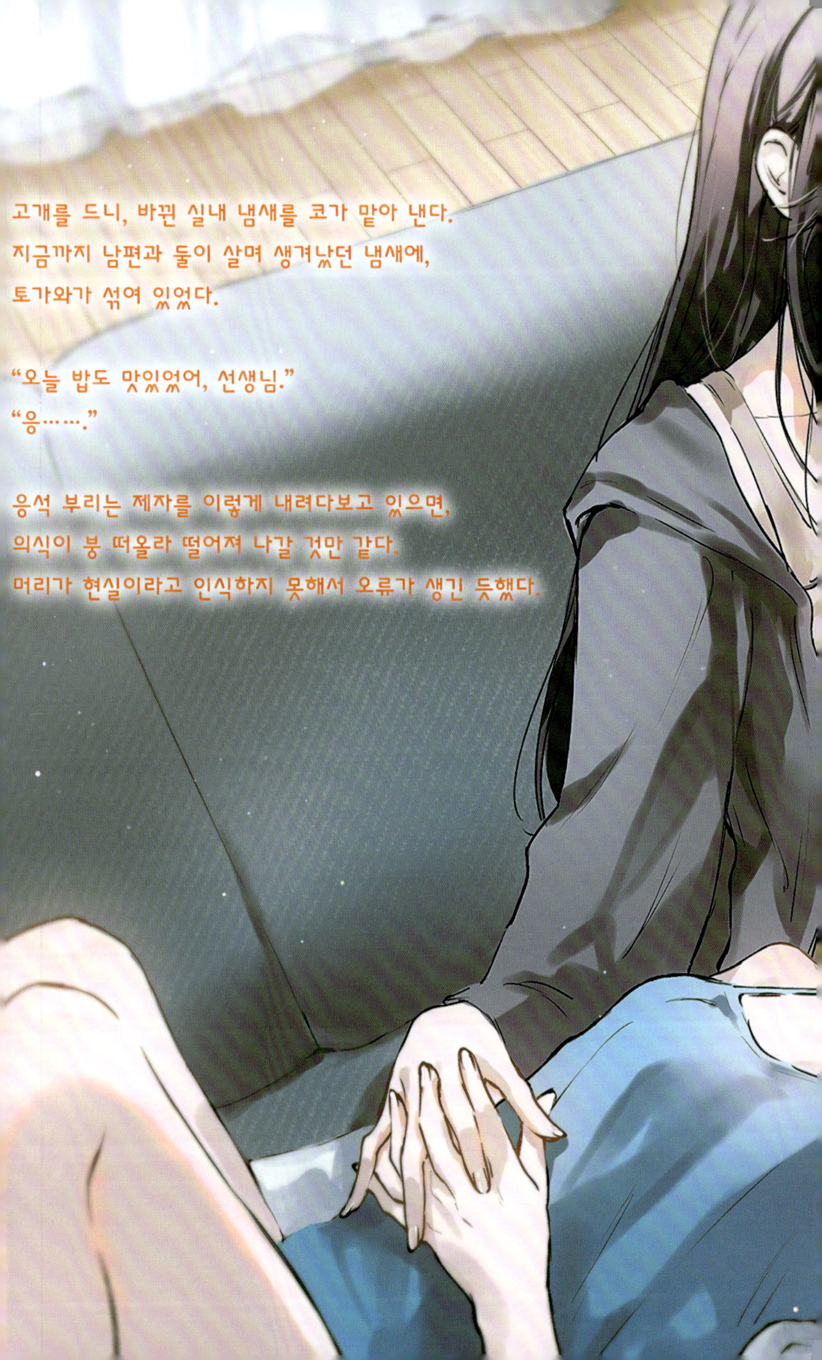

고개를 드니, 바뀐 실내 냄새를 코가 맡아 낸다.
지금까지 남편과 둘이 살며 생겨났던 냄새에,
토가와가 섞여 있었다.

"오늘 밥도 맛있었어, 선생님."
"응……."

응석 부리는 제자를 이렇게 내려다보고 있으면,
의식이 붕 떠올라 떨어져 나갈 것만 같다.
머리가 현실이라고 인식하지 못해서 오류가 생긴 듯했다.

"여우하고 둘 중에 고민했는데, 어울려?"
"무척."
토가와가 개 가면을 쓰다니,
마음이 포근해진다.
실례인가 싶으면서도.
"이츠키 짱도 어울려, 여우."

아아, 이따가도 토가와와 손을 잡고 같은 집으로 돌아간다는 사실이,
생각보다 훨씬, 훨씬 더 행복했다.
토가와를 놓지 않아도 된다.
우리가 시간에 의해 갈라지지 않는다. 적어도, 오늘 밤은.

『My Summer My Lady』

돌고 도는 여름이, 뭉게구름과 함께 감상을 실어 온다.

여름은 미미한 시작에서부터 강렬하게 빛나고 있었다.

영원히 끊어질 것 같지 않은, 날카롭고 가느다란 빛을 받으며 눈을 내리깐다. 살갗을 태우는 햇살과 작게 열린 입에서 새어 나오는 날숨의 온도가 비슷하게 느껴진다. 그러면 내가 여름의 일부에 녹아든 것처럼, 경계를 놓칠 것 같아진다.

여름이라는 계절에 나는 많은 것을 주웠다. 끌어안고 있던 것을, 하나씩 버리면서. 흐름이나 운명 탓에 그렇게 된 게 아니라는 건, 내가 가장 잘 알았다.

내가, 예쁘다고 생각한 것을 손에 넣었다.

예쁘다고 생각하지 않게 된 것을, 놓아주었다.

언젠가의 여름에 내버려두고 온 그것은, 아무리 비슷한 얼굴을 한 계절이 돌아와도 함께 돌아오지 않는다. 그 당연함을 받아들이면서도 때때로, 낡은 상처처럼 추억이 욱신거린다.

나쁜 일만 있었던 건 아니기에 떠올리는 것이 그다지 고통스럽지는 않다.

그렇지만 좋은 일만 있었던 것도 아니라, 떠올릴 때마다 이렇게, 나를 붙들어 두는 것이 불안정해진다. 사람을 상처 입혔다는 사실을 두고두고 신경 쓸 만큼 소심한 주제에, 픽, 겁 없는 짓을 했다며 자조한다.

그 여름을 지나쳐 지금, 남아 있는 것을 생각한다.

내리깔고 있던 눈을 어느새 감고 있음을 깨달았다.

어깨를 어루만지는 빛과 함께, 내가 여름 속으로 사라져 버릴 것 같다는 착각이 인다.

하지만 미지근한 바람에 실려 가는 열기는 살갗을 떠나, 나를 당연하다는 듯 놓아두고 갔다.

시간은, 신기하다.

가볍게, 확실하게, 결코 걸음을 멈추는 법이 없는데. 우리가 손에 넣으려고 하면 무거워서 도저히 안고 있을 수가 없다.

눈을 뜨기 직전, 선명하고 강렬한 날에 타오르는, 바다 내음이 닿은 기분이 들었다.

또다시, 여름이 찾아온다.

이렇게 먼 길을 한 바퀴 돌아올 때마다, 나는.

스물일곱의 첫사랑을, 띠올리지 않을 수 없다.

제5장 『갈라진 틈으로 물이 스며드는 것을』

그늘에 숨어 허를 찌를 생각 따위 없이, 정면으로 튀어 나와 나의 그림자와 함께 춤추듯 다가왔다.

파멸이라는 것이, 당당하게, 부드럽게 다가왔다.

여름 햇살도 잊을 만큼, 팔 안의 따스함에 의식이 쏠린다.

"재워 달라고……? 우리 집에?"

토가와가 안긴 채로 가슴팍에 얼굴을 묻듯 고개를 끄덕인다. 그러고는 만끽하듯이 코끝을 꾹꾹 가슴에 눌러 와, 못 말린다며 화가 나면서도 쌩쌩한 모습을 보여 줘서 조금 안도했다.

"우리 집에 묵고 싶다니……. 집에서, 무슨 일 있었어?"

모친인 그 여자와. 말다툼을 벌인 결과가, 그 눈에 맺힌 눈물인가.

"말해 봐."

토가와의 눈물의 출처를 알고 싶었다.

누군가가 토가와를 상처 입힌 거라면 나는, 그것을 못 본 체할 수 없다.

어떤 흐름도 거스르고 저항하여 그 이유를 따져 묻고야 말겠다.

안고 있는 토가와의 무릎이 천천히 굽혀지는 것에 맞춰, 나도 허리를 내린다. 그늘 쪽으로 질질 이동하며 등을 달래듯이 쓰다듬자, 토가와가 드문드문 그간의 일을 이야기하기 시작했다.

엄마의 배려 없는 말에, 분노를 터트린 것.

나가라고 고함치고 충동적으로 집을 뛰쳐나온 것.

그리고 호시 타카소라를 만나, 여기까지 데려다 달라고 한 것을.

"……………………………………."

치미는 감정이, 침 맛을 바꾸는 경험이 처음일지도 모르겠다. 입안이 쓰다.

삼켜도, 뒤이어 뒤이어 솟아오르는 그것이, 얼굴을 녹이고 일그러뜨릴 것 같았다.

크게, 하지만 천천히 숨을 토해 내며 시간을 들여 진정시킨다. 그사이에도 토가와를 지키듯이 끌어안고 있어, 사람이 지나간다면 뭘 하는 건가 싶을 테지. 그러나 토가와를 놓을 수는 없었다. 지면을 박차고 무중력 상태로 어디까지든 떠오르는 것처럼, 이 흐름을 거스를 수 있을 것 같지 않았다.

"괜찮아."

이제 괜찮다면서 아무런 보증도 없이 토가와에게 안심하라고 섣불리 장담한다.

하지만, 진심으로 호소하고 싶었다.

그런 모친과 나는 다르다고.

전해졌는지는 확실치 않지만, 토가와의 눈물이 서서히, 열감을 띠고 내 어깨를 적시었다.

잠시 어깨를 빌려주면서, 생각한다.

재워 준다고는 해도. 아파트를 올려다보았다.

"……토가와, 알고 있어? 집에는."

"알아. 남편 있잖아."

당연한 사실을 확인하고, 토가와가 얼굴을 숨기듯이 꾹꾹, 제 이마를 어깨에 눌러 댄다.

"재워 줘. 떨어지기, 싫어……."

교사는, 세간의 이목을 고려했을 때, 학생에게 허용되는 선은 어디까지일까?

가정에 문제가 있는 학생을 자택에서 보호하는 건 되는지 안 되는지를 따지자면 아마, 안 될 것이다. 학부모의 승낙도 아직 얻지 않았다. 그런 모친의 의사가 필요한가 하는 사적 감정은 차치하고 그것이 상식적인 판단이라고 할 수 있다. 그리고 나는 그 상식이라는 것을 매번 버리고, 다른 것으로 나를 가득 채워서 여기까지 왔다.

나를 의지해서 와 준 이 아이를 뿌리칠 동기는, 너무나 연약하다.

손가락으로 으깨면 순식간에 모래가 되어 허공으로 사라진다.

상식은 그렇게 사라지고, 제동은 안 걸리게 되고.

무엇보다 그런 모친 곁으로, 이 아이를 돌려보내고 싶지 않다. 놓아주고 싶지 않다. 나의, 토가와 린을.

여러모로 생각해도 지금의 내 이정표는 그것만을 가리키고 있었다.

"……알았어. 그러면 먼저, 남편한테 이야기하고 올 테니까 기다리고 있어."

"응……."

태양을 머금은 머리카락이, 아쉽다는 듯이 내게서 떨어진다. 한 번 더, 당장 끌어안고 싶어지는 그 갈 곳 잃은 눈동자를 참아 내고 어깨에 힘을 주며 일어선다.

"금방 올게."

그 말을 남기고 일단 뛰쳐나왔던 집으로 돌아가려 발길을 돌린다. 그러다 도중까지 되돌아간 곳에서 토가와 쪽으로 다시 달려간다. 고개를 숙이고 있던 토가와가 깜짝 놀라서 든 얼굴에, 뺨에, 살풋 손을 댄다.

"꼭 데리러 올 테니까, 여기에 있어."

마음을 올바르게 전하기 위해서, 전하고 싶어서 사람은 많은 말을 만들어 낸 것이리라고 생각하고 싶다.

"응."

토가와가 고개를 크게 끄덕이고 힘차게 그 자리에 다시 쭈그리고 앉았다.

어쩜, 어쩜, 이리도 귀여울까. 그 솔직함에 자랑스러운 마음마저 든다. 뭐가 자랑스러운 건지는 모르겠다. 하지만 가슴에 하얀 탑처럼 고귀한 것이 싹튼다. 이런 식이면 토가와가 그냥 걷는 것만 봐도 감동할 것 같을 만큼 벅차올랐다.

이번에야말로 발길을 돌린다. 짧은 시간이라도 '아아, 혼

자 두고 싶지 않다'라는 마음에 조급해진다. 덩달아 서두
르는 발소리에 내가 맨발이었음을 떠올린다. 발바닥도 이
제야 열기를 눈치채기 시작했다. '인간은 이렇게까지 신경
이나 의식을 한 곳에 집중시킬 수 있구나' 하며 내 일이지
만, 스스로가 어이없으면서도 놀랍다.

계단을 올라가던 중에 굴러다니던 샌들을 회수하고 집
으로 들어간다.

아파트를 조금 오르내렸을 뿐인데 벌써 땀범벅이었다.

"무슨 일이야?"

들어가자, 남편이 금세 현관까지 나온다. 남편도 당황했
는지 게임 패드를 쥐고서. 나는 남편에게 지금부터, 토가
와를 이곳에 재우겠다고 얘기해야 한다.

나의, 불륜 상대를.

"아래에, 내 제자가 와 있어."

"왓츠 해픈?"

약간 틀리게 묻는 남편에게 대략적인 사정을 전한다. 안
쪽의 독주머니를 터트리지 않도록, 신중하게.

표면적인 부분, 허울뿐인 관계만을 드러낸다.

"허어……. 그것참."

토가와가 여기까지 온 경위를 듣고 남편이 고개를 갸웃거
린다. 곤혹스러운 게 당연하다. 하지만 납득시켜야만 한다.

"어린 여자애라면 대환영이라고 말하고 싶지만, 어, 제
자……인 거지?"

"맞아."
불륜 상대.
"재워 줘도 괜찮아?"
"괜찮지는 않지."
괜찮을 리가 없다. 용서받을 수 있을 리도 없다. 하지만 못 본 척할 수도 없다.
그 아이를 버린다는 것은, 지금은 자살이나 마찬가지였다.
"그렇다고 그냥 가라고 하는 것도 마음이 안 좋아."
"자고 가는 거면 친구 집이 더 편하지 않을까?"
남편이 주어진 정보로 올바르게 판단한다. 확실히 선생님 집 따위는 보통, 숨 막히는 장소다. 하지만 나와 토가와는 보통이 아니다. 그 점이 가장 큰 문제이자, 지침이기도 했다.
유감이지만, 친구 집은 안 된다. 왜냐하면 내가 싫으니까.
토가와 린이 다른 아이와 잔다니. 진심으로, 상대가 누구더라도 싫다.
어쩔 수 없이 염치없는 이유로, 버틴다.
"저 애는, 친구보다 나를 의지해 주었는걸."
거기에 보답하고 싶다며 교사 행세를 한다. 지금 나는 어떤 얼굴로, 불륜 상대를 집에 재우려 설득하고 있는 걸까.
눈이 먼 곳을 본다. 목 위가 투명해져 간다.
남편을 보고 있는 건지, 애매해진다.

"그 아이가 괜찮다고 한다면야 뭐……. 괜찮으려나. 나는, 응, 으음…… 여고생이라…….”

남편이 석연찮아하면서도 상상을 펼치듯 눈을 이리저리 굴린다.

"어떻게 대해야 할지 감도 못 잡겠네…….”

"내가 챙길 테니까 걱정 마.”

내 제자니까. 나의 토가와니까.

신경 쓰지 않아 주면 된다.

"가출 여고생 보호라……. 뜻밖이지만 뭐, 없는 일도 아니……려나.”

목에 걸리는 것을 느끼면서도 남편이 받아들이려고 애쓰고 있다. 죄책감과 초조함은 등에 땀이라는 형태로 계속 흐르고 있다. 그것을 직시할 수 없어서 줄곧 시야가 날아가 있다. 내가 없어져 있다. 교단에 설 때처럼 다른 누군가가 나를 움직이고 있다.

"그리고 우리 집이 그렇게 넓지는 않다 보니 따로 방을 내주지는 못하는데 괜찮아?”

"알고 있어.”

이야기는 끝났다고 빠른 걸음으로 안으로 향한다. 기억하기로는 침실 옷장에 처박아 두었던 것 같다. 열어서 목표물이었던 커다란 가방을 찾아낸다. 결혼하고 친정에서 이사 올 때, 내 짐을 넣어 왔던 가방이다.

그 가방을 들고, 안절부절못하며 팔짱을 끼고 있는 남편

앞을 지나쳐서 나가기 전에 욕실에 들른다. 새카맣게 더러워진 발바닥을 샤워기로 씻는다. 나의 필사적인 마음까지 들러붙은 것을 씻어 냈다.

이후에 있을 일을 생각하면 발바닥을 깨끗이 씻지 않으면 실례일 것이다.

그러고 나서 이번에는 샌들이 아니라 구두를 신고 집을 나섰다. 문을 닫고 반쯤 달리듯 토가와가 있는 곳으로 돌아간다. 학교에서 복도에서는 뛰지 말라고 하면서 나는 이렇게나 서두른다.

계단을 뛰어 내려가면서, 생각한다.

사실은 따로 방을 마련해 주지 못할 건 없다. 남편이 쓰고 있는 침실로 내가 옮기면 된다. 원래는 둘이 함께 쓰기로 마련되었던 그 방으로. 하지만 남편 머릿속에는 그 제안이 떠오르지도 않는 모양이었다.

남편은 지금, 나를 어떤 존재로 대하고 있는 걸까.

하물며 그런 제안을 토가와에게 했다가는 무조건 거절당할 테니 나도 받아들이지 않을 거다. 게다가 이건, 인정하면 끝장일지도 모른다. 아니, 이미 끝장일지도 모르지만.

침실에 남편과 둘이 있으면 필시 서로, 거북할 것이다.

아파트 밖으로 나오자, 겨우, 눈앞이 또렷하게 잡힌다. 토가와에게, 초점이 맞는다.

"선생님."

벌떡 일어선 토가와가 뛰어온다. 오겠다 싶어서 사전에 대비했기에 간신히 그 힘을 받아 낼 수 있었다. 거리낌 없는 토가와의 포옹을 받아 안고 살짝 비틀거린다. 정말로, 커다란 개가 덮친 것 같아서 볼이 허물어진다.

"조금 익숙해졌어."

"뭐가?"

"아니야. 기다리게 해서 미안해."

지극히 자연스럽게, 토가와의 등을 쓰다듬고 만다. 쓰다듬는 내 손길에 토가와가 점점 더 어리광 부리듯 몸을 밀착해 오니, 사랑스럽기가 끝이 없다. 이미 숨길 수 없을 만큼의 사랑을 쌓아 올린다. 그렇게 무너질 그 순간까지 생각 없이 키워 가는 것이겠지.

"남편 허락은 받고 왔으니까…… 우리 집으로, 갈래?"

"응! 선생님 집으로 갈래."

남편 따위 안중에도 없는 듯한 발언에 괜찮을까 싶은 일말의 불안을 품는다.

어차피, 괜찮을 리 없지만.

"그럼, 가자."

"네~."

토가와가 천진난만하게 손을 잡고 아파트 계단으로 향하려고 한다.

내가 나아가려 한 방향과 정반대여서 서로 팔을 잡아당기는 꼴이 되고 말았다.

쭉 뻗은 팔을 중심으로, 나와 토가와가 원을 그린다.

"어? 인솔 선생님은 어디 가?"

"아니, 자고 갈 거면 너희 집에 갈아입을 옷이나 짐을 가지러 가야지."

"아, 그렇구나……."

토가와가 집이라는 말에 시무룩해진다. 축 처진 강아지 귀가 보이는 듯했다.

"선생님 옷 빌려 입어도 괜찮아."

"치수가 안 맞을 거야."

반대라면 못 입을 것도 없겠지만. 하지만 10대 토가와의 옷을 지금의 내가 입는 건…… 치수가 문제가 아니라, 내가 속한 세계에 안 맞는다. 지금 입은 사복의 노출조차 여름볕과 어우러져 너무 눈부시다.

"게다가 학용품 같은 것도 필요하잖아."

"아하하하."

옷을 대목이 아니다.

"뭘 가져와야 할지 알려 주면 내가 이 가방에 넣어 올게."

지금은 집에 들어가기가 그럴 테니, 그렇게 제안해 본다. 토가와가 가방을 힐끔 보고는 좌우로 종종대며 왔다 갔다 한다. 혼나서 이러지도 저러지도 못할 때의 개의 행동과 닮았다.

"정말로, 가야만 해?"

"응……. 어머니한테도 일단 말씀은 드려야지."

딸에게 마음을 쓰리라고는 생각지도 않지만, 형식적으로라도 승낙을 받아 두지 않으면 골치 아픈 일이 될 수도 있다. 미성년자를 마음대로 집에 재우는 건 용서받지 못할 것이다. 그렇게 더 용서받지 못할 일로 손을 물들인 인간이 생각했다.

"엄마한테……."

"나만 다녀올 테니, 우리 집에서 기다리고 있어도 돼."

"싫어. 진짜 싫어, 선생님이랑 같이 가지 않으면, 싫어."

그렇게 말하면서 손을 고쳐 잡는, 건 괜찮지만, 그대로 흐르듯이 입술을 포개 오는 바람에 호흡이 멎을 뻔했다. 정지한다. 동공이 수축하고 통증이 일었다.

"키스는, 밖에서는 하면 안 돼. 알겠지?"

이웃집 사람이 지금, 드나드는 순간이었다면 그것만으로 파멸이었다.

아이에서 연인으로, 거침없이 바뀌는 토가와 린이 내 말 틈새로 손가락을 넣어 온다.

"집에서는 괜찮구나."

"……아니……, 집은, 남편이……."

싱글싱글하는 토가와가 쓰나미처럼 얼굴을 들이밀어 오는 바람에 질식할 것 같다.

그래도 우는 것보다는 짓궂은 얼굴이 낫다는 생각이 들고 마는 건 역시, 말기인 걸까.

"아무튼, 애정 표현은…… 남들 눈에 안 띄는 곳에서 하는 거로.”

“네~.”

의미심장한 미소로 대답하고 손을 잡는 선에서 타협한다. ……손을 잡는 것도 충분히, 일탈이다. 교내에서 언제나 손을 잡는 걸 아직도 문제 삼지 않는 건 무슨 판단인지, 구름 한 점 없이 높은 푸른 하늘을 올려다보았다.

“선~생님, 선생님, 선~생님.”

“왜~?”

“그냥 불러 봤어~.”

눈물도 마르고 기분과 기운을 완전히 회복한 토가와의 발걸음과 입술이 가볍다. 매미 울음소리와 탄 냄새를 풍기는 여름 공기를 함께 걷는다면 이 정도는 밝았으면 좋겠다.

“토가와.”

“네~.”

“출석 불러 봤어.”

‘대답 좋은걸?’이라고 덧붙이며 미소 짓자, 토가와가 즐거운지 잡은 손을 흔들었다.

걸으면서 필요한 물건에 대해 의견을 나눈다.

“갈아입을 옷, 화장품.”

“교과서.”

“아, 휴대폰도 방에 두고 왔다.”

제법 야무지게 흘려듣는다. 참고로 토가와의 1학기 시험 점수는 꽤 좋았다. 우수의 수준으로 넘어가기 일보 직전.

그런 환경에서 성적을 유지하는 건, 충분히, 칭찬해도 좋다고 생각한다.

"그리고, 통장하고 카드도 챙기는 편이 좋으려나."

그렇게 말하면서 팔짱까지 낀다. 아파트에서 그리 멀어지지 않았다는 생각에, 날개 뜯긴 벌레처럼 등이 서늘하고 불안해진다.

"밖에서는 애정 표현 안 된다고, 방금 말했지."

"뭐, 어때. 이 정도는 엄마한테 귀염 떠는 거야."

'엄마~' 하고 장난치며 더욱 기대 온다. 나는 엄마와 팔짱을 끼고 걸어 본 적이 없다. 나보다 큰 아이는 천진난만함 사이에 여고생의 색향을 무심하게 섞어 넣어서…… 접촉할 때마다 나의 오작동을 불러일으킨다.

아이와 연인의 입장을 그때그때 유리한 쪽으로 골라 쓰니까…… 나쁜 여자다, 토가와는.

나쁜 여자와 착한 아이의 양쪽 성질을 갖추고 있다.

그래서 나도, 연인과 어머니, 언니로서, 이 아이에게 응해 간다.

"우리 집, 방은 따로 마련해 줄 수 없는데 괜찮아?"

"선생님 방이어도 괜찮아."

"……음."

"안 돼?"

마치 리드 줄을 되잡아끌 듯이 내 손을 끈다.

"안 된다기보다는…… 물리적인 문제를 고민하고 있었어."

그 방에 토가와를 더해서 들어갈 수 있을까. 나 혼자서도 끝에서 끝까지 닿을 것 같은데.

"선생님 방에서 같이 있는 거, 엄청 즐거울 것 같아."

방이라고 부르기도 힘든 그 공간에, 토가와와 함께. 쉴 만한 장소는 침대밖에 없다. 그리고 나와 토가와가 침대에 나란히 앉는다는 게 무엇을 의미하는지 생각을 펼치면, 혹염이 내 안쪽에서 강렬하게 숨 쉬고 있다.

이번에는, 호텔이 아니다. 토가와의 방도 아니다. 나의 집인 것이다.

관계의 종착점, 그곳에 이르러 마주한 막다른 벽이 설마, 우리 집의 형태일 줄은 생각지도 못했다.

"두근두근하네."

"……그래?"

나와 토가와는, 심장으로 오는 것이 매우 다른 모양이다.

나는 남들만큼 마음이 아프다. 하고 있는 짓이 남들 미만이라, 죄책감이 균형을 이루지 못한다. 그러니까 얼마든지, 지독한 일에 손을 물들일 수 있는 거겠지.

불륜 상대를 집에 끌어들이고, 남편의 눈을 훔쳐 음란하고 무도한 행각을 벌일 것을 예감하고.

악랄함도, 갈 데까지 갔다는 자조가 새어 나왔다.

토가와 집까지 거의 다 와서 토가와 본인은 폴짝 뛰어서
뒤로 물러난다.

"뽕~, 뽕~."

장난치듯 굴지만, 뒤로 물러나는 건 진심이었다. 표지판
뒤에 숨어서, 내 쪽을 훔쳐보는 듯한 모양새다.

"선생님, 가져와 달라는 거 외웠어?"

"맡겨 둬. 기억력은, 그럭저럭 자신 있는 편이니까."

예를 들면 토가와의 1학기 시험의 전 과목 점수를 기억
하고 있다든가.

다른 학생의 점수는 다시 안 보면 말할 수 없는, 형편없
는 교사였다.

"사실은 내가 가면 되기는 하는데 말이야."

숨은 채, 태양이 구름 너머로 숨듯이 토가와의 표정에
그늘이 진다.

"엄마가, 싫지는 않지만……, 지금 만나면, 또 싸울 것
같아서."

싫어해도 되는데.

그런 생각을 하고 '안 돼' 하며 내 뺨을 쳤다.

"선생님?"

"벌 준 거야."

싫은 인간이 되기를 바라는 건 아니다. 토가와의 기대에
부응하는 선생님이고 싶을 뿐이다. 그 결과 인간성이 비뚤
어지는 건 상관없지만, 나 개인의 욕망으로 인격을 더럽힐

이유는 없었다.

"그럼 다녀올게. 금방 올 거야."

"여기서 기다릴게."

표지판에 딱 붙어 있는 토가와가 손을 크게 흔든다. 모자나 양산이라도 가져올 걸 그랬나. 내리쬐는 햇빛 속에 토가와를 두고 가는 것을 조금 후회했다. 그대로 빛과 녹아들 것 같을 만큼, 내게 토가와 린은 눈부시다. 우산으로 그늘을 만들어 주는 편이 구별이 돼서 마음이 놓인다. 도대체가 무슨 비유를 하는 건지 나 자신도 알 수 없어서 웃었다.

토가와네 앞 현관 초인종을 누른다. 인터폰을 거치지 않는 고풍스러운 호출에 대한 반응은 늦다. 잠시 기다리다가, 마음먹고 문에 손을 대 보니 잠겨 있지 않았다.

토가와가 집을 뛰쳐나간 상태 그대로인지도 모른다.

집 안을 훤히 꿰고 있지만, 시치미를 뚝 뗀 얼굴과 대도로 들어가서 복도를 들여다본다. 사람의 기척에 더해서 끔찍한 과거를 떠올리게 하는 냄새가 멀리서 느껴졌다.

"실례합니다."

안쪽까지 들리도록 조금 크게 목소리를 내어 말한다. 인기척은 있으니 깨어 있기는 할 것이다. 의식이 제정신인지는 확실치 않다. 잠시 뒤, 거실 미닫이문을 열고 거침없는 발소리가 들려왔다.

"실례합니다, 담임인 이치고하라입니다."

"아앙?"

비틀대며 나타난 인영은 불쾌한 냄새, 술 냄새를 휘감고 있었다.

정돈하지 않은 긴 머리카락이 얼굴 절반을 뒤덮고 핏발 선 외눈이 이쪽을 노려본다.

"누구~? 아, 누구신가 했더니, 아, 린네 선생님이시구나~."

"네."

기억하는 것만으로도 의외였다.

"어쩐 일로 오셨나~? 아아, 아니지, 잠깐만."

토가와네 어머니가 등장했을 때와 마찬가지로 느릿하게 안으로 들어간다. 기다리고 싶지 않지만, 하는 수 없어 멍하니 서 있으니 물기를 머금은 얼굴로 조금 전보다는 눈가를 말끔하게 하고 돌아왔다.

"세수하고 왔어요, 아무래도 좀 그러니까."

지난번에 밤에 가게에서 만났을 때와 달리, 화장을 지워서인지 얼굴에서 소박함이 더 묻어났다. 그럼에도 여전히, 토가와하고는 닮지 않았다. 닮았다고 해도 닮지 않았으면 하는 나의 바람이 그렇게 보이게 하는지도 모른다. 내려온 머리카락을 성가시다는 듯 넘기며 토가와의 모친이 현관에 선다.

"그래서요? 가정 방문이라니, 애초에 우리 집은 어떻게 알고?"

"토가와에게 주소를 들었습니다."

"린한테? 린이 왔어요?"

토가와의 모친이 내 뒤를 살핀다. 뿌연 유리문 너머로 엿보이는 바깥 빛이 눈 부신 듯, 눈을 손으로 가리며 금세 고개를 집어넣었다. 그러고는, 실실 웃는다.

"들어 봐요, 글쎄. 딸이 화내면서 나가라고 고함치는 걸 들으니 조금은, 상심했는지 술을 퍼마셔 버렸지 뭐예요. 호헤호헤헤. 눈물 날 것 같아."

거짓말 마.

"그나저나, 린은요~?"

"지금, 저희 집에서 보호하고 있습니다. 어머니와 다투었다고 들었거든요."

"선생님네서요? 연락은 어떻게 했는데요?"

술에 전 것 치고는 의외로 머리가 돌아가는 모양이다. 취기에 익숙한 걸까.

"연락은 못 받았습니다, 휴대폰을 안 보고 있었거든요. 토가와가 집으로 왔더라고요."

"뭐어어? 대체 집을 어떻게 안 건데. 아, 린이 선생님 집으로 찾아갔다고."

"제 친구가 데려다줬다더군요."

앞뒤가 맞게끔 일관성 있게, 되도록 거짓은 섞지 않는다. 그런 판단을 할 수 있게 되어서.

아아, 숨길 것만 느는 인생이 되고 말았다며 천장을 올려다볼 뻔했다.

"그래서, 토가와가 집으로 가고 싶지 않다고 하길래…….
일단 오늘은 저희 집에 재우려고 합니다. 이 말씀을 드리
고 외박용 짐을 가지러 온 겁니다."

용건을 최대한 담담하게 전한다. 이건 어디까지나 보고
이며 모친의 허락을 기대하는 게 아니다.

"선생님이? 재운다고? 왜요?"

어머니라는 사람이 한심하기 짝이 없어서.

"담임으로서 조치를 취하는 겁니다."

"교사가 그렇게까지 해요?"

보통은 하지 않는다. 해서는 안 된다, 아마도.

하지만.

"저는 합니다."

"흐~응."

의미심장하게 술 냄새가 진동하는 숨을 길게 흘린다. 내
쪽을 바라보는 그것은 마음에 들지 않는 것을 포착하고 있
는 눈동자다. 분명 마주 보는 내 눈도 같은 형태, 같은 색
조를 그리고 있으리라.

"그러든가요. 선생님이 돌봐 준다면, 뭐. 린 방은 아마,
2층일 거야. 2층으로 가는 계단을 오르내렸으니까. 명추
리죠?"

아하하, 하핫. 토가와의 모친이 웃으며 손뼉을 친다. 제
자식의 방 위치를 추측하는 부모라니. 이런 부모는 처음인

것 같다. 만나고 싶지 않았다. 시야 귀퉁이도 주고 싶지 않아서 목을 고정한 채 곧장 계단 쪽으로 향했다. 어떻게 계단 위치를 아는 건지 의심받더라도 상관없었다.

계단을 올라, 토가와의 방으로 들어간다. 방에 서린 열기가 목을 어루만지듯 환영해 주었다. 여러모로 연이 깊은 침대를 힐끔 보면서 책상에 가방을 올려 둔다. 머리맡에 아무렇게나 굴러다니는 휴대폰을 먼저 주워 들어 가방에 넣는다. 충전기도, 그 밖의 것도 책상 위에 있는 물건들을 휩쓸어서 가방을 채운다.

눈시울에 눈물처럼 분노가 고여 있어서 마침 잘됐는지도 모른다. 평상시 토가와의 옷이나 속옷을 만졌다면 사념이 섞였을 가능성도 부정할 수 없다. 담담하게, 작업하듯, 오른쪽에서 왼쪽으로. ……그런 와중에 아주 약간이라도 기미가 보이면 교과서나 학용품 쪽으로 손길을 돌렸다. 교재, 갈아입을 옷, 휴대폰. 그 외에 필요한 것은 화장품, 인형. 침대 옆 돌고래와 바다거북도 가져오라고 했다. 손때가 묻었는지, 소중히 다뤘어도 지지 않은 얼룩이 인형 끄트머리에 남아 있다. 저 모친이 사 줬을 리도 없으니, 토가와가 직접 사서 줄곧 곁에 둔 것이겠지. 그 인형들을 보고 토가와가 무슨 생각을 하며 지냈을지 멋대로 상상하며 감상에 젖는다.

수납장을 열고 이것저것, 마치 이사라도 하는 것처럼, 점점 짐 가방이 커져 간다.

그러는 것도 좋을지 모른다고 방을 둘러보며 생각한다. 이 집에서 생활하는 것으로 토가와가 운다면, 다른 곳에서 웃으며 살아가기를 바란다. 자식의 행복을 바라는 부모의 마음이, 이런 것일까. 생판 남인 나에게도 싹트는 것이 어째서, 친모에게서는 움트지 않는 걸까.

혈연 따위, 성분 비슷한 피가 흐른다는 것 이상의 의미는 없을지도 모른다.

계단을 거칠게 올라오는 소리가 들린다. 작업하던 손을 멈추지 않고 방문으로 눈을 돌리자, 토가와의 모친이 바닥을 길 듯 낮은 자세로 모습을 드러냈다. 안 와도 되는데.

"뻔하네. 린이 나랑 얼굴 마주치기 싫어서 선생님한테 부탁했구나?"

"그렇겠죠."

"딱 잘라 말하네요. 마음에 들어."

벽에 기대며 앙칼진 목소리로 웃는다. 술 냄새까지 풍겨 불쾌하기 짝이 없다.

"바리바리도 쌌네. 린을 며칠이나 재울 셈이에요?"

"토가와가 안정될 때까지 아닐까요."

그러고 보니 그렇다. 지적당하고 알았는데 일수는 고려하지 않았다. 하루 이틀 재우는 거면 갈아입을 옷도 이렇게는 필요 없겠다는 생각을 하면서도 계속해서 가방에 넣는다. 얼마나 재우든 옷이 많아서 손해 볼 일은 없을 것이다.

"그러니까 그거잖아. 나더러 이 집에서 나가라는 거죠?"

맞아요.

"그렇게 말한 건 아닙니다만."

화해하는 일은 없을 터다. 그리고 사람으로서 부끄럽지만.

화해하지 않았으면 좋겠다. 나의 역할을, 이런 여자에게 빼앗기고 싶지 않다는 생각이 들었다.

토가와 린을 독차지하려 하면, 어쩔 수 없이 못된 인간 쪽으로 방향을 틀 수밖에 없다. 나는, 사람을 사랑하는 법을 모르는 걸까. 사랑하는 사람의 아낌없는 사랑이 다른 사람에게도 향하는 것을, 다들 당연하게 여기는 걸까. 나는 못 한다. 속이 좁다고 하더라도 토가와 린의 진짜 미소가 타인에게 향하는 것은 도저히, 용납할 수 없다.

나 이외의 다른 사람들은 어떻게, 선량한 마음 그대로 누군가를 계속 사랑할 수 있는 걸까.

"린한테 그린 소리를 들어서 슬슬 나갈까 했는데……. 내가 계속 여기에 있겠다고 하면, 선생님은 어쩔 거예요?"

삐딱하게 자세를 잡은 토가와의 모친이 떠보듯 묻는다. 입만 열면 거슬리게 지껄이는 여자였다.

이미 노려보고 있음을, 눈 주위로 느껴지는 압력으로 짐작한다.

"그러시겠다고 하면, 계속 데리고 있겠습니다."

실현 가능 여부는 차치하고 홧김에 내뱉은 말이었다.

모친이 눈을 동그랗게 떴다. 불쾌하게도, 놀란 표정만큼은 토가와를 닮았다. 한순간 그렇게 느끼고 말았다. 바로 혐오감으로 입안에 씁쓸함이 섞인다. 그에 반하여 토가와의 모친은 경박하게 웃어 젖힌다.

"그럼 안 나갈래요. 아하, 하하하하."

"그러시군요."

"거짓말이에요. 조만간 나갈 거야. 가게 안 하면, 먹고살 수가 없으니까."

그러고는 '어우, 피곤해'라며 머리를 쓸어 올리며 투덜거린다. 이런 상대와 대화를 섞어야 하는 내 심경도 비슷했다.

"린한테 생활비는 주고 있답니다?"

"당연한 겁니다."

"……나는 있죠. 남편과 세트로 린을 좋아했던 것 같아요."

듣고 싶지도 않은 자기 신세타령을, 한가해 보이는 주정뱅이가 늘어놓기 시작한다.

"남편이 살아 있었을 때는 린을 되게 귀여워했어요. 진짜로. 그런데 남편이 죽고, 린과, 두 손을 말이지, 잡았어요. 그랬더니 손이 묶이고 만 거야. 그때, 깨달았어요. 어? 이거 좀 너무 성가시잖아? 이제까지는 나와 남편이 린의 손을 한 쪽씩 잡고 있어서 다른 일도 할 수 있었던 건가? 여유 있고 좋았는데. 뭐, 요컨대…… 혼자 제대로 애 보고 키우는 게 싫어진 거죠. 나, 성가신 건 질색이거든."

"저기."

"그럴 거면 애 낳지 말라는 건, 맞는 말이기는 하지. 그런데 나라고 남편이 그렇게 일찍 죽을 줄 알았겠냐고. 모르잖아. ……그리고 말이에요, 나도 꽤 대충 컸지만 그게 기뻤거든. 기뻤다? 아니, 편했다고 해야 하나? 간섭받는 걸 싫어했어, 내가. 마음 내키는 대로 하게 해 주는 부모가 나랑은 잘 맞았다고 생각해요. 이 집에서 혼자 살라고 하면, 나였다면 고맙다며 넙죽 절이라도 했을 테니까 린도 그렇겠거니 했어요. 뭐, 그게 나한테도 편한 구석이 있다는 건, 사실이지만. 근데 린은, 아니었나 보더라고요~. 말하자면 그런 거지. ……그 녀석, 내 자식인 게, 운이 없었던 거죠."

"저기," 입 좀 다무실래요? "그만 가 봐도 될까요?"

짐을 다 채워 넣은 가방을 닫고 이야기를 끊는다. 이제 이 방에도, 저 모친에게도 볼일 없다.

분노가 위장에서 너무 딱딱하게 굳이시 필요 이상으로 입을 열면 거칠어질 것 같았다.

어서 토가와가 있는 곳으로 돌아가고 싶어, 성큼성큼 걸어 복도로 나서려 한다.

"아니."

"네?"

모친이 목을 내던지듯 격하게 흔들면서 일어나, 앞을 막아선다.

"선생님 말이야……. 전에도 생각했지만, 정~말, 좋은 여자구나."

"뭐라고요?"

쿵, 쿵. 모친이 바닥을 힘차게 밟는다. 가까이 온다. 거침없이 거리를 좁혀 오는 바람에 하는 수 없이 뒷걸음질 치니, 의자 등받이가 허리에 닿았다.

"특히 머리 내리니까, 여자야."

전에 토가와 린이 했던 같은 말, 같은 표현에 등골로 오싹함이 내달린다. 그사이에 다가온 모친이 내 어깨를 잡고, 민다. 불시에 훅 들이댄 탓에 토가와의 책상에 짓눌린다.

"잠깐, 이러지 마세요."

모친의 손목을 잡고 밀어내려 안간힘을 쓴다. 모친이 그에 질세라 온 힘을 다해서 찍어 누른다. 몸을 문지르듯이 밀착해 온다. 초조함이 배가된다.

"있잖아, 선생님은 왜 그렇게 린 편을 들어?"

몸으로 짓누른 채, 모친이 바로 앞에서 내 눈을 들여다본다.

"왜기는요. 린이, 제 제자니까요."

모친의 술 냄새 섞인 입김이 입술을 간간이 스치는 게 불쾌하기가 이루 말할 데 없다.

"그게 다야?"

"그거 말고, 또 뭐가."

"글쎄? 그게 다라면야 상관은 없는데 말이지. 린도 그래. 퍽 예쁨받고 있잖아. 그렇다면 나한테 고마워해야지."

그 아이가 너란 인간한테 고마워해야 할 일 따위 하나도 없다고 이가 갈려 나갈 정도로 악문다.

"선생님도 고마운 줄 알아."

"하?"

다가오는 토가와 어머니에게서 벗어나려고 필사적으로 얼굴을 피하면서도 노려보고, 그리고.

"린 줄 테니까."

그 끈적한 한마디가, 내 저항의 전원을 켰다.

절로 튀어 나간 박치기가, 모친의 이마를 들이받는다. 눈 안이 흔들릴 정도의 충격을 나누고 뒤로 젖혀지는 틈을 타 밀쳐 낸다. 밀려 넘어져 침대에 쓰러진 모친을 내려다보며, 이를 간다.

"저는, 당신을 그 아이의 어머니라고 생각하지 않습니다."

애초에, 애초에, 애초에.

토가와 린이 제 것이라느니, 내 앞에서 잘도 지껄였겠다.

"뻔뻔한 소리 하지 마세요, 이제 와서."

파직파직, 눈가에 담아 두고 있던 분노가 터지는 소리를 느낀다. 악문 이의 조그마한 틈새로 쉬익, 쉬익, 소리를 내며 조금씩 숨을 토해 내고, 침착함을 되찾는다.

"죄송합니다, 말이 지나쳤습니다."

"아핫. 선생님, 정~말 좋은 여자다."

이마를 누르면서, 유쾌한 듯 웃는 모친. 침대 위에서 뒤로 물러나, 벽 쪽으로 붙는다.

그리고, 나를 눈부시다는 듯 올려다보았다.

"근데 좋다~. 선생님, 좋아. 성격이 아예 안 맞는 거 빼고 최고야."

"그게, 치명적이라고 생각합니다만."

"그러니까아."

벽에 볼을 비비며 한탄하는 토가와의 모친을 두고 방을 나선다.

짓눌려 여전히 감촉이 남아 있는 어깨에, 혐오감을 느끼면서.

"……아아, 참, 그리고 같이 산다고 하니까, 린 식성 말인데."

"아니까 됐습니다."

이 사람에게, 토가와 린에 관한 것을 들어야 한다니.

깊고 어두운 혐오만이 샘솟았다.

볼일은 다 봤으므로 곧바로 토가와 곁으로 돌아가려고 발걸음을 재촉한다.

"역시나."

등에 목소리가 닿았지만, 돌아볼 마음도 없었다.

계단을 뛰어 내려가서, 신발을 신고, 밖으로 뛰쳐나간다. 햇빛이 이마를 누르듯이 내리쬐었다.

"선생님, 어서 와."

토가와가 표지판 뒤에서 폴짝폴짝 뛰며 금세 내 쪽으로 온다. 작게 손을 흔드는 사이에 거리를 좁혀 그대로 달려

들려고 하기에 뒤로 물러나 거리를 둔다. 짐 가방이 큰 탓에 양손을 못 써서 뛰어들면 둘이 보도에 넘어진다.

"아아, 도망쳤어."

"못 받아 줘."

"아쉬워라. 아, 가방은 나도 들게. 내 짐이잖아."

토가와가 옆에 나란히 선다. 그리고 가방 손잡이와 내 손을 한꺼번에 쥔다.

기다리는 동안 맺혔을 이마의 땀을 토가와가 손가락으로 대충 닦는다. 그러고는 앞을 보면서 묻는다.

"엄마 화났어?"

"아니. 술 마시고 계셨어."

토가와가 여러 가지 감정을 담은 듯이, 숨을 크게 내뱉는다.

"이제 됐어, 그럼."

평소 밝은 아이가 불쑥 흘리는 실의에 찬 말은, 마지 내게 하는 말 같아서 심장에 좋지 않다. 이어진 손끝에 무심코 힘을 주자, 토가와가 의아한 듯 눈을 일렁이면서도 마주 잡아 주었다. 너무나 애처롭고 사랑스러워서 시야에 무지개색 모자이크가 걸릴 것 같을 만큼 벅차오른다.

진심으로 내 아이로 삼고 싶다. 하지만 나는 그 모친과는 또 다른 방향으로 최악의 부모가 될 테니, 그런 바람이 이루어질 리도 없다. 그렇다. 나는, 아이에게도 손을 대는 밑바닥에 처박힌 윤리관의 소유자니까. 토가와가 친자식이라 해도, 분명, 우리는 서로의 몸을 원할 것이다.

"그, 어머니와 이야기하다 깨달은 건데, 토가와는, 얼마나 묵을 생각이야?"

아무리 길어도 기한은 여름 방학 동안이 한계라고 치고.

하루 이틀 자고 갈 분위기가 아니니 의사를 확인해 둬야 한다.

"언제까지 있어도 돼?"

올곧은 눈동자로 받아친다.

"언제까지 있어도 돼요? 선생님."

깍듯하게 손을 들고 다시 물어본다. 서로의 어깨와 입술이 부드러워지고, 주고받는 말도 유연해진다.

"네가 원하는 만큼."

그리고 세상과 남편과 상식과 윤리와 체면과 이성이 허락하는 한.

나는 토가와와 함께 있는다.

"그럼 쭈우우욱 있어야지."

평소라면 팔짱이라도 꼈을 법한 들뜬 어조로 토가와의 말이 튀어 오른다.

계속 함께.

그러고 싶다. 마음에 웅덩이가 고인다. 한여름의 열기를 양껏 빨아들여 달아오른 그 웅덩이에서 튀어 오른 물방울이, 눈물보다 뜨겁게 뺨을 적신다. 그렇게 뺨에 덧칠된 갈망이 햇살을 받아 증발해 갈 때마다 비명을 질러 대었다.

"아, 그리고 이건 다른 얘기인데, 선생님."

"뭔데?"

"내 속옷 찾으면서, 야한 기분 들었어?"

치익, 수분이 유난히 강하게 증발하는 소리가 들렸다. 곁눈질로 토가와를 보니, 웃고 있었다.

"누가 들으면, 큰일 날, 소리를."

"응? 응? 들었어?"

천진난만하게 조르지 말아 줬으면. 이런 거. 심지어 길거리에서.

그런 기분 안 들었다고 가볍게 넘기면 될 일이다.

하지만, 그러나.

이 아이에게 숨기는 걸 싫어하는 무언가가 내 안에 눌러앉아 있다.

그것이 제 정의라고 믿고 있는, 골치 아픈 존재가 있다.

"……내가."

"응, 선생님이."

말하지 마, 바보.

"내가 벗긴 속옷도 있었으니까. 그래서."

말이 고개를 떨구고 지면에 철퍼덕 떨어진다.

속옷을 한 손에 들고 감회에 젖어 있었다고 말하게 하고 싶었겠지. 그렇게 생각하며 토가와를 보자, 토가와도 목덜미를 중심으로 푹 익어 있다. 눈이 거동 수상하게 이리저리 구른다.

"너도 쑥스러워할 거면 묻지 마."

"정말, 선생님도 참."

책임을 떠넘기며 어깨를 툭툭 친다. 너무하다. 그렇게 장난치고 있는데.

"선생님~, 또 놀자~!"

바보 같은 목소리에 뒤를 돌아보자, 금방이라도 넘어질 듯한 발걸음으로 집에서 뛰쳐나온 토가와의 모친이, 역시나 바보처럼 허둥지둥 호들갑을 떨고 있다. 한번 힐끔 보고는 바로 무시하고 앞으로 향했다.

"선생님?"

"신경 쓰지 마. 취한 사람이 하는 헛소리니까."

저런 거 보면 못쓴다며 토가와의 손을 끌고 발길을 재촉한다.

"아, 린, 있었네!"

모친이 그렇게 외쳤으나 나는 무시했다. 토가와도 뒤를 돌아보긴 했지만, 잠시 이따 앞으로 고개를 돌린다.

"엄마는……. 뭐라고 해야 하지, 말이 안 나오네."

보기에 처음에는 모진 말을 하려다, 그래도 그걸 입에 담기를 억누른 듯한 태도였다. 저 모친을, 엄마라는 이유로 나쁘게 말하지 못하는 토가와에게 연민을 느낀다. 채워주고 싶다는 마음이 더해진다.

적어도, 더는 딸을 사랑하지 않음을 입 밖으로 내지 않도록 차라리 거리를 뒀으면.

그 여자에게 바라는 건, 그 정도뿐이다.

멀리 있다면 숨을 쉬든 말든, 아무래도 좋다.

"어? 선생님, 이마가 빨개."

지적당하자, 점점 통증이 돌아온다. 있는 힘껏 갖다 박았으니, 나중에 부어오를지도 모른다. 흔적이 남는, 경솔한 반격이었다. 그렇지만 앞뒤 안 가리고 욕망에 달려드는 내 삶의 방식에 어울리는 것 같기도 하다며 자조한다.

"이것도 신경 쓰지 마. 그보다, 뭐 먹고 싶은 거 있어?"

화제를 돌려 손끝의 감촉 너머로 물어본다.

"저녁밥, 뭐든지 만들어 줄게."

올려다보는 토가와의 눈동자 윤곽을 따라서 여름보다 눈부신 빛이 돈다.

울음을 터트릴 듯 울상을 지었다가, 삼키고, 어색하게 익살을 부린다.

"엄마다~."

떨리는 아랫입술을 애써 억누르며 웃는 토가와가 인내의 한계를 맞이해 나에게 안겨 온다.

"……엄마……."

짜낸 목소리까지 어루만지듯이 등을 계속 받쳐 준다.

사랑스러운 것이 혀와 등 위를 무한히 미끄러져 내려간다. 매끄럽게, 막힘없이.

나는, 토가와의 엄마도 되고 싶다. 대신이 아니라, 그 자체가.

이 아이가 바라는 사랑의 형태가 전부, 나로 채워지기를 바란다.

나 이외에, 어떤 것도, 섞여 들 여지가 없도록.

아파트 계단 앞까지 와서도 나와 토가와의 손은 아직 이어져 있었다. 물론 이래서는 안 될 일이지만, 토가와가 너무나 천진하게, 기쁜 듯이 크게 손을 흔들어 대서 놓을 기회가 오지 않는다. 함께 들고 있는 가방도 요란하게 흔들리고 있는데 괜찮을까.

"나, 외박은 정말 오랜만이야."

토가와가 기분이 좋은 이유를 말한다.

"예전에, 아빠랑 가족 여행 가서 자고 온 건 기억나. 그 이후로 처음 같아."

"그렇구나……."

맞장구를 치면서 나는 어떤지 생각한다. 그러다 이내 불현듯 되살아난 기억에 머리에서 핏기가 싹 가시는 기분이 든다.

"나는 두 달 전쯤 같아같아같아."

"아핫."

당연히, 토가와도 바로 짚이는 게 있는지 웃음을 터트렸다.

손끝에 난 작은 상처를 몇 번이고 만지작거리다 어느새 흉터가 되어 버리듯이. 건드리지 않아도 이렇게 문득, 상흔이 쓸려 통증을 느끼고, 떠올리고 만다.

뭐, 애초에. 작은 상처 따위로 부를 만한 귀여운 수준은 아니지만.

계단을 다 올라, 남편과 대치……. 그렇다, 대치다. 마주할 때가 다가온다. 남편에게는 그런 의식이 당연히 없다. 나만 켕기고 심장이 무거워진다. 한패인 토가와는 그러한 중압감을 전혀 느끼지 않는 것처럼, 이 더위 속에서도 시원한 옆얼굴을 보여 주고 있었다.

공기에 희미하게 섞인 바다 내음도 타드는 듯한, 여름에서 도망쳐 문을 연다.

문 너머는, 공기가 달랐다. 미세하게 흘러오는 냉기가 안개처럼 감돌며 달아오른 피부에 달라붙는다. 끓어오르는 듯한 조소함도 조금은 가라앉아서 한숨과 함께 큰 가방을 내려놓았다.

"다녀왔어……."

"실례합니다."

목소리가 겹친다. 토가와의 손이 떨어지고, 신발을 벗는 모습을 보고, 신발은 안 가져왔다는 걸 깨닫는다. 내가 신고 있는 걸 빌려준다고 해도, 발 치수가 맞을까 싶다.

목소리에 반응해 안에서 나온 남편은 아직 게임 패드를 쥐고 있었다. 언제까지 땀 찬 손으로 덥히고 있을 작정인지.

"여, 어서 와. ……그리고, 어, 그러니까, 안녕."

나에게 인사하면서 초면인 여고생을 남편이 어려워한다.

신발을 벗으면서 필연적으로, 체온이 폭발적으로 상승한다.

마침내, 이 순간이 왔다.

온몸에서 과다 발한 하듯이 땀샘이 열리는 게 느껴진다.

불륜 상대를 옆에 두고 남편과 마주하고 있는 현 상황에, 긴장을 풀면 현기증이 날 것 같았다.

붙들어 매고 있는 미소가, 언제 산산이 부서지며 떨어져도 이상하지 않다.

"신세 지겠습니다."

토가와가, 교실에 앉아 있을 때와 똑같은 미소를 지으며 인사한다. 처음에는 나에게도 향했던 그 표정에, 아아, 역시 그건 그걸 위한 표정임을 이해한다.

이런 상황에서, 교실의 다른 제자들에게 우월감을 느낄 뻔했다. 그럴 때냐.

남편이 다소 어색하게 자기소개를 한다.

"토가와 린이에요."

토가와도 본인을 소개한다.

"이츠키 선생님께는 늘 신세 지고 있습니다."

남편도 느끼고 있을 큰 키와는 정반대로, 아직 앳된 목소리. 글로 옮기면 마치 초등학생이 조금 어른 흉내를 내는 듯한, 그런 흐뭇함이 있다.

하지만 그 말에는 나만이 읽어 낼 수 있는, 흉악한 메시지가 포함되어 있었다.

"오늘도 신세 좀 지겠습니다."

연달아 던진 농담에 남편이 나직이 웃는다. 아무것도 모르는 남편을 앞에 두고, 나는, 무슨 짓을 하고 있는 건지. 눈이 헤엄쳐서 금방이라도 도망칠 것 같아진다. 죄악감은 항상 가슴속에 맺혀 있다. 거북하고, 미안하기도 하다. 그러나 나는 그것을, 밟고 넘어간다.

몰라서 따르지 않는 게 아니라, 알면서 상식을 뿌리친다.

아픔이 행동하는 데 제약이 되지 않는 짐승은, 결국 만용에 이끌려 죽을 수밖에 없는데.

인사는 다 했다는 듯 토가와가 나를 눈에 담은 순간, 명도를 확 올린 미소로 전환된다.

이런 상황에서도, 아아, 그 차이에 마음이 들끓는다.

"선생님 방 보여 줘."

"아, 응. 아……. 응."

지극히 자연스럽게 토가와가 손을 잡아 온 탓에 짧은 비명이 혀 위에서 소용돌이쳤다. 나는 '애도 참, 우후후후' 하는 양 얼버무리듯 웃으면서 남편을 쳐다보며 방으로 향한다. 남편은 '음……. 으응?' 하며 의아한 듯 고개를 갸웃거렸다.

이제부터, 남편과, 그리고 토가와 린과의 생활이 시작된다. 끝없는 복도를 하염없이 걷는 꿈을 꾼 적이 있는데,

그때와 기분이 비슷하다. 무엇이 시작되고, 끝날지, 알 수 없다.

"와, 진짜 좁다."

방을 들여다본 토가와의 첫마디는 솔직한 감상이었다.

"내 방보다 좁다고 했었지."

"네 방의…… 절반 정도?"

"응, 그 정도 되나 봐. 근데 그렇게 비슷한가……."

현관에서 거실까지는 짧은 복도가 있다. 복도 오른편에는 욕실과 세면대, 그리고 화장실로 이어지는데 그 반대쪽, 왼편. 원래는 작은 수납공간으로 마련되어 있던 곳이 있다. 전기가 들어오는 걸 다행으로 여기며 그곳에 침대와 화장대를 억지로 쑤셔 넣어서 방으로 만든 건 신혼 생활이 시작되고 한 달도 채 지나지 않아서였다. 그렇다, 우리의 침실이 '우리'의 것이 아니게 된 건, 순식간이었다.

문도 나중에 달았다……기보다 필요한 때에 큼직한 널판을 세워 걸쳐 둘 뿐. 아마 그걸 문이라고는 부르지 않을 것이다. 밖에서 들여다보면 침대가 절반만 보인다. 누우면 딱, 발을 두는 부분이다. 밤중에 화장실에 갔다가 어둠 속에 발목만 덩그러니 떠 있는 걸 보고 기겁한 적이 있다고 전에 남편이 얘기한 적이 있다.

덧붙여 거실과 멀고 현관에서 가까운 입지 탓에 여름의 더위나 겨울의 추위가 선명하다.

"테트리스의 L자 블록 같은 모양이네."

"테트리스……?"

들어 본 적은 있지만, 비유에 바로 반응할 수가 없었다.

가방을 입구에 두자, 너무 커서 발 디딜 곳이 없다. 토가와는 세 걸음 만에 방 안쪽까지 도달하고는 더 확인할 게 없는지 침대로 뛰어오른다. 토가와가, 내가 쓰는 침대에 있다. 상상이…… 상상이라고 할까……. 떠올라서, 얼굴이 빨개질 것 같다. 그런 거 회상하지 마.

이 침대 위에서 몇 번이나, 이 아이의 이름을 입에 담았을까.

아, 그러니까, 되돌아보지 말라며 이마와 눈을 손으로 꾹 눌러, 지워 없앤다.

"선생님 침대다아."

얇은 이불 표면을 손으로 쓸어내리며 토가와가 감격스럽다는 듯 중얼거린다. 그렇게 감동적인 곳인가 싶은데. 토가와가 자기 옆을 툭 치며 눈짓한다. 재촉하기에 앉으니, 바싹 다가와 귓속말을 한다.

"선생님이 여기서 야한 사진 찍어서 보내 줬지."

속삭이는 목소리가 귓불을 깨물듯, 들러붙는다.

"조용히 해."

손바닥으로 입을 막자, 토가와가 즐겁다는 듯 눈매를 흐물흐물하게 허문다. 장난을 쳐 엄마의 관심을 끄는 아이 같아서, 내용이 전혀 순수하지 않다는 것 말고는 흐뭇한 정경이었다.

아아, 근데 정말…… 귀엽다. 당장 머리가 마구 헝클어질 만큼 껴안고 싶다. 사랑스러움이 너무 사무쳐서 혈관이라도 끊어진 것처럼 코가 아릴 정도다. 보호 욕구, 애정, 무엇보다 여자로서의 사랑이 맞닿는 것만으로 격렬하게 맥동한다. 맹목적이고, 정열적인 연정이 계속 타오르고 있다.

불붙지 않고 연기만 나는 죄악감을 아랑곳하지 않고, 끊임없이.

"그건 그렇고 남편분, 특이하더라."

"……그래?"

토가와가 남편 이야기를 꺼내니, 몸을 사리게 된다.

"나였다면, 선생님하고 손을 잡은 게 누가 됐든 용서 못하는데. 이렇게."

그러면서 토가와가 내 손끝을 집듯이 들어 올린다.

"선생님도, 내가 다른 사람이랑 손잡고 있으면."

"싫어."

말을 자르고 부정해 버렸다.

전에 그런 상상을 하고 혐오감에 토할 뻔한 적이 있을 정도로, 싫어.

말 이면에 담긴 무게가 너무 무거워서, 전하기조차 꺼려진다.

"그럴 줄 알았어."

잽싼 반응에 토가와가 어안이 벙벙해하면서도, 진심으로 기뻐하며 뺨을 구긴다.

"보통, 그런 거지?"

"……보통…….''

보통의 관계가 아닌 우리가, 그걸 단정 지을 수 있을까.

아니, 보통인가? 나와 토가와는 당연하게, 서로 좋아하고. 연애하고 있고, 푹 빠져 있고. 근데 제자고, 교사고, 유부녀고, 미성년자고. 요소가 잇따라 더해지니 복잡한 관계가 되어 버린다. 시작은 서로에게 끌렸을 뿐인데, 사회는 그 사랑을 부정한 것이라며 받아들이지 않는다.

아아, 귀찮다.

복잡한 건 관두고 토가와의 뺨을 평생 조물딱거리는 모임에라도 들어서 여생을 보내고 싶다. 이리 뛰고 저리 뛰며 정신없이 굴다 보면 마음이 그런 약한 소리를 흘릴 것 같다.

"선생님?"

"볼 조물조물해도 돼?"

실제로 해 보면 어떨지 궁금해서 매달려 본다. 토가와의 눈동자가 순간, 헤엄치고는.

"좋아."

그 사랑스러운 얼굴을 내 쪽으로 내민다. 가깝다. 거리가 가깝다, 키스 거리까지 좁혀 왔다. 볼을 조물조물할 위치 선정으로 적절하지 않아 토가와의 어깨를 조금 밀어 조절한다. 그러자 오기가 생긴 토가와가 또 다가와, 앞뒤로 왔다 갔다 바빠졌다.

고작 그뿐인 실없는 실랑이가, 어째서 이토록 충족감을 줄까.

토가와의 모친에게 밀려 넘어졌을 때가 떠올라서 순간, 불쾌한 기분이 들지만 그것조차 금방 떨어져 나간다. 같은 행동이라도, 질이 전혀 다르다. 그것이, 인간이 타인을 좋아한다는 것일지도 모른다. 사랑은, 호의는 특별함을 형성한다. 예전에는 남편과의 사이에 그게 분명히 있었다. 하지만 지금은, 토가와 린에게만 향한다.

잠깐의 유희를 끼고, 토가와의 뺨을 주물럭주물럭 만끽한다.

젊음이라는 윤기가 손바닥을 메우는 이 감동을, 독차지해 버린다.

"굉장해."

"그래~?"

주무르라고 뺨만 내줬을 뿐인데 칭찬받는 게 신선한지, 토가와가 재미있다는 듯 고개를 갸웃한다. 손바닥을 오르락내리락 위아래로 북북 쓰다듬자, 나지 않은 토가와의 꼬리가 살랑거리는 환영이 등 뒤로 보였다.

"고마워."

감사 인사를 하고 뺨을 놓아준다. 토가와가 벌써 끝이냐고 눈짓하기에, 충분하다고 입가를 움직여 답했다.

"그래서 토가와는…… 여기에 있을 거야?"

"응."

당연하다는 지극히 솔직한 고갯짓이었다. 침대 위에서 무릎을 끌어안고 앉아 농성 태세 만전이다. 창문도 없이 어스름한 천장에서 벽을 둘러본다.

"하지만 덥지 않아?"

원래 방조차 아니었던 공간에 에어컨이라는 설비는 존재하지 않는다. 있는 거라고는 화장대 옆의 선풍기뿐이다.

"더워."

토가와가 부정하지 않는다.

"더워도, 여기가 좋아."

도리도리, 어린아이처럼 고개를 가로젓는다. 무릎을 힘껏 끌어안은 두 팔이 양보하지 않겠다고 호소하고 있었다.

"네가 좋다면야 상관없지만."

그래도 되는 건가? 물음표가 따라다닌다. 남편이 있는데. 남편은, 교사와 제자 사이의 이 거리감을 어느 선까지 상식의 범주 안에서 허용하는 걸까. 손을 잡고, 한방에 있고…… 학교에서도 그렇지만 다들, 좀 더 우리를 의심해야 한다고 생각한다. 의심받으면 곤란하지만.

"그럼, 있어. 금방 올 테니까."

지갑만 들고 방을 나가려 하자 토가와가 바로 반응한다.

"선생님, 또 어디 가?"

"네가 쓸 식기류를 사야지. 여분의 젓가락이 없거든."

며칠 정도는 나무젓가락이나 작은 접시로도 괜찮겠지만, 그래서는 너무 손님 취급하는 느낌이 들기도 한다.

하지만 이 아이는 그런 걸 싫어할 것 같다고, 그렇게 생각했다.

"생활용품점 갈 거야?"

"아마도."

"그럼 나도 갈래."

침대에서 뛰어올라, 가방 앞에 착지한다. 가방을 부스럭부스럭 뒤져 지갑을 꺼내길래 그 손을 상냥하게 잡는다.

"안 챙겨도 돼. 네 식기는, 내가 사게 해 줘."

내게 토가와 린은 육체관계를 맺고 있다고 해도, 아이이기도 하다.

이 아이를, 다양한 형태로 사랑하고 싶다.

"……그럼, 엄마가 사 줬다고 자랑해야지."

지갑을 침대에 던지고는 가자며 토가와가 팔짱을 낀다.

"누구한테 자랑하려고?"

그러면서 웃으며 방을 나오니, 남편이 복도에 서서는 우리 모습을 바라보고 있었다. 물론, 끼고 있는 팔을 보고 있었다.

"저기, 나갔다 올게."

"응……."

남편의 대답에서, 조금 전보다 미묘한 거리감이 느껴지는 건 기우일까. 내 마음에 늘 켕기는 구석이 있어 판단이 흐려진다. 이 그림자가 밖에서 온 것인지 내 안에서 비롯된 것인지, 분간하기란 어려운 일이었다.

옆에서 보기에도 기분이 좋은 토가와와 함께, 아파트를 나선다. 나오자마자, 햇살과 토가와의 손이 돌아왔다.

어디론가 가려고 할 때, 토가와는 내 손을 잊지 않는다.

분명, 예전에는 부모에게 그것을 원했던 손끝을, 나는 거부할 수 없다.

나는 이 사랑스러운 아이의, 엄마니까.

"같은 거로 사자, 선생님."

언젠가 똑같은 물건을 맞추고 싶어 했던, 토가와 린의 말을 떠올리며.

"그래."

손을 마주 잡고, 똑바로 받아들인다. 나보다 키가 큰 제자를 올려다보자……. 아아, 좋아해. 고양감과 현기증이 온몸을 휩쓸고 지나간다. 그 섬세하게 흐르는 머릿결을 보는 것만으로도 마음에 한바탕 바람이 분다.

그 바람이 내 고뇌를, 무력감을, 막막함을 털어 내고, 쓰라릴 정도의 연심만을 적나라하게 드러낸다.

겨울바람에 베인 것처럼, 뺨이 피처럼 뜨거운 것으로 범벅이 되었다.

그 통증과 함께 토가와를 응시하는 내 안에는, 자랑스러울 만큼 벅찬 마음이 있었다.

그렇게 함께 걷다가, 가만, 하고 뒤를 돌아본다.

"어, 나도 사는 거야?"

똑같은 것의 의미를 깨닫고 새삼스레 의문을 품자, 토가와는 그에 화답하듯 잡은 손을 크게 흔들었다. 무구하게, 환희에 흔들리는 우리의 손은, 이 길의 끝을 낙원이라고 착각이라도 하는 듯했다.

"어서 와, 선생님."

쇼핑을 마치고 아파트로 돌아오자, 먼저 신발을 벗은 토가와가 맞아 준다.

이 아이의 집에 갈 때마다, 늘 듣던 인사였다. 여태까지는 어물쩍 넘겼지만.

"다녀왔어."

지금은 답해도 되겠지, 생각했다.

식기류를 정말로 똑같은 문양으로 사 버렸다. 일본풍의 파도 문양 접시를 색깔만 다르게, 젓가락도 꽃무늬 색깔만 다르게 한 벌씩. 내 식기는 이미 있는데, 남편 앞에서 이 똑같은 젓가락이나 접시를 쓰자는 건가. 아무리 그래도 그렇지, 사람을 우습게 보는 게 아닐까.

그러한 생각에, 남편의 식기도 함께 구매했다. 즉, 식기를 싹 바꾼 결과, 나와 토가와의 식기가 똑같은 게 된 것이다. 그런 변명조의 이유를 식탁에 늘어놓고, 나는, 정말로 끔찍한 아내이다. 켕겨 하면서도, 그만둘 생각은 하지 않으니까.

토가와는 선언한 대로 집에 돌아오자, 내 방으로 가서 선풍기 전원을 켰다. 상관은 없지만, 저 방에서 가만히 있으면서 할 일이 있는 걸까. 휴대폰으로 뭐든 할 수 있는 시대이니, 틀어박혀 있어도 의외로 괜찮을지 모르지만. 토가와가 휴일을 어떻게 보내는지, 나는 모른다. 몸은 구석구석까지 알면서, 지식이 꽤나 기형적이었다.

거실에 있는 남편은 약간 안절부절못한 모습으로, 또다시 건축 게임을 시작한다. 안절부절의 증거로서, 만들고 있는 인력거 옆에 두부 같은 물체를 만들어 내고 있었다.

"왔어?"

"응. 당신 젓가락도 새로 사 왔어."

"아, 그래?"

별로 흥미 없어 보이는 말투였다. 그러고 보니 남편과 커플 식기 같은 건 써 본 적이 없다는 걸 지금 깨달았다. 함께 살 준비를 할 때도,

'저거 어때?'

'괜찮지 않을까?'

'이거 어때?'

'괜찮은 것 같아.'

의견을 물으면 그렇게 응수하며 정해 버렸던 기억이 있다. 아마 주로 내 탓이겠지만, 담백했다.

남편은 좀 더 의욕에 넘쳐 있었을지도 모르는데, 나는 그저 스쳐 지나가는 것을 바라볼 뿐이었다. 그건 살 마음

도 없는 상품 진열대 앞을 지날 때의 온도였으며 결혼이라
는 게, 같이 산다는 게 그런 것이리라는 고정 관념이 전제
가 되어서 그 너머로 한 발짝도 움직이려 하지 않았다.

그와 비교하면 조금 전까지 있었던 생활용품점에서의
일련의 순간들은…… 눈동자에, 빛이 비치는 것 같았다.
활력이 넘쳐 싱그러운 토가와를 눈으로 좇기만 해도, 즐겁
다. 그렇다, 즐겁다. 기분은 들뜨고, 발걸음은 가볍고, 가
슴은 기분 좋게 답답하다. 충만한 답답함이라는 모순에 충
족된다.

토가와와 손을 잡을 때, 수동적인 나는 어디에도 없다.

나는 틀림없이, 토가와 린을 사랑한다. 푹 빠져 있다. 남
편에게 난도질당해도 할 말이 없을 정도로, 잔혹하게, 애
정의 질에 차이가 있었다. 남편은 무엇 하나 잘못한 것 없
이, 모두 내 과실과 첫사랑이 원인이었다.

그러니까.

헤어져 줘.

소리 없는 입술이 그렇게 움직이려다, 입을 천천히, 떨
리지 않도록 다문다.

속일 바에는, 모든 것을 털어놓고 확실하게, 이혼을 바
란다.

때때로, 그래야 한다고 충동에 사로잡힌다.

하지만 내 죄가 드러났을 때, 남을 거라고는 파멸밖에
상상이 안 된다.

사회적으로 죽거나, 그런 건 아무래도 좋다.

토가와와 헤어지는 것만은, 싫다.

내 마음속에서부터 우러난 호소는 거기에 집약된다.

그래서, 조금이라도 뒤로 미루려고, 열심히 악인이 되고 있다.

더위를 식힌 뒤 저녁 준비를 하는데, 토가와가 나타났다.

"무슨 일 있어?"

내가 말을 걸자, 남편도 살짝 뒤돌아보며 이쪽의 동태를 살핀다. 토가와는 뒷짐을 지고 내게 다가와, 조리하는 내 손놀림을 들여다본다.

"그냥 선생님 보러 온 거야."

"그래……?"

사 온 식기류를 한 번 씻는 모습을 토가와는 웃으며 지켜봤다.

그러고 나서 토가와는 말한 그대로, 잠시 나를 바라봤지만 딱히 아무것도 하지 않고, 아무 말도 하지 않고 방으로 다시 들어갔다. 정말로 그냥 나를 보러 왔나 보다. 그건 그거대로 왠지 간지럽다.

그리고 토가와가 가고 나서 뜸을 들이다, 남편이 말을 걸어 왔다.

"잘 따르네. 요즘 여고생은 거리감이 그런가?"

"그런?"

"뭐라고 할까……. 손을 덥석 잡아 버리거나 하는?"

역시 놓치지 않은 모양이다. 상당히 아슬아슬한 질문이다. 따른다는 표현으로 넘겨도 될지 거리감이 미묘한 건 남편도 알기에 떠보는 것 같기도 하다. 배덕자답게, 의심 암귀가 심한 것인지도 모른다.

"그건, 저 애뿐이라고 봐. 내가 이래 봬도 교사니까."

"흐음."

남편이 턱을 어루만진다. 반응이 미지근하면, 미지근한 대로 속을 알 수 없어 불안을 부추긴다.

"제자와 교사라기보다는…… 자매나 모녀 같은 느낌이야."

또 윤곽을 덧그리는 듯한, 견제하려는 의도가 있다고 착각하게 된다.

심장이 밑에서 들어 올려져 뒤집힐 것 같은…… 불길한 빈틈을 느낀다.

"자매는 몰라도 모녀는, 이봐요, 내 나이도 고려해 주지?"

가볍게 농담으로 받아치자, 남편이 그건 미안하다고 웃으면서도, 다시 진지한 표정으로.

"그래도 어느 한쪽을 고르자면, 모녀야."

남편은 정정하는 일 없이, 단언한다.

"그런 분위기가 나. 뭐, 저 애의 사정 같은 건 자세히 모르지만, 당신은 알겠어. 저 아이를 소중히 여긴다는 느낌이, 응, 들어."

여러모로 말을 고르는 말투였다. 남편이 덮어 둔 표현을 파헤치면 분명 큰 파문이 일 것이다. 그런 확신이 있어, 건

드릴까 망설이다가 양파를 썰던 손을 다시 움직인다.

"감정 이입을 하고 있다는 건 부정 못 하겠어."

물웅덩이를 조심스레 건드렸다가 도망치는 듯한 감촉이, 말을 감싼다.

"저 애의 사정을 알고 나니까 내버려둘 수가 없더라고."

그것도 일면의 진실이기는 했다. 처음에는, 교사로서의 의무. 그다음은 토가와를 향한 보호 욕구가 들고, 거기서부터 굴러떨어지듯이 애정 과다와 나잇값 못하는 성욕의 신도가 되어 지금에 이르렀다.

"으으음……. 뭐, 아니……, 의외네."

"의외라고?"

"당신이 그렇게……. 아……, 모르겠다."

남편이 노골적으로 말을 흐리며 다시 TV로 시선을 돌린다. 대화를 중단하는 방식이 서툴렀다.

하지만 단편적인 말투만으로, 대강 심작할 수 있었나.

당신이 그렇게 헌신적이라니, 의외네.

남편 말의 틈을 메우고, '그러네'라는 내 대답은 칼질 소리로 묻어 버렸다.

그리하여, 저녁 식사 시간.

저녁놀이 스러져 가면서도 아직 마을 끝자락에 남아 있

는 걸 보니, 역시 여름은 여름이었다.

오늘 저녁, 토가와의 요청으로 식탁에 올라온 건, 달걀덮밥이다.

"달걀덮밥 좋아!"

차려져 있는 제 몫의 덮밥을 앞에 두고, 토가와가 환호한다. 어찌나 귀여운지, 만약 둘만 있었다면 무심코 머리를 싸쥐었으리라. 보는 눈이 있어서 흐뭇하게만 바라보며 자리에 앉는다.

"닭고기 달걀덮밥에서 닭고기만 뺀 건가."

"아닌데요."

"앗, 죄송."

식탁에 앉자마자 부정당해서, 남편이 쩔쩔맨다. 그런 남편의 모습에, 토가와가 웃는다.

"장난이에요. 건방지게 굴어서 죄송합니다."

붙임성 좋은 목소리, 표정. 토가와가 주변 사람에게 항상 보이는, 사근사근한 태도. 남편도 어색하게 웃으면서도 살짝 안심하는 듯했다. 두 모습을 비교하고 있는 나로서는, 불안하기만 하지만.

토가와가 겉으로는 세상 온화해 보여도 속에서는 무엇이 소용돌이치고 있는지 헤아릴 수 없다. 알 수 있는 건 우호적인 태도가 가식에 불과하다는 것.

토가와 린이, 내 남편을 받아들일 리 없다는 것.

그리고 아무것도 모르는 남편과 불륜 상대인 여고생과

음란 교사가 둘러앉은 식탁이 거짓된 화로를 지핀다.

인위적인 꽃의 요란함이 밝기만 그럴싸한 저녁상에 곁들여진다.

아까 산 젓가락을, 토가와가 기쁜 듯이 쥐고는 딱딱 맞춘다. 남편은 그 모습에 전혀 알아차릴 기색도 없다. 설마 오늘 막 집에 들인 여고생이, 아내와 젓가락 무늬를 똑같은 거로 맞춰서 기뻐하는 거라고는 생각도 못 하리라.

그리고 젓가락을 쥐는 일로 이토록 긴장하는 인간도 좀처럼 없으리라. 아마도.

"잘 먹겠습니다."

토가와가 예의 바르게 인사하고 우리도 뒤따라 손을 모은다. 먹을 생각에 기대하며 들뜬 토가와의 모습을 지켜보고 나서 나도 젓가락을 움직인다. 기대 수준을 충족했는지, 한 입 삼키고도 토가와의 미소가 끊이지 않는다.

"선생님은 요리 잘하는구나."

"어, 아아……, 의외니?"

내 요리 맛을 알고 있으면 이상하니까 이런 감상이 당연하지만.

정말로 지극히 자연스럽게 시치미를 떼서 반응하는 게 늦을 뻔했다.

"교실에서 도시락 같은 거 먹는 거 본 적 없으니까."

그건 거짓말은 아니지만.

"식사는 교무실이나…… 다른 데서 때우거든."

"흐~응."

무언가를 피하듯이 이리저리 뛰고 있어서인지 별거 아닌 대화인데도 숨이 찰 것 같다. 남편은 대화에 관해서는 아무것도 느끼지 못하는 듯, 달걀덮밥을 볼이 미어지도록 먹고는 어째선지 고개를 갸우뚱하고 있었다.

나는 두 사람의 안색을 넌지시 살피면서, 젓가락을 작업적으로 움직인다.

아무것도 모르는 자와 모든 걸 알면서 태연한 자.

두 사람에게 뒤처지는 것처럼 소화 안 되는 시간이었다.

"그래도 돼? 나는 마지막에 씻어도 되는데."

저녁을 먹고 한숨 돌린 뒤, 토가와에게 씻는 게 어떠냐고 묻자 그렇게 대답한다.

"내가 마지막에 하면서 겸사겸사 욕실도 청소하려고. 먼저 들어가."

"음, 그럼 알겠어."

내 재촉에 토가와가 순순히 수긍한다. 짧은 대화를 끝내고, 은밀히 안도한다.

같이 들어가자고 당당하게 말을 꺼내지 않을까, 조금 몸을 사리고 있었다.

갈아입을 옷을 가지러 내 방으로 가는 토가와를 보내고

소파로 돌아온다.

"붙임성 좋은 아이라, 솔직히 좀 마음이 놓여."

소파에 앉자마자, 설거지하던 남편이 말을 건넸다. 아까도 저런 식으로 토가와의 부재를 가늠하고 있었던 기분이 든다. 나는 소파 깊숙이 앉아, 남편 쪽으로 고개를 돌렸다. 남편 또한, 접시를 닦으면서 내 쪽을 본다.

"대화가 잘 통할지 걱정되는 나이 차이기도 하고."

"그렇지……."

"당신이 고등학교 2학년 담임이지?"

"응."

"2학년……. 열일곱 살인가. 열일곱 살!"

남편이 곱씹으며 놀란다.

"나한테도 정말 열일곱 살이었던 때가 있었을까."

"거기서부터 의심하고 드는 거야?"

"이제 별로 기억도 안 나는걸~."

남편이 투덜거린다.

고등학생 시절의 남편.

대학교에서 만나, 사귀면서 들은 기억은 있는데 생각이 잘 나지 않았다.

"그래도, 그 뭐냐. 내가 학생일 적에는 선생님은 의식한 적이 거의 없었어."

"그렇겠지."

나 역시, 고등학생 때 선생님과 거의 접점이 없었다. 토

가와와 나의 친밀함은, 남편이 보기에도 역시나 이질적이
리라.

"나는 다른 학생들한테도 그다지 위엄을 보이지 못하
니까."

그렇게 혼잣말로 둘러댄다.

"참, 그러고 보니 물어보지를 않았는데 며칠 묵을 예정
이야?"

"음……. 집안 사정이 나아질 때까지는 있게 하고 싶으
니까……. 미안, 모르겠어."

거짓말은 아니었다. 정직함이 이따금 얼굴을 내미는 부
부 관계란, 뭘까.

"흠, 흠흠. 집안 사정이라, 뭐, 내가 자세히 묻는 건 좀
그렇겠네."

이런 쪽으로 선 긋는 건 확실하다. 나와는 다르게.

"부모와의 불화 같은 거라고 생각하면 돼?"

"그런 거."

"흠……."

대화가 흐르는 물소리에 끊기고 설거지하는 소리가 등
뒤를 가로질러 간다.

나는 그보다 멀리서 들리는, 토가와의 인기척을, 눈을
감으며 줍고 있었다.

토가와가 우리 집에 있다.

……정말로, 현실 같지 않았다.

잠깐의 정적이 흐르고.

남편이 실언한다.

물을 잠그는 것과 긴장을 푸는 것.

그 두 가지가 우연히 겹친 탓에, 닿고 만 것이었다.

"이 집에 누군가 더 늘 거라고는, 생각해 본 적 없었는데."

내가 뒤돌아보았을 때는 이미 남편이 사색이 되어 있었다.

저도 모르게 새어 나온 본심에 허둥대듯, 바로 화제를 바꿔 덮어쓰기를 시도한다.

"그, 뭐지. 저 애가 씻고 나오면 나는, 내 방에라도 숨는 게 나으려나."

"……왜?"

"아니……. 딸내미도 아니고, 씻고 나온 모습은 뭐랄까, 보지 않는 편이 좋지 않을까 해서."

"괜찮겠지……. 아마."

마음 같아서는 동의하고 싶지만, 지나치게 의식하는 걸 경계해서 태도가 애매해진다.

"게다가 이 뒤에, 내가, 들어가서 그 물로 씻어도 되는 건가?"

"……상관없지 않아?"

묘령의 여성에 대한 동요를 빌미로 자기가 한 말을 얼버무리려는 남편에게 묻어간다.

나로서도, 눈을 돌리고 싶은 부분이었다.

부부 생활의 소리 없는 파탄을, 남편도 감지하고 있다는 것 따위.

남편은 따분한 여자를 다시 직시하는 것을, 계속 피해 다니다 여기까지 온 것이다.

차를 마셔야겠다고 중얼거리며 남편이 냉장고를 연다. 그 차를 손에 들고 내 쪽을 보았다.

"오늘 달걀덮밥 말이야, 간이 좀 세지 않았어?"

"……간을 잘못 맞췄나 보다."

맞다.

나는 아무것도 틀리지 않았다.

토가와가 좋아하는, 간을 약간 세게 했기에 남편의 위화 감은 옳다.

더 얹자면 샐러드 하나 없었던 것도 토가와가 채소를 안 좋아하기 때문이었다.

가정에서 남편을 배려하지 않는 아내가, 제 잘못을 덮어 숨기려 웃고 있다.

오늘은, 토가와의 환영회 같은 거니까.

그러면 내일은?

그야 물론, 나에게는 토가와 린을 위한 날이었다.

이제부터 시작되는 건 번뇌에 찌든 색골 교사와 하트 마 크를 상시 100개쯤 달고 따르는 강아지 같은 여고생의 러브

코미디가 아니다. 좀 더 적나라하고, 추악하고, 타인에 대한 배신을 양분 삼아 행복을 탐하는 인간의 생태 기록이다.

욕실 청소를 하는 손을 멈추지 않은 채, 남아 있는 수증기에 휩싸여 부질없는 생각이 맴돈다. 지금, 남편과 토가와가 한집에 있다는 게 믿어지지 않는다. 사실 어느 쪽이냐 하면, 내 머리가 믿어지지 않는다.

말하자면, 이건…… 집에 애인을 들인 꼴이다. 배짱이 두둑한 정도가 아니라, 생각이라는 게 없는 거 아닐까, 이 머리는. 그런 생각에 거품투성이 손으로 머리를 툭 치고 만다.

토가와와 진정한 의미로 만난 지 석 달 남짓, 인생이 이렇게까지 기울 줄은 생각지도 못했다. 기울어진 바닥에는 끝이 보이지 않는 어둠. 하지만 기울었다는 것은, 올라가면 더 높은 곳에 도달한다는 뜻이기도 하다.

내가 향유하는 행복은, 그 정도 높이에 있었다.

청소를 마치고 옷을 갈아입고 나오자, 토가와가 기다렸다는 듯 서 있었다.

"토가와?"

"목욕하고 나온 선생님이다아."

내 뺨을 거리낌 없이 찰싹찰싹 만진다. 토가와의 손끝은, 사실 그렇게까지 매끄럽지 않다.

평소 집안일을 소화하는 사람의 손이었다.

"토가와, 일단 나는 선생님이거든?"

"그래서 선생님이라고 부르고 있잖아."

"그러네~."

"이리 와."

토가와가 내 손목을 잡고 끌어당긴다. 최대한, 남편이 있을 거실을 보지 않으면서, 토가와와 함께 내 방으로 간다.

"선생님, 여기."

침대에 털썩 걸터앉은 토가와가 다리를 벌리고, 그 사이를 두드린다. 옆에는 드라이어와 빗이 있었다.

"머리 말려 줄게. 자, 와서 앉아."

"……………………………………."

"머릿결 엄청 좋잖아. 소중히 가꿔야지."

"……………………………………."

"선생님?"

벌린 다리가 기네. 그 안쪽은. 돼먹지 못한 눈을 야단치며 앉는다.

앉고 나서 말이 없던 이유를 밝힌다.

"나도, 토가와 머리를 말려 줄걸. 좀 후회되네."

"내일 해 줘."

응. 토가와의 손이 내 머리카락을, 소중하다는 듯 받친다. 드라이어의 뜨거운 바람이 두피를 가볍게 두드리고 덤으로 토가와의 다리가 나를 안정시키듯이 조여 왔다. 못 도망치겠다 싶어 기쁜 비명이 치민다.

미리 틀어 둔 선풍기의 강한 바람이, 홧홧해진 다리에 사정없이 꽂혀서 시원했다.

"가려운 곳은 없으세요~?"

"그건 좀 아닌 것 같은데."

드라이어로 머리를 말리며 빗질을 한다.

씻고 나면, 평소에는 내가 하던 일.

내 손이냐, 남의 손이냐. 그 차이밖에 없다.

그런데.

"선생님, 엄청 웃네."

"그~래?"

정면 거울에 비치는 나를 보니, 달아오른 피부도 한몫해서 기분 나쁠 정도로 혈색이 좋았다.

거울에는 분명하게, 토가와도 함께 비친다.

토가와 린이 내 방에 있고, 머리를 정성스레 빗겨 주고 있다.

……용서받을 수 없는 일인데.

불순하기만 한데.

"행복을 느껴 버렸어."

좋아하는 아이가 머리를 빗겨 줘서, 설렜다. 나잇값도 못 하고, 설렜어!

나이에 어울리지 않게 청춘마저 거기서 찾고 있었다.

"앞으로 매일 해 줄게."

"……기뻐라~."

왠지 이런 생활이 계속 이어질 거라는 듯한 토가와의 말투에, 내 기쁨도 무심결에 늘어진다.

느슨했다.

행복으로 완전히 풀어져 있었다.

느껴서는 안 된다고 생각하기에 더더욱, 그 달콤함을 맛보고 만다.

이러니저러니 하며 알콩달콩 시간을 보냈다.

이러니저러니 시간을 거쳐, 잘 시간이 왔다. 드디어.

"침대가 아니어도 잘 수 있겠어?"

"괜찮아."

소파와 수건 이불 사이에 드러누운 토가와가 걱정하지 말라며 손사래를 친다.

"선생님이 자고 갔을 때도 아래층에서 잤는데, 뭘."

"……그, 그래."

"자고 가?"

남편이 멀리서 고개를 빼며 반응한다. 아아, 맞다. 그 이야기를 아직 연결해 주지 않았지.

"왜, 전에 취해서 학생 집에서 잤다고 했잖아."

"아, 그게 이 학생네 집이었어? 아이고, 그때는 폐를 끼쳤네."

남편이 새삼스럽게 사과한다.

"에이, 아니에요."

토가와는 미소를 허물지 않고 덤덤하게 넘겼다.

그런 토가와의 태도에 공격적이라고 할까……, 의기양양하게 날 선 것이 숨어 있다는 생각이 드는 건 기분 탓일까. 아니, 지금의 내가, 토가와의 마음의 미묘한 기미를 놓칠 리 없다. 그러니 그건 확실히 존재한다. 토가와 이외의 것을 정면으로 포착하지 않는, 기능을 퇴화시킨 눈동자가 그렇게 호소하고 있다.

냉큼 소파에 눕는 토가와의 얼굴을 들여다본다. 그래, 오늘은 이만 쉬어도 된다. 여러 가지 일로 옅어지고 있지만, 토가와는 엄마와 싸우고 이 집에 온 것이다.

긴 하루였다. 나도 머리가 빙글빙글 돌아서 일단은 이 진정되지 않는 부분을 해소하고 싶다.

"잘 자."

"……잘 자, 선생님."

나도 모르게, 그 뺨을 만질 뻔했다. 쓸쓸해 보이는 손을 잡을 뻔했다. 하지만 옆에 남편이 있다.

그래서 눈을 감듯이 끊어 내고, 일어선다.

"나도 들어갈게."

"응~."

남편이 리모컨을 한 손에 들고 손을 흔들고는,

"참, TV도……."

토가와의 존재를 깨닫는다.

"……나도 들어간다~!"

"응."

남편이 리모컨 대신 휴대폰을 손에 들고 침실로 들어갔다.
이렇게, 동거 생활 첫날의 막이 내리려 하고 있었다.

선풍기가 돌아가는 희미한 소리가 언제부터인가 여름의 자장가가 되었다.

그 소리에 귀를 기울이며 설핏 잠드는 것이 기분 좋다. 약풍을 타고 꿈과 현실 사이를 오간다.

천변지이만큼 격렬하지는 않았지만, 큰 움직임이 있는 하루였다. 지금까지는 아무리 깊이 이어졌다 한들 그때뿐이라, 헤어지고 나면 하루가 흘러가고는 했다. 그런데 오늘 밤은 다르다. 토가와 린과 아직 이어져 있다. 방에서 나와 조금 걸으면, 잠들어 있는 토가와가 있다. 내 집에, 남편이 있는 아파트에.

꿈으로 치부할 정도로 불확실한 풍경이 아니다. 그래도 현재 상황을 생각하면 마음이 둥둥 떠서 자리를 잡지 못한다. 시치미를 뚝 떼고 선의인 양, 불륜 상대를 집으로 끌어들여 재우고 있다.

전체를 보려 하면 멍해지는 건 머리의 허용 범위를 넘어섰기 때문일까. 내일이 와도 이 집에는 남편이 있고, 그리고 토가와도 당연하다는 듯 있을 것이다. 그 사실을 직시하려 하면 역시나 멍해지고 만다.

그대로 눈을 감고, 자는 내 숨소리를 듣는 것처럼, 때때로 의식이 끊기고.

선잠 위로, 숨어드는 소리가 물결처럼 번진다.

동굴에서 낙하하는 물방울 소리를 들은 듯 다소 날카로운 기척이 머리 깊숙한 곳에 닿는다. 눈을 떠도 옅은 어둠뿐, 거울에 비친 나의 왼눈이 가만히 나를 응시하고 있었다. 그리고 문 쪽에서 들려오는, 희미한 발소리.

발을 끌며 발소리를 죽여도, 몸에 두른 기척이 그 사람의 윤곽을 알린다.

"토가와."

"아, 바로 들켰다."

칠흑 같은 공간에, 웃음소리가 빛난다. 졸고 있던 눈동자의 막이 깨끗하게 벗겨져, 의식을 가다듬었다.

무슨 일이냐고, 묻기도 전에.

"덮치려고."

방으로 숨어든 이유를 짧게 말한 토가와가, 주저 없이 입술을 포개 왔다. 여름을 머금어 약간 열기를 띠는 토가와의 체온을, 이어진 입술로 감지한다. 입술이 곧바로 지면을 가볍게 차듯이 떨어졌다. 하지만 발돋움하고 남긴 것은 크다.

"안 돼……. 남편이, 있잖아……."

이런 뻔한 불륜 대사를, 정말로 입에 담을 날이 올 줄은 몰랐다.

"장난. 실은, 그냥 같이 자고 싶어서."

침대에 자리를 만들라는 듯 토가와가 손짓하며 안쪽으로 가라고 재촉한다.

"야한 짓 안 할게. 선생님이랑 자고 싶어."

"……응석꾸러기."

"맞~아. ……근데 선생님, 별로 안 놀라네."

방금까지의 반응을 종합해 토가와가 평가한다.

드러누운 채로 가라앉은 목소리로 말한다.

"왠지, 이렇게 될 것 같았거든."

우리는 서로를 누구보다 잘 안다.

토가와가 때로는 나쁜 아이라는 것을.

그리고 나는, 그런 나쁜 토가와를 받아들이는, 글러 먹은 어른이라는 것도.

우리는, 몸과 마음이 다 깊게 이어져 있었다. 떼어 놓기 힘들 정도로.

몸을 벽 쪽으로 붙여 공간을 만들자, 토가와가 정말로, 어린애처럼 팔다리를 부산하게 놀리며 침대로 미끄러져 들어왔다. 나 혼자서도 꽉 차는 작은 침대에 사람 둘은, 역시 제대로 눕기에 비좁다.

"토가와, 안 떨어지겠어?"

"위험하니까, 선생님한테 더 붙을게."

말을 입맛대로 주워 담아 나에게 달라붙는다. 이러고 있는 모습을 아침에, 남편이 보면 어떻게 될까. 어떤 마음을 품을까. 남편이 토가와를 보는 온도가 어느 정도인지 가늠하기 어렵다. 나와 토가와의 거리를 어떻게 받아들이고 있는지를 생각하면 등이 뚜껑이 열린 것처럼 으스스해진다.

우리를 위태롭게 할 뿐이라는 걸 알면서도 토가와를, 엄마처럼 끌어안는다.

켕기지는 않았다. 일일이 선언해야 할 정도로, 평소에는 켕겼다.

"선생님이랑 밤에 같이 자는 건 ……처음이네."

상당히, 모종의 의도를 내포한 말투였다. 그렇기는 하지만. 수치의 분류를 견디기 위해 눈을 감는다. 굳이 짚자면, 옷을 입고 같이 자는 게 처음일지도 모른다. 눈가가 한층 더, 뜨거워져 용접된 것처럼 눈꺼풀이 무겁다. 그 사이에도 토가와는 아랑곳 않고, 내 뺨을 쓰다듬거나 이마를 얼굴에 꾹꾹 눌러 대거나 하며 자기 하고 싶은 대로 한다.

"여기, 선생님 냄새가 엄청 나."

토가와가 등을 둥글게 말고 이불 속의 냄새를 들이마신다. 나는 맡지 못하므로 부끄러움이 귀에 열기로 발현한다.

"내 냄새라니, 어떤 냄새인데?"

기괴하고 복잡한 향기는 아니기를 바란다.

"음, 설명하기는 어려운데…… '선생님이다'라는 느낌이 드는 냄새. 그래서, 나는 좋아."

"……그런 거면, 됐어."

그렇다고 해도 그렇게 양껏 들이마시려고 하지는 말았으면 좋겠다. 내가 쑥스러워하는 걸 즐기듯, 토가와가 쿵쿵거리며 일부러 코를 갖다 댄다. 어깨를 밀어 떼어 내자, 역시 웃고 있었다.

침실에 있는 남편에게는 닿지 않도록, 목소리를 낮추어 코앞의 얼굴에 말을 건넨다.

"어땠어? 첫날은."

불륜 상대인 교사의 집으로 굴러들어 온다는, 심장에 특수한 고문이라도 받게 하는 듯한 상황에 대한 감상을 구하자, 토가와는 여느 때처럼 미소 짓고 있다. 거물이다.

"즐거워. 그야, 집 안에서 조금만 걸어도 선생님을 만날 수 있으니까."

토가와의 말에 그늘도 없이, 주눅 든 것도 없이. 남편 따위, 안중에도 없는 듯이.

"선생님은?"

"무서운 거 반, 나머지 반은, 토가와하고 같은 마음."

이제부터, 언제까지 이어질지 모르겠지만. 토가와와 아침에, 얼굴을 마주하고 함께 밤을 맞이하는 하루하루가 시작된다. 그런 나날이 찾아오기 전에 모든 것이 파탄 나리라고 생각했기에 이건, 행복을 가불한 것과 다름없을지도 모른다.

"여름 방학 동안에도 네 얼굴을 매일 볼 수 있을 것 같아서……, 응, 기뻐."

우리 사이를 가로막는 것이 거의 사라진 환경에서, 꿈을 꾸는 듯하다. 여러 가지를 못 본 척해 버리면, 동거 같은 것이다. 나아가서 주위에서 여러 가지를 못 본 척해 준다면 더 좋을 것이다.

제멋대로의 극치인 소망에, 입꼬리가 씰룩거릴 것 같다.

"있지, 선생님, 이마가 아직도 빨개. 우리 집에서 뭐 했어?"

너희 어머니가 밀어 넘어뜨리고 덮치려고 했다. 그렇게 숨기지 않고 털어놓으면 토가와는 어떻게 생각할까. 상상만으로도 위험했다. 내게 손을 대려 했다는 사실만으로 토가와 린은 설령 친모라 한들 위해를 가할지도 모른다. 이 아이의 호의는, 단순히 사랑스러움만으로 이루어져 있지 않다.

하지만 그 마음은 나도 알 것 같았다.

왜냐하면 나 또한, 만약 토가와에게 손을 대려는 사람이 있으면, 어떻게 될지 모른다.

"……너희 어머니하고 얘기하다가 욱해서, 박치기했어."

"……선생님이?"

토가와가 당황할 정도로, 그만큼 내게 폭력적인 인상은 없다는 뜻이겠지. 실제로, 남에게 폭력을 행사한 건 이번이 처음일지도 모른다. 주먹을 휘두른 적도 없거니와 누군가에게 발길질한 기억도 없다.

"너를 자기 소유처럼 말한 게, 너무 화가 나서…… 나도 모르게."

이를 악물고, 머리를 들이받고 말았다.

적당히 생략하면서도 일어난 일을 전하자, 박치기하는 모습을 상상했는지, 토가와가 어깨를 들썩거린다. 핵심을 감추면 내가 다짜고짜 머리를 휘둘러 덤빈 꼴일 테니, 꽤 우스꽝스럽겠지.

"그건 그래애."

꽉. 토가와가 들입다 껴안는다. 도망치려는 내 다리를, 긴 다리가 쫓아와 붙들어 묶는다. 억누르고 있는 욕망이 요동치니까 이런 요염한 접촉은 삼갔으면 한다. 평정을 가장하고 있던 목덜미가, 날뛸 것만 같다.

"나는, 선생님 건데."

"그렇고말고."

이건 절대 양보할 수 없다. 무심코 즉답했지만, 할 말을 잃고 얼굴을 발갛게 물들이는 토가와를 보고 있으니, 살짝 냉정을 되찾아서 교사 행세를 한다.

"사람을 물건 취급하는 건, 좋지 않아."

"갑자기 선생님이 됐어."

"원래 선생님이랍니다."

화제를 바꾸는 편이 낫겠다고 판단한다. 토가와네 집에서 일어난 일을 숨기기 위해서라도.

"그러고 보니, 1학기 시험 점수 잘 나왔더라. 열심히 했어, 기특해."

화제 전환이 어설펐음을 자각했지만, 교사로서 꺼낼 만

한 얘깃거리가 이 정도밖에 없다. 칭찬 어휘를 좀 더 늘리고 싶지만서도 토가와와 바짝 접해 있으면 그만, 말도 흐물흐물 무너져 내린다. 전하고 싶다, 전해졌으면 좋겠다 싶은 마음이 너무 앞서는 탓에 조급한 것이다.

"아니야……. 그렇게까지 잘 나오지는 않았어어."

"나는 네가 공부 외에도 힘든 사정이 있다는 걸 알잖아……. 그래서, 정말 열심히 했다고 칭찬해 주고 싶어졌어."

그렇게 말하자 토가와가, 무언가 떠올렸는지 웃음을 참으며, 새우등을 만다.

"내 말이 이상해?"

"소라 언니가 전에 그랬거든. 칭찬거리를 찾아내서 칭찬하는 인간은 의심스럽다고."

"으……."

딴에는 진심으로 토가와를 칭찬한 건데, 망할 호시 타카소라. 하지만 어쩌면, 경험에서 우러나온 충고일지도 모른다. 자기가 그러는 건지, 그런 일을 당한 건지는 확실치 않지만.

"그리고 소라 언니한테, 언니가 데려다주고 나서 선생님 집에서 지내게 됐다고 했더니, 너도, 선생님도 배짱 한번 좋다고 답장 왔어."

"그건…… 뭐, 부정할 수가 없네."

내가 독신이면 모를까, 부부가 생활하는 집에서 지내다니, 지내게 하다니, 보통 제정신이 아니다.

"하지만 어쩔 수 없어. 나는, 토가와를 뿌리칠 수 없으니까."

다른 선택이 있을 리도 없을뿐더러, 언제나 길은 한 갈래밖에 없었다.

토가와 린에게로만 이어져 있는 길. 그것이, 지금의 내 인생이었다.

그 토가와가 더, 더. 몸통 박치기를 하듯 몸을 부딪쳐, 비벼 온다.

움직임의 변화로, 경험상 짐작이 갔다.

"토가와."

"선생님은, 잘 때 브라 벗어?"

역시나가 역시나. 탁하게 빛나는 토가와의 눈동자를 들여다본다.

"몸을 만지다 보니까, 아주 살짝, 궁금해졌어."

목소리가 농염한 것이, 살짝이 아니다. 열을 머금은 숨결이 여름처럼 내 이성을 번지게 한다.

"확인해 봐도 돼?"

"그건……."

"확인만……. 정말로……."

스스로에게 타이르듯이 반복하면서 토가와의 손 두 개가 내 잠옷 속으로 파고든다. 그 손끝이 배를 덧그리듯이 스친 순간, 온도 차에 등이 튀어 오른다. 스치는 듯한 감촉의 손가락은 멈출 줄 모르고, 기어올라, 이윽고 내 가슴을 착 감싸 쥔다.

"와아……."

토가와의 감탄성이, 내 앞머리를 살랑살랑 춤추게 했다.

잠옷이 토가와의 손 모양대로 꿈틀거리는 것을, 숨이 끊어질 것처럼 진지하게 바라보게 된다. 익숙하게 움직이는 손가락은, 나를 몰아붙이는 법을 알고 있다. 나에게 변명조차 할 수 없는 것을 안겨 주려 한다.

처음에는 보물을 조심조심 만지는 듯했던 손놀림이, 지금은 그 보물을 제멋대로 가지고 놀 정도로 성장해 있었다. 이대로 받아 내다가는, 내 손이 토가와의 잠옷으로 들어갈지도 모른다.

그럴 수는 없었다.

"이제, 알았……지?"

잠옷 위로 가슴을, 토가와의 손을 누른다. 지그시 본다. 토가와도 새어 나오는 숨을 삼키며,

"응…….."

천천히, 손을 떼 주었다.

옷을 벗어젖히고 멈출 수 없게 되기 전에, 어떻게든, 멈출 수 있었다.

우리치고는, 웬일로.

"선생님은, 안 입는구나."

"………………………………."

떨리는 손가락을 꽉 쥔다.

그럼 너는 어떠냐며 흐름을 타는 게 평소의 나지만, 오늘은 아주 약간 어른이다.

어른이라 함은, 약삭빠른 저항을 시도한다는 뜻이다.

밀려들려 하는 욕망을, 박치기로 필사적으로 막고 있었다.

"토가와의……."

다양한 표현이 떠올랐다가, 번뇌가 되어 녹는다.

"변태."

꾸짖었는데도, 토가와는 잠옷에서 꺼낸 손을 꽉 쥐었다 펴며 만족스러워했다.

"선생님. 나도 말이야, 여러 가지를 생각하고 있어."

"……그렇고 그런 것을?"

그것도 있지만. 토가와가 가볍게 긍정하며 넘기면서.

"하고 싶은 거, 해야만 하는 거. 그런 게 여기 와서, 좀 보이는 것 같아."

"하고 싶은 거……?"

"응."

토가와가 짧은 대답을 마지막으로 입을 다물고, 눈을 감는다. 계속 얘기했다가는 못 잘 것 같다는 뜻이겠지. 그 판단은 옳지만, 신경 쓰이는 데서 끊겼다. 지금은 아직 말할 마음이 없다고 해도, 나에게 숨기는 게 생기면, 쓸쓸하다.

나도 숨기고 있는 게 있으니까, 벽을 세우지 않고는 살아갈 수는 없다는 것도 이해한다.

그렇다 해도, 헛헛한 건 또 별개다.

토가와의 온기를 느끼며 나도 눈을 감는다.

나와 남편의 아파트에 와서, 보이기 시작한 것.

평온무사한 것과는 거리가 멀다는 것만은, 알겠다.

사실, 그것은 고요하면서도, 천천히 좀먹어 들어가는 것이었다.

이 아이가 하고 싶은 일이 무엇인지 알게 되는 것은, 조금 더 훗날의 일이었다.

자명종 대신 위기감이, 확실하게 나를 깨운다.

결국, 토가와와 같이 잠들어 날이 밝아 버렸다. 입술이 닿을락 말락 한 거리에서 숨소리를 내며 자는 토가와의 사랑스러운 얼굴을 넋 놓고 바라보는데, 위기감이 참다못해 머리를 후려친다. 태평하게 얼굴 감상할 때가 아니다.

이대로 우리 둘이 사이좋게 방에서 나가면서 좋은 아침이라며 인사하는 건 아마 말도 안 되겠지……. 흐트러진 잠옷을 고쳐 입으면서 토가와가 깨지 않도록 조심스럽게 침대에서 내려온다. 새삼, 길다. 다리 길이는 항시 주목, 아니, 이해하고 있지만, 누워 있는 모습을 보니까 몸이 가늘고 긴 게 한층 더 느껴진다.

옮길 수 있을까. 내 팔과 잠든 토가와를 번갈아 보고 한 번 해 보자며 움직인다.

무릎과 허리를 천천히 굽히고 토가와와 침대 사이에 손을 밀어 넣는다. 간지럽게 느껴지는 토가와의 체온에 감정이 일렁이지만, 몸을 단단히 붙잡는다. 숨을 들이마셨다가 뱉고.

무릎과 허리의 움직임을 의식하면서, 토가와를 들어, 올릴 수, 있었다. 됐다! 눈을 부릅뜰 정도로 힘을 줘야 했지만, 어떻게든 받쳐 들고 일단 정지한다. 천천히 그 자리에서 방향을 틀어 방을 나온다. 짧은 복도에서 보이는 거실은 이미 희미한 햇살이 스며들고 있었다.

비틀거리면서도 빨리 걸으려 유념하며 토가와를 옮긴다. 오래는 못 버티리라는 걸 알기에 발소리를 신경 쓸 겨를도 없이 서둘러 소파로 향했다. 그래도 던질 수는 없어서 조심조심 소파에 내려놓는다. 턱 줄기를 땀처럼 타고 흐르는 초조함이 얼굴에 피가 쏠리게 했다. 다리부터 소파에 두고, 마침내 다 눕히고 나서, 크게 숨을 토하려는 그때.

"고마워, 선생님."

손이 떨어지자마자, 말을 건넨 탓에 놀라, 몸이 뒤로 젖혀지는 바람에 등이 조금 비명을 질렀다. 허리를 펴면서 히죽거리는 토가와의 뺨을 꼬집는다.

"깨어 있었으면 네 발로 걸어."

뺨을 잡아당기자, 토가와가 즐거운 듯이 벗어나려고 버둥버둥 귀엽게 저항한다.

"엄마가 옮겨 줬으면 했거든."

"……정말이지."

농담조로 말하지만, 분명, 부러움도 섞여 있으리라. 치워 뒀던 수건 이불을 덮어 주자, 만족스러운지 토가와의 입가가 풀린다. 그러고는 내 이마를 작게 가리켰다.

"이마 빨갰던 게 커다란 멍이 됐어."

"……윽."

그 말에 이마에 손을 갖다 대니 무지근한 통증이 꽃핀다. 한번 의식하고 나자, 공기에 닿기만 해도 아픈 것 같은 착각이 든다. 만용의 대가는 작지 않았다.

"화장으로 가려져야 할 텐데."

"수업 없어서 다행이다."

"그러게 말이야."

이 멍을 붙인 채 교단에서 서서 조례라도 했다가는, 누구도 내 얘기에 귀 기울이지 않을 것이다.

그 후, 남편이 일어나고 토가와가 섞인 아침이 시작된다.

남편은 이 환경에, 얼마큼 위화감을 느끼고 있을까.

아침 식사에 몸단장. 평소의 흐름에 토가와가 낀 탓에 나는, 그쪽으로만 눈이 간다.

남편이 출근하는 것도 언제 준비했대 싶을 뿐, 연속적으로 느껴지지 않았다.

"점심에 토가와가 먹을 밥만 만들고 나갈 거니까, 내가 문단속할게."

"아, 그럴래? 그럼 먼저 갈게."

남편은 역 세 정거장쯤 떨어진 직장으로 매일 출퇴근한다. 예전에 뭔가에 영향을 받았는지 '건강을 챙겨야겠어! 그런고로 걸어서 다닌다!'라며 그렇게 다짐했으나, 일주일 만에 포기했다. '퇴근하고 걸어오는 게 힘들어. 미안해'라고 어째선지 나에게 용서를 빌었는데 도대체 나는 무얼 용서해야 했던 걸까.

그랬던 남편이 전철 시각에 늦지 않으려고 서둘러 나가는 것을 지켜본다.

그리고 집에서 나간 남편과 교대하듯 토가와가 경쾌하게 내 쪽으로 다가와, 뒤쪽으로 돌아 들어와서는, 꽉 껴안아 왔다.

"이히~."

이상한 웃음소리를 내면서 나를 감싸고는 만면의 미소를 띤다.

"얘가, 얘가……. 갑자기 다시 오면 어쩌려고."

풀어질 듯한 얼굴을 자제하며 주의를 준다.

"몰라아. 나는 상대가 누가 됐든 선생님을 양보할 생각 없으니까."

마치 태어났을 때부터 나와 함께했던 것처럼, 뿌리 깊은 독점욕으로 떨어지려 하지 않는다.

이렇게 사랑스러운 상간녀가, 있어도 되는 걸까.

"아, 맞다. 선생님, 학교 가지?"

"그럼요, 선생님이니까요."

"그러면 모자랑 글러브 가져와 줘. 주말에 캐치볼 하자."

주말. 지금까지는, 남편과 산책하거나, 장을 보거나, 게임하는 남편을 뒤에서 멍하니 바라보던 시간.

그것을, 토가와가 자기와의 시간으로 만들려 한다.

"……알았어. 기억해 둬야겠네."

"손에 글러브랑 모자라고 써 줄까?"

초등학생 같은 제안에, 그만 가벼운 웃음소리가 흘러나오고 만다.

"근데 정말 괜찮아? 점심에 달걀 샌드위치 먹어도. 어제 오늘 달걀이라."

"선생님이 만들어 주는 거니까 뭐가 됐든 다 달라."

뭘 모른다니까. 그렇게 말하려는 듯 토가와가 내 배를 세게 껴안아 온다.

달걀말이 자투리를 살짝 입가로 가져가자, 토가와가 기뻐하며 맛본다.

"맛있어, 엄마."

"맛있다니, 엄마도 기뻐."

토가와가 나를 양보하지 않듯.

나도, 토가와의 '엄마' 자리를 더는 누구에게도 넘겨줄 마음이 없었다.

"이러고 있으니까, 선생님이랑 결혼한 것 같아."

"……엄마랑 결혼하게?"

"할 수 있다면 하지."

내가 부러 조금 빗겨 받아 낸 그것을, 토가와가 정면으로 받는다.

할 수 있다면. 모든 것이 허락되고 법을 내던지고 도덕에 폭파 허가가 난다면, 나도.

해 버릴 테지만.

"아, 그래, 그래그렇구나……. 참, 여벌 열쇠 줄게."

"여벌 열쇠?"

"친구랑 만나서 놀기도 할 거잖아."

혼자서 나가고 싶어질 때도 있을 테고. 사실, 너무 들락날락하면 아파트의 다른 주민이나 이웃이 수상쩍어할지도 모르지만, 여기를 새장으로 만들 수는 없다.

"음, 열쇠는 있어도 그만, 없어도 그만인데……. 요즘은 애들이 놀자고 해도 거절하고 있고."

별로 내키지 않는 듯이 말한다.

"그래? 왜, 싸우기라도……."

말을 이어 나가려던 나를 어깨 너머에서 들여다보며, 의미심장하게 히죽거린다.

"선생님은, 내가 다른 여자랑 들러붙는 거 싫어하잖아."

과거의 본심이, 이렇게 때를 노려 치고 들어온다.

"그건, 그러기는 했는데……, 친구 관계까지 참견하려던 건…… 그렇게까지 속 좁은 짓은…… 아니, 내가 그러기는 했지만…….”

사실, 본심을 말하면, 길거리에서 다른 아이와 다정하게 걷는 토가와를 보게 된다면, 평온할 수는 없을 것이다. 하지만, 왠지 내가 속박하는 것 같아서…… 속박하고 있지만.

“친구하고…… 멀어지면, 쓸쓸하지 않아?”

여전히 선량한 척, 그런 걸 확인하고 만다.

“그만큼 선생님이랑 거리가 가까워진다면, 그거로 됐어.”

“……저.”

정말 좋은 생각이네. 그렇게 말하려다가.

건전함이라고는 찾아볼 수 없는 그 선택을, 기뻐해 버리다니.

나에게 제자이기도 한 ‘친구’에게, 우월감을 느껴 버리다니.

“나, 진짜 못된 여자인가.”

어렴풋이 자각하고 있던 그것을 토로하자, 토가와가 정장 너머에서 내 가슴으로 손을 가져온다.

들어 올리는 손가락을 내려다본다. 오가는 감정으로 가슴이 괴로울 정도로 가득 찬다.

“나한테는 최고의 여자야, 선생님.”

질척하게. 등을 기어오르는 정념에, 오싹오싹했다.

열 살이나 어린 여자아이가, 한 여자로 대해 주는 것에.

제자가 여자로서 원해 주는 것에…… 취할 것 같았다.

"맞다. 청소 도구 같은 건 어디 있어?"

"……가슴 주무르면서 평범한 질문 하지 마."

"선생님이 일하러 간 사이에, 청소랑 빨래를 해 둘까 하는데."

무시당했다. 평정을 유지할 수 없게 만드는 손놀림을, 눈 밑에 힘을 꾹 주며 견딘다.

"무리해서 안 해도, 돼."

"늘상 하는 거라, 안 하면 시간 때우는 방법을 몰라. 그리고 말이지, 평소에는, 아무도 아무 말 안 해 주는데 여기서는 청소하면 선생님이 칭찬해 주잖아."

가슴 만지는 손길을 멈추고, 내 몸을 돌린다. 정면에서, 해일처럼 토가와가 다가온다.

"칭찬해 줄 거지?"

"……기특해! 기특해 죽겠어!"

너리며 등이며 마구마구 예뻐해 준다. 치미는 기분에 맡겨, 마음 가는 대로.

"머리 다 헝클어졌어어."

토가와가 울며 웃는 듯한 표정으로 항의한다.

기왕 헝클어진 거, 조금 더 엉망으로 헝클어 놓는다.

그러고 나서 현관까지 배웅하러, 왔을 토가와가 눈을 두 손으로 가리고 있다.

"무슨 의식 같은 거니?"

"봐도 봐도 정장 입은 선생님이 너무 야해서, 안 보려고 하는 거야.”

안 보인다, 안 보여. 그러면서 토가와가 춤추듯 좌우로 돌아다닌다.

“자꾸 야하다고 하는데, 이 모습이 그렇게까지 그래……?”

딴에는 평범하게 차려입었다고 생각하기에, 내가 보기에는 아무것도 느껴지는 게 없다.

“계속 보고 있으면, 침대까지 끌고 가고 싶어질 만큼은 야해.”

토가와가 손가락을 조금 비껴서, 이쪽을 힐끔한다. 그러더니 바로 ‘꺅’ 하며 숨긴다.

놀리는 것 같기도 했다.

“사복 입은 토가와도…… 내가 보기에는, 미쳤다, 싶은데.”

어깨나 다리를 드러내는 방식에 눈길이 머물려는 것을, 애써 외면하고 어떻게든 생활하는 나날. 보고 있으면, 눈이 뭐람, 손이 빨려 들어갈 것 같다. 같기는 무슨, 이미 어깨를 만지고 있다. 이런 식으로 본능이 앞서면 안 되는데. 어깨가 매끈매끈. 분명 내 뇌도 매끈매끈하겠지.

“야하게 만지기는.”

“그냥 만지는 건데…….”

그냥, 만지면 안 된다. 아쉬워하는 손을 떼자, 토가와가 여운을 즐기듯이 내가 만진 부분에 자신의 손을 올린다.

“다녀와, 선생님. 착하게 기다리고 있을 테니까.”

조금 전의 발언부터가 착한 아이가 아니다. 하지만 저

미소를 보면 온 힘을 다해서, 껴안고 싶어진다.

"다녀올게."

자연스럽게, 가슴을 펴듯. 등을 곧추세우고, 아파트를 나선다.

문 너머에 기다리는 여름이, 보인다. 여름 공기가 또렷하게 보이는 듯한 착각이 일었다. 그만큼, 의식이 밝다. 잡다한 사고에 현혹되는 일 없이, 기쁨으로 똑바로 뻗어 있다.

"꼭, 결혼한 것 같네."

왜인지 모르게, 토가와의 말을 덧그리듯 하면서 불지도 못하는 휘파람을 불려 한다.

들떠 있었다.

바보 천치였다.

그리고 사람이 행복해지고 싶다고 생각하는 이유를, 이제야 이해하기 시작했다.

행복이라는 게, 이렇세나 좋은 거라서.

설령 그것이, 누군가를 발로 차서 떨어뜨려야만 성립한다고 할지라도.

사람이든 자동차든 규칙을 잘 지키니까 우리는 대체로 사고 없이 이동할 수 있는 거다.

나는 그 규칙을 대놓고 어기고 세상에 민폐를 끼치면서

용케 살아 있다.

그런 생각을 하면서, 출근했다.

행복 효과가 신호를 기다리는 사이, 숨 막히는 더위에 녹아 버렸다. 덧없다.

학교에 당도하자, 그 기분이 더욱 끈적하게 지면에 달라붙게 된다.

"……으엑."

무심코, 실례되는 본심을 미처 숨기지 못했다.

교문 근처에 양산을 쓰고 토가와의 모친이 서 있었다.

그 양산은 데이트했을 때 토가와가 썼던 양산이라, 더욱더, 불쾌했다.

"선생님, 안녕~. 우와, 역시 이마 장난 아니네."

어제와 달리, 화장을 찍어 바른 미소로 나를 환영한다. 저쪽도 이마에 퍼런 멍을 달고 있었다. 그래도 폭력이기는 하니까 사과하는 편이 낫지 않을까. 약한 마음이 호소한다.

"내 이마도 그렇지만. 하하하, 커플이네."

"……무슨 용건이세요?"

나를 양산 아래로 함께 넣으려고 해서 점점 물러난다. 점점 다가온다.

"대체 뭡니까."

"선생님한테 용건이 있다고 할까……. 선생님을 통하지 않으면 안 되겠지."

토가와의 모친이 손가방에서, 수수한 도시락통을 꺼냈다.

“이거, 린의 도시락.”

“·················도시락, 이라니요?”

“그게, 도시락 안 싸 줬다고 혼났거든……. 그 집에서는 못 만드니까 가게 좀 들렀어.”

모친이 약간 겸연쩍은 듯이 머리를 긁는다.

“여기서 기다리면 린을 볼까 싶어서 서 있었는데 말이지. 지금이 여름 방학이었지 뭐야. 그래서 선생님을 기다렸어. 이거, 린한테 전해 줄래?”

속 편하게 부탁하는 이 사람은 무슨 생각을 하는 걸까.

토가와와 모친 사이의 자초지종은 듣지 못했다. 하지만 도시락이 무엇을 의미하는지는 왠지 모르게 알겠다. 소풍, 견학, 운동회……. 토가와가 어떤 서러운 마음으로 화를 냈는지, 이 사람은 이해하고 있을까.

“토가와가 도시락을 진심으로 원했던 때는, 이미 훨씬 전에 지났습니다.”

“알아. 아는데……, 전해 줘.”

귀찮다는 듯이 떠넘기기에 그만 받아 버리고 말았다. 새 것, 산 지 얼마 안 됐다는 게 보이는 2단 도시락통. 보냉 팩도 없이, 받아 봤자 곤란하기만 하다.

“전해 준다고 해도, 제가 일하려고 출근한 거라서요.”

집까지 되돌아가서 전해 줄 시간은 없었다.

“선생님네 집 주소 알려 주면 내가 갖다줄게.”

“싫습니다, 가르쳐 드리기 싫어요.”

“단호해라.”

모친이 쓴웃음을 짓는다.

“지금 당신을 만나면, 토가와가 또 상처받을 거예요.”

순수하게 이 사람에게는 주소를 가르쳐 주고 싶지 않기도 했지만.

모친이 양산을 빙글빙글 돌리며 순수하게 의아하다는 듯이 찔러 온다.

“선생님은 말이야. 린이 좋아 죽겠나 봐?”

“……그렇지는.”

“왜냐하면 선생님은, 린에게…….”

뭐라고 말하려다가 도시락통을 힐끔 보고.

“상관없지만.”

말을 끊는다.

그러든 말든 아무래도 좋다는 양.

불필요할 정도로 내게 거리를 좁혀 온다.

“실은 있지, 선생님. 나…… 선생님이 진심으로 마음에 들었어.”

“하?”

나보다 훨씬 연상의 여성이, 젖은 눈동자로 사랑스럽다는 듯 내 눈을 들여다본다.

“선생님 말대로 우리가 성격이 안 맞잖아, 그래서 내가 바꾸고 있는 거야.”

“……아니, 저기.”

결혼했다고 약지에 낀 반지를 보여 줘도, 거들떠보지도 않는다.

활짝, 변변치 못한 모친과 어울리지 않게 산뜻하게 웃어 보인다.

"그거, 린이 필요 없다고 하면 선생님이 먹어 줘. 그럼, 안녕."

마치 그게 진짜 목적이라는 듯한 가벼운 말투. 토가와의 모친이 멀어져 간다.

그래, 토가와가 거절할 것을 이미 다 안다는 그런 어조였다.

……마음에 들었다니, 정말, 그런 쪽으로?

남자든 여자든 좋아하게 되면 성별은 고려하지 않는 사람이거든요.

전에 토가와가 했던 말을 떠올린다.

"…………에이, 아니야아니야."

나, 저 사람 진짜 싫어하는데. 마음에 들 만한 요소가 있었나.

격렬한 박치기가 뜻밖의 효과를 낳았는지도 모른다.

이 도시락도 딸을 생각해서 가져온 게 아니라, 단순히 기특하게 굴어 자기에 대한 내 인상을 개선하려고 시도한 것뿐이라면, 아아, 한탄밖에 안 나온다.

되짚어 보면 오늘은 가시 돋친 태도도 아니었고, 솔직하고, 내 비위를 거스르지 않으려는 배려가 느껴졌고.

즉.

저 사람은 나라고.

옆에서 보면, 토가와 린을 사랑해서 나를 뜯어고쳐 좋은 사람인 척하는 나도 똑같이 보이리라고.

내 평생의, 깊고 깊은, 한숨이 흘러나왔다.

저런 식인 건가. 자학하면서도 내 손에 남은 도시락통 탓에 가늘어진 눈으로.

일단, 물어보기는 해야겠지.

휴대폰을 꺼내서 마지못해 메시지를 보낸다.

「어머니께서, 토가와한테 전해 주라고 도시락을 가져 왔어.」

「어떡할래?」

내가 가져다주러 갈 시간은 없으니, 만약 토가와가 간절히 원한다면 가지러 오라고 할 수밖에 없다.

그런 어머니라도, 아직 토가와가 그리워한다면.

답장이 오기까지, 잠시 시간이 걸렸다.

「필요 없어.」

「이제 와서 무슨.」

첫마디가 거절인 것에 마음이 놓이는 나는, 교사로서 너무 지독한 걸까.

하지만 나는, 토가와 앞에서는 여자이기도 했다. 토가와를 사랑하는, 한 여자.

딴 여자의 비둘기에게 먹이를 주는 변덕에 얽매이는 건,

싫어서, 견딜 수 없었다.

「나는, 선생님이 만들어 준 점심밥이 좋아.」

「엄마도 선생님이 해 주는 게 좋아.」

「선생님, 사랑해.」

「정말정말 사랑해.」

「선생님.」

「보고 싶어.」

메시지를 연달아 보낸다. 감정의 뚜껑이 열려 넘쳐흐르는 것처럼.

전화도 온다. 벽에 기대며 받는다.

「사랑해.」

보낸 메시지와 똑같은 내용을 토로하는 사이마다, 코를 훌쩍이는 소리가 섞인다.

"응, 괜찮아……. 확실하게 전해졌으니까."

모친인 그 사람이 아니라, 나를 선택한, 마음과 슬픔을.

"그러니까, 울지 마."

「……안 울어…….」

"응."

잠시 말없이 통화가 이어졌다. 토가와가 끊을 때까지, 나는 그저 귓가에 전화기를 대고 눈을 감고 있었다. 안고 있는 도시락통에 이따금 충동이 싹트려 하면서.

여기까지 오는 동안, 수많은 상처를 받은 그 아이의 균열투성이 마음에, 사랑은, 너무도 자극적이었는지도 모른다. 당연하게 사랑해 줘야 할 엄마가 자기를 버렸다는 사실이, 토가와에게 얼마나 깊은 상처를 입혔을까. 분노와 초조와 연민이 저마다의 꼬리를 쫓듯이 빙글빙글 돌며 원을 그린다. 감정이 불꽃을 튀기는 것처럼, 눈 안쪽이 번쩍번쩍 소란스럽다.

도저히 일할 기분이 아닌지라 다시금, 목 위를 투명하게 하듯이.

다른 이에게 조종을 맡길 수밖에 없었다.

버리기에도 차마 아까워, 받은 도시락은 내가 점심때 먹기로 했다.

제자의 보호자가 만들어 온 도시락을, 어째선지 그 담임이 먹는다. 재미있는 경험이다.

도시락 반찬들은 과연 나보다 공을 들였고, 정갈했다.

그리고 모두 토가와가 좋아하는, 약간 세게 간이 통일되어 있었다.

토가와 린만을 생각하는, 지금의 내게는 당연한 일상을 유지하며 일을 마치고 귀가했다.

현관에서 기다리고 있으려나. 반은 예상, 반은 기대였으나 토가와의 모습은 보이지 않았다. 의외다. 바깥의 저녁놀을 질질 끌어오는 듯한 기분으로 신발을 벗고 거실을 들여다본다.

남편이 L자로 만든 팔을 벌렸다 오므렸다 반복하며 어깨를 풀고 있다.

오늘은 먼저 집에 온 모양이다.

"아, 어서 와."

"다녀왔어."

둘러봐도 토가와가 보이지 않는다. 그러면 혹시, 내 방에 있나.

"아까, 아니, 그, 내가 집에 왔을 때 말인데."

"응?"

"당신이 온 줄 알고 그 애가 현관으로 날아왔는데 나를 본 순간 풀이 죽어서 좀 미인하더라."

"그것참…… 미안?"

사과할 일인가 싶어서, 서로의 고개가 미묘한 각도에 머문다.

"그래도 귀여운 여고생한테 인사치레로라도 다녀오셨냐는 말을 들으니까 조금 기뻤어."

"그것참…… 잘됐네?"

"응."

남편이 만족스러워해서 나도 꺾었던 고개를 바로 했다.

"그래서 토가와는?"

"글쎄……? 바로 당신 방으로 들어가 버리던데."

"그래…….."

발길을 돌리려 했는데 남편의 시선이 아직 강렬하다. 그에 대해 묻기 전에.

"당신 방으로."

왜인지 남편이 잠시 뜸을 들였다가, 한 번 더 말했다. 강조하니까, 태연을 가장한 눈꺼풀이 파르르 경련할 것 같았다. 남편이 저 발언을 하며 무슨 생각을 했을지, 의심하고, 캐내려는 내 입장과 마음이 부끄럽다. 벽에 짓눌릴 것 같은 긴장감을 체험하며 뒷말을 기다리는데.

"근데 뭐……, 나랑 단둘이 있기는 싫겠지."

남편이 납득한 듯 운동을 이어 갔다. ……거리가 있으면 심장 소리가 닿지 않는 건 인류의 소통이나 관계성에 무척 중요한 거겠지. 겉으로야 얼버무릴 수 있어도 고동을 억누르는 건 매우 어렵다.

남편은, 뭔가 석연치 않은 것을 느끼는 걸까? 그렇다면, 그건 옳다.

나는, 남편이 마음속에 그리는 그런 인간이 아니니까.

가슴에 앙금을 안고서 방으로 간다. 선풍기가 돌아가는 소리가, 어둠 속에 멍하니 떠 있는 듯했다.

토가와는 기다리다 지쳤는지 내 침대에 누워 있었다. 해도 반쯤 저물어 찾아온 어스름 속에서 잠든 모양이다. 가방을 내려놓고 침대에 걸터앉자, 선잠이었는지 움찔 어깨가 움직이고 눈을 뜬다.

"다녀왔어."

이 아이에게 이 말을 할 수 있는 행복과 그 일그러짐에 등줄기가 떨린다. 토가와가 몸을 일으키더니, 천천히, 나를 끌어안는다. 빈틈없이 달라붙은 가슴에서 전해져 오는 심장 소리는, 온화하게 상냥하다.

"어서 와, 선생님."

"……응."

서로의 고동이, 마음에 거짓이 없음을 전한다. 꽉, 꽉, 서로 껴안았다가 떨어졌다.

"가져왔어, 글러브랑 모자."

종이봉투에 넣어 온 글러브와 모자를 건네자, 토가와가 선물을 확인하는 아이처럼 눈을 반짝이며 꺼낸다. 자신의 낡은 글러브를 손에 몇 번 뒤기나가 유대폰을 집었다.

시각을 확인하듯이 힐끔 보고 바로 침대에 내려 둔다.

"선생님……. 조금만……, 안 돼?"

이거, 하면서 글러브를 조심스레 얼굴 앞으로 들어 올리며 부탁한다. 아이가 조를 때 하는 행동이었다.

"캐치볼?"

토가와가 작게 끄덕인다.

"지금?"

질문을 추가하자, 다시 한번 끄덕였다.

귓갓길을 되새긴다. 여름철이라 해도 길어서, 아직 해가 완전히 저물지 않았다.

아침에, 토가와와 한 통화를 떠올리고.

아아, 평생 이길 수 없으리라고 깨닫는다.

"조금만이야. 저녁 시간까지만."

안절부절 눈치를 보며 고개를 숙이고 있던 토가와의 눈이 환하게 빛나는 걸 보자, 나도 모르게 그만, 응, 하고 고개를 끄덕일 뻔했다. 지금까지의 내 전부를, 인정해 버릴 것 같았다.

"오냐오냐 엄마다~."

"……그거, 발음하기 어렵지 않아?"

"오냐오냠머마아."

두 번째는 대차게 실패해서, 둘이 파안대소한다.

화장을 지우고 옷을 갈아입는 걸 저녁놀이 기다려 줄 것 같지 않아서, 정장 차림 그대로 글러브와 공을 집는다. 모자는 안 써도 되겠지, 하는데 토가와는 꼼꼼하게, 기쁜 듯이 쓴다.

"어? 그거."

글러브를 들고 같이 나온 우리를 보고, 남편이 바로 알아차린다.

그래, 이건, 토가와를 위해 산 글러브고.

지금도 앞으로도, 역할을 다하려 하고 있다.

"잠깐, 저녁밥 먹을 때까지만 캐치볼 하고 올게."

"캐애취?"

유창한 발음과 의문을 뒤섞어 묻는다.

"음……. 이제 곧 밤이 될 텐데."

"해가 질 때까지만."

토가와가 나 대신, 혼잣말처럼 시간을 지정한다.

"……그렇대."

"아, 그래……."

남편이 홀로, 우리를 배웅한다. 혹은, 남겨진다.

나는 토가와와 함께, 당연하다는 듯이 나간다.

손을 잡은 상태로 다른 한 손에는 글러브를 들고 있어서 신발을 신는 것도 고생했다.

그래도 놓지 않았다.

토가와와 손을 잡고 계단을 내려가는 것도 익숙해졌다. 그대로 아파트 밖으로 나와, 차가 별로 다니지 않는 주택가 도로를 긷는다. 아무리 그래도 아파트 앞에서는 못 하지.

"선생님?"

토가와는 아파트 앞에서 할 생각이었는지 의문을 표하면서 따라온다.

토가와를 데리고 향한 곳은 집 몇 채를 끼고 위치한 교회였다.

신자는 아니지만, 교류는 나름 있다.

"관리하는 분이 아는 사람이라, 물어보고 올게."

주말이었다면 둘이 운동장으로라도 가면 되지만, 지금

은 좀 너무 멀다. 교회 주차장이 제법 널찍하니, 사용하지 않는 시간이라면 부탁할 수 있을 듯하다. 예전에, 근처 아이들이 휴일에 축구를 하는 것도 본 적이 있다.

교회의 본당…… 본당? 순간 말이 나오지 않았다. 아니, 예배당이다. 그 안쪽에 자리 잡은 아담한 주택의 초인종을 누르자, 바로 아는 얼굴이 나왔다. 약간 연세가 드신, 체구가 작은 여성분이다.

"이치고하라 씨, 무슨 일이에요?"

"안녕하세요. 다름이 아니라, 잠깐만 여기서 캐치볼을 해도 될지 허락을 구하고 싶어서요."

"그것참, 활동적인 용건이군요."

호호. 관리인분이 명랑하게 웃는다.

"그렇게 해요. 오늘은 축구하러 오는 아이들도 없으니까요."

"감사합니다."

"교회에 맞히면 학교에 이를 겁니다?"

"……조심하겠습니다."

"농담이에요."

관리인분이 배웅해 준다. 문을 닫기 전에, 토가와의 존재를 깨닫는다.

"저 아이는 누구예요?"

"학교 학생이에요."

"그것참…… 의외의 상대로군요."

고개를 갸웃하면서도 캐묻지 않고 넘어가 주어 다행이 었다.

"건물에 맞히지 않게, 살살 던져 줘."

허락을 받은 것을 그렇게 알리자, 토가와가 싱긋 웃으며 공을 쥐었다.

어제 생활용품점에 갔을 때도 마찬가지다. 이렇게 단둘이 있는 모습을 반 아이들이 보기라도 하면 바로 위험해지는데. 멍하니 그런 생각을 한다. 좀 더 위기감을 가져야 하는데 그마저도 습기를 머금은 여름 공기처럼 번져 버린다. 학교에서도 같이 캐치볼을 하고, 손을 잡고 다니니, 밖에서 보인들 이제 와서 새삼스럽기는 하지만, 밖에서도 만나는 사이라는 게 알려지면 멀리서 수군대며 놀리던 장난이 기정사실로 취급될지도 모른다.

"선생님, 던진다~."

"응~."

토가와가 싱글벙글 웃으면서 쥔 공을 높이 들어 자랑하듯 내보인다. 그렇게 팔을 치켜드니, 훤칠한 키와 뻗어 나간 선의 아름다움에 마음을 뺏긴다. 저녁놀을 등지고 몸의 반이 타오르는 듯이 물들어, 교회라는 장소 탓인지 성스럽기조차 했다.

당부한 대로 토가와가 던진 공이 완만한 궤도를 그리며 날아온다. 한 발짝, 두 발짝 물러나 공을 글러브에 담는다. 손목에 가볍게 와닿는 진동과 감촉이 익숙해지니 퍽 기분 좋다.

토가와가 즐거운 듯이 왔다 갔다 하며 팔을 뻗고, 한 바퀴 돈다. 뻗은 팔은 저녁놀을 궤적으로 남기며 타오르는 날개 같았다. 그런 토가와에게, 마찬가지로 완만하게 공을 던져 준다.

토가와는 나처럼 가슴으로 받는 게 아니라 당황하지 않고 팔을 뻗어 가뿐히 잡아냈다. 그러고는 글러브 안을 들여다보며 받아 낸 공을 내려다본다.

그대로 굳어 있기에 잡기 수월해 보였는데 다치기라도 했나 싶어 조금 초조해진다.

"괜찮아?"

살피듯 묻자, 토가와가 고개를 들고 과장되게 땀을 닦듯이 이마를 팔로 문질렀다. 눈언저리와 콧등을 뭉개며 거세게 움직이던 팔을 내리고 얼굴을 붉히며 이가 보이도록 웃는다.

"선생님도 실력이 많이 늘었다 싶어서."

얼버무리듯, 토가와가 공을 던진다. 포물선이 아니라 직선, 방금보다 속도도 훨씬 빨랐다. 그 차이를 포착하면서 엉겁결에 내민 글러브로 공이 꽂히듯이 들어왔다. 그 모습을 지켜보고 글러브 너머로 공을 꽉 움켜쥔다.

"봐, 늘었잖아."

"칭찬, 고맙네. 그래도 좀 더 천천히 던져 줘."

운 좋게 잡은 공을 되던져 준다. 태양이라도 거머쥐려는

듯 높이 뻗은 토가와의 손이, 유유히 되돌아간 공을 낚아
챈다. 허리 뒤로 손깍지를 끼고 경쾌하게 활보한다. 그러
고는.
　“선생님.”
　“왜~?”
　토가와가, 하얀 이를 보이며 상쾌하게 웃는다.
　“점심, 맛있었어.”
　그 인사는 예전에 짊어지고 있던 것과의 결별조차 느껴
질 만큼, 가볍고.
　둘러싼 환경에 대한 여러 대답을 담고 있는 것 같았다.
　“별말씀을.”
　흐뭇한, 이런 대화만 주고받는 사이라면 고민이 없을
텐데.
　우리를 묶어 주는 사랑은, 다양한 형태의 연결을 서로에
게서 갈구한다.
　묶어서는 안 되는 것까지, 뒤얽힌다.
　사람은 다양한 굴레를 벗어던지면 무거운 하늘 아래를
걸어가는 것쯤은 할 수 있는데.
　누군가를 원할 뿐인데, 일상은 무너져 내리고 똑바로 걷
는 것조차 여의치 않다.
　사랑은 중력보다 무겁다.
　그 사랑이 담긴 공이 느긋할 정도로 천천히, 우리 사이
를 오간다.

토가와와의 시간이 끝나지 않는다. 학교, 우리 집, 토가와네 집. 그렇게 나뉘어 있기에 일상이 성립하고 있었는데, 그 경계선이 여름 방학이라는 한정된 시간 속에서 지워져 간다.

나는, 집에 와서도, 남편이 아니라 토가와하고 지낸다.

마음이 끌리고 난 뒤로 내 생활의 중심에는 토가와가 있었다.

그런데 계속 쏟아지는 그것이, 넘쳐흐르려 한다.

나와 남편 사이에 있는, 무수한 균열에 토가와 린이 스며들려 하고 있다.

갈라진 틈으로 물이 스며들어, 갈증을 뒤엎는 듯한 고통과 실감.

사람들은 그것을, 침식이라고 부른다.

제6장 『하늘에 그리듯』

본명은 기억나지 않지만, 우리는 그 친구를 리쿠라고 불렀다.

리쿠는 같이 어울리던 무리의 친구로, 내가 아는 한 교내에서 가장 아름다운 여학생이었다. 좋은 집안 자식이라고 본인이 말하기도 했지만, 그에 납득이 갈 만큼 언행에서 우아함이 느껴졌다. 늘 여유롭고 모난 구석 없는 성정. 손바닥 위에 내려앉은 깃털처럼 아스라한 부유감을 선사하던, 그런 동급생이었다.

약간 긴 밤색 머리를 하나로 묶은 경단 머리였는데, 집안일이 많아서 자주 그렇게 묶고 있는다고 했었다. 어떤 집안인지는 본인이 말하지 않았지만, 주말에 리쿠가 전통 의상을 입고 거리를 돌아다니는 모습을 봤다는 친구의 이야기를 듣고 대충 짐작했었다.

리쿠에게는 좋은 소문과 나쁜 소문, 둘 다 따라다녔다. 좋은 소문 중에는 리쿠의 용모에 마음이 끌린다는 취지의 내용이 많이 있었다. 호감의 고저 차는 있어도, 리쿠의 아름다움을 부정하는 학생은 거의 없었다. 교실 구석으로 눈을 돌려도, 질투조차 꿈틀거리지 않는다. 그만큼 외모에 설득력이 있었다.

나쁜 소문 중 하나는, 여러 여학생에게 손을 대고 무책임하게 웃는다는 것. 어느 쪽 소문을 들어도, 리쿠는 여느 때처럼 미소 지을 뿐이었다.

친구 중에 리쿠한테 당했다는 얘기는 못 들어 봤지만, 그 건 관계를 가진 애들이 숨겼기 때문인지도 모른다. 나는, 적어도 구애를 받은 적이 없었다. 내 얼굴은 리쿠의 눈에 차지 않는 걸까, 하고 거울 앞에서 농담처럼 아쉬워했다.

당시, 고등학생이었던 나는 남몰래, 정말 겉으로 드러나 지 않게 노력하면서도, 내 외모에 다소 자만심을 품고 있 었다. '나 좀 귀여운데?' 같은, 지금이라면 얼굴이 홧홧해 질 생각도 했었다. 리쿠와 만나고 뛰는 놈 위에 나는 놈이 있다는 걸 알게 된 건, 그녀에게서 배운 좋은 교훈이었는 지도 모른다.

리쿠와 둘이 노는 일은 거의 없었으나 가끔 단둘이 이야 기할 기회는 있었다.

그중에서도, 그때의 일은 지금도 기억하고 있다.

고등학생 학창 시절의 기억이 아득히 옅어져 간다 해 도, 분명, 냄새가 그 기억만큼은 각인시키고 있기 때문일 것이다.

문득 그러고 싶은 마음이 들어서 수업을 빼먹어 본 날이 있었다. 교실로 가지 않고 가방을 껴안은 채 체육관 2층으 로 가 봤다. 무슨 불만이 있었던 것도 아니다. 굳이 말하자 면, 그 무언가가 변하지 않을까 싶은 막연한 기대에서 비 롯된 땡땡이였다.

약간 더웠을 시기라, 이미 하복으로 옷을 바꿔 입었던 것 같다. 체육관의 미적지근한 공기 속에서 먼 건물에서 오는 소리를 어렴풋, 벽 너머로 느끼면서 가만히 앉아 보았다. ……당연하게도 혼자 앉아 있는 것만으로는 아무 일도 일어나지 않았다.

선생님에게 들키지 않게끔 몸을 숨기고 있었기에 해방감은커녕 오히려 답답했다.

재미없네. 금방 깨달았지만 2교시 수업이 끝날 때까지는 얌전히, 가만히 있었다. 기다려 마지않던 종이 울리고 나서야 일어나서, 어쩔까, 행선지를 고민하며 체육관을 나왔다.

이대로 등교해서 3교시 수업부터 들을까. 아니면, 하고 둘러보다가 그곳을 발견한다. 밖에서 보기만 하고 한 번도 이용한 적은 없었던 장소, 보건실. 바람에 펄럭이는 커튼이 부드럽게, 기분 좋은 듯이 흔들리는 것을 보고 마음이 이끌렸다.

건물 안으로 들어가, 가방은 최대한 주위 시선이 닿지 않게 숨기고 보건실로 향했다.

책상에 앉아 작업하던 보건 선생님이 곧바로 나를 알아차린다. 무슨 일이냐고 묻기에 갑자기 몸이 안 좋아져서 늦게 등교했다며 거짓말을 했다. 평소에 수업 태도도, 성적도 좋은 편이라 딱히 거짓말로 의심받지 않았다. 그렇지만 거짓말을 한다는 것에 익숙하지 않아서 영 불편하다. 찔린다. 자주 듣는 말인데, 내 천성은 성실한 탓이겠지. 남을 속이다니 내게는 당치도 않은 일이라고 당시에는 그렇게 생각했다.

그 평가가 옳았는지 아는 데는 상당한 시간이 필요했다.

일단 좀 자렴. 보건 선생님의 재촉에 들어와서 오른편 침대로 향한다.

침대에는 먼저 온 손님이 있었다. 커튼을 젖히자마자 맞아 주는 향기로 누군지 알았다. 향수의 종류인지, 아니면 타고났는지, 그녀는 항상 꽃향기를 두르고 있었다. 화장했다고 판단한 선생님에게 주의받는 모습을 본 적이 있지만, 리쿠는 웃는 얼굴과 온화한 태도로 평소처럼 능숙하게 넘겼다. 리쿠는 사람의 감정을 유연하게 받아넘기는 기술이 뛰어난 듯했다.

양말을 벗고 발바닥을 기분 좋은 듯 내놓은 리쿠가, 나를 보고 미소 짓는다. 머리를 푼 리쿠는, 평소의 부드러움은 자제하고, 요염함으로 치장하고 있는 것 같았다.

"체육관은 질렸어?"

"응?"

인사는 생략하고 대뜸 묻는다.

"이츠키가 살금살금 체육관으로 가는 거, 보였어."

"아아……."

남의 눈을 피해서 한 짓이긴 하지만, 동급생이 그 모습을 목격했다는 건 좀 부끄럽다.

친구 중에서, 나를 이름으로 부르는 건 리쿠뿐이었다. 보통은 성이 그 사람의 이름의 전부로 기능했다. 나는 모두에게 마에카와라고 불렸고 나도 성이나 별명 같은 거로

만 불렀다. 그에 반해 리쿠는 대체로 이름으로 불렀는데 싫다거나 거슬리는 느낌 없이, 미끄러지듯 귀와 마음 안쪽까지 들어왔다.

옆 침대에 앉자, 리쿠가 누운 자세를 바꾸어 몸을 내 쪽으로 틀었다. 리쿠의 안색은 보건실 침대와 어울리지 않게 건강해 보였다. 평상시의 리쿠, 여느 때와 같은 미소였다.

"몸 상태가 안 좋다는 핑계로 온 거니까, 너무 크게 말하지는 말아 줘."

보건 선생님이 바로 근처에 앉아 있는데. 안 들리는 건지, 못 들은 척해 주는 건지, 선생님은 무반응이다.

"미안, 미안."

리쿠가 사과하면서도 미안한 기색이 전혀 없이 웃었다.

"어디 안 좋아?"

"어?"

리쿠의 눈이 휘둥그레졌다가 하얀 천장을 둘러보고 '아아' 납득한다.

"보건실 침대에 누워 있는데 걱정해 주는 건 처음이야."

"뭐라는 거야……."

"이츠키가 걱정될 정도로, 좋은 사람이라는 뜻."

리쿠를 따라 양말을 벗고 침대에 올라가자, 리쿠는 약간 흐트러진 침대 속에 손을 넣고, 무언가를 찾는 듯했다. 그러고는 찾아낸 것을 쥐고 침대에서 내려온다. 커튼을 닫아, 보건 선생님과의 사이에 벽을 만든다.

빈틈투성이 밀실을 만들고는 침대에서 발굴한 것을 보여 준다.

들고 있던 것은 양말이었다. 디자인도, 색도 흔해 빠진 양말이라서 봐도 왜 보여 줬는지 감을 잡지 못한다. 리쿠는 지금 확실히 맨발이다. 그게 뭐 어떻다는 건지 싶어 내려다본다. 리쿠가 벗어 둔 실내화에 양말 두 짝이 아무렇게나 처박혀 있었다……. 어? 양말이 하나 더 있다.

리쿠의 발은 두 개라, 과다한 양말이 나설 자리가 없다.

"그런 거야."

리쿠가 제 침대로 돌아가며 웃는다. 양말 세 덩이의 수수께끼가 풀리지 않은 나에게, 리쿠가 '이런 애도 나쁘지 않지'라며 왜인지 어깨를 편다. 답을 에둘러서만 하기에 나도 침대에 누우면서 양말을 지그시 바라본다. 리쿠의 발이 세 개가 아니라고 한다면, 저 양말은 다른 사람의 것이라는 게 된다. ……다른 사람?

침대 속에서 다른 여자애의 양말이 나왔다.

그 상황을 곱씹고 곱씹다 마침내 생각이 미쳤다.

"어어……."

정답인지 알기도 전에 당혹스럽다. 설마, 리쿠 앞에 자던 애의 양말은 아니겠지.

"선생님이 와서 허겁지겁 나가는 바람에, 짝짝이 양말이 생겨 버렸어."

리쿠가 커튼 너머로는 닿지 않도록 목소리를 낮춘다. 하지만 그 직후의 웃음소리는 숨기지조차 않는다.

즉, 지금 교내에는 양말을 한쪽만 신고 있는 여자애가 있다는 뜻이었다.

"다른 여자애도, 있었다는 거야?"

"거야."

"거기, 리쿠가 쓰는 침대에."

"대에."

"대답이 너무 건성건성 아니야?"

"건성건성 맞아."

그러면서 어째선지 가슴을 펴 보인다. 교복 너머로도 알겠는, 리쿠의 가슴 크기에 일순 심장을 눌린 듯한 감촉이 들었다. 유례 드문 미인인 것도 모자라서 가슴까지 크다니, 틈이 없다.

틈이라니, 무슨.

"여기, 보건실인데……?"

"응. 학교에서는 깨끗한 침대가 여기밖에 없으니까."

리쿠의 태도는 전혀 위축되지 않고, 거리낌이 없었다.

"이왕이면 청결한 장소가 좋잖아? 그 외에는 옷이 더러워지든 말든 상관없지만. 옷이라는 건 더러워지는 걸 막기 위해 있는 거니까."

"고견은 지당하지만, 이런 곳에 여자애를, 그, 끌어들이고 있는 거야?"

대담하기 짝이 없다 싶어 눈이 부릅떠진다. 엎어지면 코 닿을 데에 선생님이 있고, 운동장에서도 들여다보이는 곳이라 아무리 커튼을 쳤다 해도 새어 나가는 것을 완전히 차단할 수는 없다.

"끌어들인다니, 듣는 사람 서운하게. 내가 강제로 꼬드기는 것 같잖아."

유감이야아. 농담조로 답한다. 리쿠가 그 장면을 떠올리듯, 눈이 천장을 본다.

"다들 제대로 합의하에 옷을 벗기고 있어."

"잠……."

친구의 성 사정을 적나라하게 듣고 뺨이 불티를 뒤집어쓴 것처럼 뜨거워진다.

"안 벗기고 끝내는 경우가 더 많지만."

안 들린다, 안 들려. 고개를 가로젓는다. 막은 귀가 달궈진 돌처럼 뜨거운 열을 뿜어, 손바닥에도 전파될 것 같다. 리쿠에 대한 정보량을 줄이려 눈도 감는나.

암흑과 둔탁한 소리. 동굴에 몸을 숨기고 숨을 죽이는 듯한 시간.

그런 내게 손짓하듯이 입구에서 빛이 쏟아진다.

속된 호기심이라는, 낚여서는 안 될 빛에 유인당하고만다.

"……왜?"

"교복 입은 애가 좋으니까."

뜸을 들였음에도 불구하고, 대답은 제대로 이어졌다. 심지어 지극히 단순한 이유로.

손을 떼고 눈을 뜨자, 리쿠가 내 교복 깃 언저리를 바라보며 생글생글 웃고 있었다.

"나는! 그…… 리쿠 너하고는, 친구일 뿐이고."

"어이쿠?"

아직 아무 말도 안 했는데. 경박하게 아쉬워한다.

"하지만 친구라면야. 그래, 이츠키와는 계속 친구로 있고 싶어."

그런 말을 산뜻하게, 아무렇지 않게 하는 사람이 리쿠라는 미소녀였다.

표현이 이상하지만, 수다스러운 표정이었다. 웃는 얼굴이 모든 것을 말해 준다.

마음을 밑바닥에서부터 깨끗하게 건져 올려 준다.

저런 기분 좋게 하는 미소에, 많은 아이가 현혹되는 것이리라 생각했다.

"역시 교내에 그런 일이 있기는 있구나."

소문은 난무하지만, 실제로 조우하는 일은 거의 없다.

"리쿠는, 여자를 좋아하는구나."

"엄청나게. 예쁘잖아."

리쿠가 움츠러들지 않고 똑바로 긍정한다. 예쁘니까 좋다. 그렇구나. 납득한다.

본인이 그 이상을 상상할 수 없을 정도의 미모이니, 예쁜 것이 주변으로 모이는 건 자연스러운 일처럼 느껴졌다.

그리고 당당하게 말할 수 있는 게 눈부셨다.

자기가 좋아하는 것을 잘 알고 있다는 게, 부러워진다.

내가 좋아하는 건 뭘지 생각해도, 아무것도 떠오르지 않는다.

나는 이제껏, 머리를 흔들흔들 좌우로 흔들면서…… 그것을 바라보듯이 그저 살기만 하는 기분이 들어 견딜 수 없다. 아무 생각 없이, 주위로부터 느끼는 것도 없이, 그저 흔들기만 할 뿐.

간단히 말해서 열중할 수 있는 것이 아무것도 없었다.

"전부터 가끔, 교실에 없다 싶기는 했는데."

"수수께끼가 풀렸네. 시험에 나오기를 기도하자."

"나올 리가 없잖아……."

실없는 농담이라고 생각하며, 힘없이 웃는다.

"아니~, 나올지도 모르지~?"

리쿠가 놀리듯이 의문을 던지고 무언가를 연상하듯이 되웃어 준다.

그 의미심장한 말의 뜻을, 당시의 나는 이해하지 못했다.

"이츠키도 마음만 먹으면 이 여자 저 여자 만날 수 있을 거라고 봐."

"그런 보증은 달갑지 않은걸."

자기 딴에는 칭찬하는 거겠지만, 불순한 건 좀. 내 뺨을 꼬집는다. 상대를 여럿 거느린다니, 상상인데도 죄책감과 책임감에 시달리다 자멸할 것 같다. 누군가와 만나서 즐거운 한때를 보내더라도 다른 사람이 마음에 걸려 순수하게 즐기지도 못할 것 같다.

리쿠는 아무렇지 않게 하루하루를 살아가고 있지만, 관계를 맺은 아이들은 납득하고 있을까. 리쿠의 소문을 모르지도 않을 텐데. 아니면, 다들 자기한테만은 진심이라고 생각할까.

"이츠키도 요즘 사이좋은 애 있잖아. 잖아잖아."

누구를 말하는지 금방 짐작이 갔다.

"오히려, 요즘은……."

권유를 받아 아이돌 악수회에 함께 갔던 여자애. 그 후에도 조금씩 같이 어울리는 시간이 늘어나서 사이좋은 친구 사이를 넘어서는 소문이 무성해질 것 같아, 지금은 거리를 두고 말았다. 아니, 소문이 난다는 건 변명에 불과하고 실은, 좀 더 다른 무언가를 무서워하고 있음을 알고 있었다.

빠져든다는 감각을 아직 모르기에, 그쪽으로 기우는 것을 두려워하는 거라고 생각한다.

"이츠키랑 얘기 못 한다고 쓸쓸해하더라. 화해할 수 있기를 바랄게."

"……그러게."

"뭐, 내가 할 말은 아니지만."

"무슨 뜻이야?"

리쿠는 그 이상 대답하지 않고 화제를 바꿔 버렸다.

"고등학교 선생님도 좋겠다~."

"진로 말이야?"

"그렇게 딱딱한 건 아니고. 장래 희망 같은 거지. 케이크 가게 주인이 되고 싶은 순진한 아이처럼."

"요~만큼도 순진함이 안 느껴지는데."

"여고생이 가장 많은 직장이라니, 꿈의 직장이잖아."

이것 봐. 불순하기 짝이 없는 동기였다.

"선생님은 학생에게 손을 대서는 안 됩니다."

"이츠키가 더 선생님에 어울릴 것 같아."

그런가, 하며 웃었지만, 뭐, 리쿠보다는 낫겠지? 하고 함께 소리 내 웃었다.

"이츠키는 남에게 신뢰를 잘 얻고."

"그래?"

내 일을 남 일처럼 듣는다.

"사람 좋아 보이는 얼굴이니까."

뼈 있는 평가처럼 들린 것은, 지나친 억측일까.

그 말의 바로 뒤에, '나처럼'이라고 덧붙인 게 들린 기분이 들었다.

"이츠키가 선생님이 된다면."

리쿠가 거기까지만 말하고 크게 호흡하듯 멈춘다.

"된다면?"

"지금 그대로라면, 좋은 선생님이 될 것 같아."

칭찬이 맞나, 애매하게, 코끝을 가볍게 긁히는 듯했다.

"'지금 그대로'라는 말이, 좀 걸리는데."

"'사람과의 거리감이 그대로라면'이라는 뜻이었어."

적당해, 적당해. 리쿠가 장난치듯 반복한다. 그런 리쿠의 이질감을 돋보이게 하는 연두색 눈이, 나를 재미있어하듯 담고 있었다.

이때, 리쿠가 무슨 말을 하고 싶었는지, 고등학생인 나는 깊이 이해하지 못했다.

그날 이후, 나는 보건실에 가지 않아서 리쿠와 단둘이서 애기할 일은 별로 없었다.

하지만 이날 있었던 일은, 그 후에도 어렴풋이 머리 한 구석에 있었던 거겠지.

고등학교 교사.

왠지 모르게, 가장 인상에 남아서, 어쩌면 내 일생을 결정했을지도 모르는 것.

리쿠 같은 까다로운 학생을, 내가 만약 선생님이라면 어떻게 대응할 것인가. 그런 걸 생각하기 시작한 게, 진로를 선택하는 계기가 되었는지도 모른다.

오랜만에 리쿠의 꿈을 꿔서, 조금 반가웠다.

그리고 이 꿈이 끊기면, 또 잊어버릴 것 같은 기분이 들었다.

어라? 나 혹시, 사는 게, 즐겁나?

문득 깨닫기 시작한 건, 토가와와 살게 되고 나서 첫 주말을 맞기 직전이었다. 아침에 분주한 와중에도 토가와 생각을 하고, 학교에서 업무를 보면서 토가와 생각을 하고, 쌓인 업무를 안고 집으로 가는 길을 걸을 때의 조바심과 고양감은 여름 특유의 기온 높이와 합쳐져 끊이지를 않는다. 뭘 단련한 적도 없는데 빠른 걸음을 계속 유지할 수 있는 감각이 있었다.

「곧 집에 도착해.」

발소리를 짧고 날카롭게 연주하며 토가와에게 연락한다. 생각해 보면 이런 연락은 아무리 우리 집에 묵고 있어도 해서는 안 된다. 교사가 학생의 연락처를 알고 사적으로 이용하다니, 남편에게 들키기라도 하면 그것만으로 문제와 의혹을 낳는다. 하지만, 이미 보내 버렸다.

토기와에게시 온 답징은 리드 줄을 물고 올려나보는 상아지 이모티콘이었다.

"……자기도 아는 건가?"

아니, 그래도, 사람을 개에 비유하는 건 상대로서는 불쾌할 수도 있으니 자중해야 한다. 설령 하더라도 마음속에만 담아 둬야 한다. 아아, 토가와 귀여워. 그런 생각을 하며 아파트 계단을 올랐다.

자칫하면 입 밖으로 낼 뻔해서 방심할 수 없었다.

문을 연다.

곧바로 빛이 온다. 시각뿐만 아니라 소리도, 냄새도 충족시키는 강한 빛이었다.

"선생님, 어서 와."

토가와가 내가 돌아올 장소에 있다는, 용서받지 못할 행복에 입술이 느슨해지는 걸 억누를 수 없다.

현관에서 맨 먼저 맞이해 주니까 기다리는 시간을 조금이라도 줄이고 싶어서 돌아갈 때는 꼬박꼬박 연락하고 있다. 그리고 일전에도 있었다시피, 내가 온 줄 알았더니 남편이었다, 하는 상황에 놓이게 되면 둘 다 어색할까 봐 그런 것도 있었다.

"다녀왔어."

"고생했어~. 선생님, 오늘은 늦었네."

가방을 들어 준 토가와가 그대로, 내 방까지 따라온다. 토가와는 낮 동안 혼자일 때 시간이 비면 기본적으로, 방에 있는 모양이다. 달리 죽치고 있을 장소가 없어서 퇴근해서 집에 오면 내 침대는 약간 흐트러져 있다. 토가와가 자고 있었다고 상상하는 것만으로 마음에 죄의식의 그림자가 드리워져, 베개를 제대로 놓고 나서 침대에서 눈을 돌린다.

토가와네 집에서 가져온 인형은, 어느샌가 내 방에 놓여 있었다.

짐을 내려놓고 옷에 손을 대었다가 뒤돌아본다. 싱글싱글 웃고 있는 토가와가 귀엽다.

귀여움은 어떤 때라도 중요하지만, 지금은 아니잖아.

"옷 갈아입고 싶은데."

"갈아입어!"

개의치 말고. 그러면서 꽃다발이라도 던져 건네는 듯한 손짓으로 재촉한다.

"……옷을 갈아입고 싶은데."

뉘앙스를 바꾸어 다시 호소한다. 토가와는 침대에 걸터 앉아 감상 태세다.

"네에? 선생님, 제가 여기에 있는 게 문제가 있나요오?"

여러 가지 의미로 아슬아슬하게 짐짓 시치미를 떼며, 장난을 건다. 문제는 없고, 있다. 모순되지만 둘 다 존재한다. 그건 그렇다 치고, 어떤 상황이든지 옷을 벗는 모습을 보이는 건 부끄러운 법이다. 알몸보다 일종의 쑥스러움이 동반되는 건 왜일까.

"누가 보고 있으면 뭐랄까, 진정이 안 돼서."

"그러면 눈을 가리고 있을게. 이러면 돼?"

토가와가 손가락 끝으로 두 눈을 가린다. 방에서 나갈 생각은 일절 없는 모양이다.

나와 한시도 떨어지고 싶지 않다는 의사를 혼자 멋대로 느끼고, 몽롱한 설렘을 느낀다. 그리고 나는, 어떤 형태로 든, 토가와에게 저리 가라든가 나가라는 말은 할 수 없음 을 실감한다.

무엇보다 내가, 놓고 싶지 않으니까.

이 생각은 일단 접어 두고.

옷에 손을 대고 조금 뜸을 들이다, 홱 뒤돌아본다.

손가락 틈새로 살짝 엿보이는 토가와의 눈동자와 눈이 마주쳤다.

"이럴 줄 알았지."

"커닝 실패."

"나중에 교무실로 와."

"싫어어."

토가와를 벽 쪽으로 밀어서 굴린다. 즐거운 듯 순순히 굴렀다.

"갈아입는 동안은 벽 보고 있어."

"네에."

무릎을 가볍게 굽히고 등을 둥글게 만 토가와가 고분고분 어깨를 흔든다. 나보다 큰 제자가, 아아, 정말이지, 진짜로, 귀엽다. 일탈한 애정이 바람에 부채질을 당하는 촛불처럼, 거세게 흔들린다.

그렇게 겨우 옷을 갈아입는다. 종일 입고 있던 정장을 벗을 때의, 독특한 해방감에 숨을 뱉는다.

"선생님이 옷 벗는 소리만 듣는 것도…… 묘하네."

벽에 튕겨 나온 듯한 토가와의 목소리가 이쪽에 닿는다.

"묘하다니?"

"상상력 기르기 수업하는 것 같아."

"………………………………."

뭐든지 긍정적으로 즐길 줄 아는, 솔직한 아이입니다.

가공의 학부모 면담에서, 모르는 어머니에게 보고한다.

옷이 스치는 소리를 최대한 줄이려고 신중하게 갈아입었더니, 꽤 늦어졌다.

머리를 푼 나를 보고, 토가와가 만족스러운 듯 웃는 게 늘 인상에 남는다. 항상 풀고 있는 게 나을까 하면, 그건 또 아니다. 그런 안배가 사람으로서 깊은 맛을 낳는 거다.

남편은 아직 오지 않았음을 거실로 나오고 나서야 깨닫는다. 전에는 늦어질 때마다 꼬박꼬박 연락했는데, 토가와가 오고 나서 그런 연락도 소홀해졌다. 황폐해진 땅이라도 밟는 듯이 마음이 놓이지 않는다. 사실은 그날부터, 남편에게 따분한 여자라는 말을 듣고 나서 줄곧 비바람을 맞고 있었던 걸 아닌 척하며 황야에서 결혼 생활을 보내고 있었다.

나의 남편이 지금 이디에 있는지를 표면에 드러낸 섯은, 지금, 손을 잡은 여고생이었다.

하늘에서 쏟아지는 해처럼, 미소가 눈부시다. 저 밝은 웃음과 함께라면 무섭지 않다고, 나와 둘이 어둠이 꿈틀거리는 지하 깊은 곳으로 가고 있다. 남들 시선에서 도망치려, 바다 내음이 닿지 않는 장소로, 조금이라도.

나와 토가와의 사이에 관해서, 남편에게는 잘못이 일절 없다. 없지만, 하고 이어 나갈 뻔해서 머리를 젓는다.

"그래도 차리기는 해야겠지……."

우리와 함께 먹고 싶지는 않을지도 모른다, 아니, 그러리라고 생각하면서도, 저녁밥을 차리고 남편의 귀가를 기다렸다. 기다리는 동안, 토가와는 진심으로 편안해하듯, 내 곁에서 떨어지지 않았다. 키 차이 때문에 내 어깨에 머리를 얹는 것도 조금 불편해 보이는데도 머무는 것에서 평온을 찾아내고 있었다. 그것은 돌아갈 장소를 찾은 인간의 모습이었다. 그렇다, 자기 집으로 돌아갈 생각 따위, 토가와에게는 이미 없다는 것을 보여 주는 것이었다.

늦게까지 일을 하고 온 남편의 피로는, 어느 정도의 변명이 되고 있을까.

똑같이 밖에서 일을 마치고 왔을 터인 나는 토가와 상대라면 말수가 많아지고, 남편에게는 시종일관 사무적인 대화와 확인만 하게 된다. 나는 찔려서 고개를 드는 게 괴롭고, 남편은, 무엇이 족쇄가 되어 입을 다무는 걸까. 저녁 식사 때도 나와 토가와만 떠들고 남편은 그런 우리를 멍하니 바라보면서 식사를 입으로 나르고 있었다. 눈을 피하는 것도 아니고, 무시하는 것도 아니고, 남편은 그저 보고 있었다. 그 눈은 나를 포착할 때, 신기한 것을 발견한 것처럼, 기이한 호기심으로 빛나는 것처럼 보였다.

어떤 감정이 깃들어 있는지 다 파악할 수 없어서, 조금 무섭다.

그런 불온함과 공존하는 것이 사랑스러움이니, 사랑이라는 건 의외로 질긴지도 모른다. 식사를 마치고 뒷정리를 하는 때에도 둘이 접시만 씻고 있어도 서로 통하는 것이 뺨을 허물려고 한다. 끊이지 않을 토가와와의 시간에, 지금 느껴서는 안 되는 과도한 행복에 넘쳐흐르고 만다.

토가와 또한, 거품 묻은 스펀지를 한 손에 들고 흐물흐물한 미소를 보여 주고 있다.

"뭔가 신기해."

"뭐가?"

"선생님이랑 이렇게 나란히 설거지하는 거."

말이 어디에도 자리 잡지 못하고 허공을 헤엄치는 듯하다. 그렇지만 나와 같은 기분을 노래하고 있다는 걸 안다.

"그러게……. 평범한 교사는 경험하지 않을 일일지도."

평범한 교사라면, 제자를 집에 재우지는 않는다. 아무리 동정심이 든다고 해도, 흑심이 있다고 해도. 윤리관이 파탄 난 교사여야만 할 수 있는 체험이다. 사회는 인간성을 파탄시키는 쾌락을 억제하기 위해서 계산하여 구축되어 있음을 통감하는 기회가 최근에 많다.

교사가 학생에게 손을 대서는 안 된다는 건, 나처럼 되니까 당연한 일이었다.

부엌이 좁기에 굳이 나란히 서서 설거지하는 것이 효율적일지는 알 수 없다. 하지만 자기도 돕겠다며 당연한 듯이 옆으로 오는 이 아이를, 목과 입술이 떨릴 정도로 사랑스럽다고 느끼고 만다. 그릇에 묻은 오염을 씻어 내는데 문득 눈이 감기려고 한다.

행복이 너무 눈부셔서 눈을 뜨고 있을 수가 없다.

실제로, 토가와가 이 집에 살게 되고 나서부터 혼자 있는 시간에 집 청소, 빨래 등 요리 이외의 집안일을 해 줘서 솔직히 큰 도움이 되고 있다. 혹은 그렇게 해서 가치를 보임으로써 남편의 반대를 막으려는지도 모른다.

토가와는, 나에게 있어서는 더할 나위 없이 좋은 아이지만, 좋은 아이지만은 않다.

그 토가와가 또 쳐다보기에, 시선을 돌리자.

"선생님 짱."

"뭐야, 그게."

"선생님을 귀엽게 불러 보려고 했는데 좋은 아이디어가 안 떠올라서 그대로 추락했어."

실패야. 그렇게 말하면서 토가와가 고무장갑을 벗으며 웃는다. 아마, 이치고하라라는 성을 쓰고 싶지 않았기에 이륙에 실패한 것이리라고 이해한다. 토가와의 과정을 금방 짐작할 수 있게 되어서, 약간 자랑스럽다. 다른 학생에 대한 이해는 전혀 진척되지 않은, 글러 먹은 교사가 가슴을 펴려고 한다.

"귀엽게 안 불러도 돼."

"선생님이 귀여운 건 중요해."

"교사거든요, 일단은."

싱크대에 묻은 거품을 씻어 내면서 쓴웃음을 짓는다. 정말로, 일단은. 아직 면목상으로는.

그것도 시간이 얼마나 남았을까. 행복이, 뒤섞인 거품과 물처럼 배수구로 흘러내려 갈 것 같아서 끔찍하다. 행복하다, 행복하다, 행복하다.

어째서 이렇게 늦게, 행복해져 버린 걸까.

"고등학생 때는 다들 선생님을 뭐라고 불렀어?"

"그냥 마에카와라고 하거나…… 아니면, 마에."

성 말고 이름으로 부른 건 한 사람뿐이었다. 지금 생각하면, 별난 친구였다.

"……마에카와?"

토가와가 과장되게 눈을 동그랗게 뜨고 움직임을 멈춘다. 왜 그래?, 하고 나도 멈추자.

"아, 그렇지이. 결혼하기 전이라 성이 달랐겠구나아."

마치 지금 안 것처럼 행동하는 토가와를 보고, 아아, 알겠다. 내 성을 당연하게 알고 있으면 남편이 보기에 부자연스러우니까 그런 거구나. 뒤늦게 깨달았다.

토가와, 거짓말을 잘하는구나. 감탄한다. 방심한 나 또한 경계한다.

그리고 나에게는 능숙하게 거짓말하지 않았으면 좋겠다고, 바랐다.

"그렇지. ……친구들은 토가와를 뭐라고 불러?"

"토가~."

"토가가 됐네."

싱크대를 마저 닦고 고무장갑을 벗는다. 전에는 남편이 설거지를 해 주고는 했는데, 지금은.

"선생님, 턱에 거품 묻었어."

"어디?"

턱을 내밀고 어디에 묻었냐며 확인하듯 물으니,

"닦아 줄게."

토가와의 손가락이 턱선을 매만진다.

"간지러워."

웃음이 나올 것 같은 걸 참는다.

고양이 턱 밑을 쓰다듬듯, 그 시간은 길었다.

정리를 마치고, 토가와에게 무릎베개를 제공하고, 둘이 TV를 본다. 자세가 처음부터 이런 건 아니었고 TV를 보자 길래 그러자고 소파에 걸터앉았더니, 자연스레, 이렇게 된 것이다.

청소와 빨래를 하지 않아 손이 비게 되자, 그 빈 시간을 무엇으로 채우고 있느냐 하면, 그렇다, 토가와하고의 시간 이었다.

괜찮을까 싶지만, 괜찮을 리 없다는 걸 안다. 하지만 움 직일 수 없다.

이 소파에 전에는 남편과 앉아 있었다. 그런데 지금은 깔끔하게 교체된 양, 토가와가 이렇게 들어앉아 있다. 남편은 거부하듯이 서재 겸 침실로 들어가 버렸다. 평소에는 거실에 있었는데. ……쫓아낸 것 같아서, 아니, 같은 게 아니라서 미안하다.

남편과의 사이에는 문이라는 얇은 칸막이가 다인데, 이런 대담한 스킨십을 하게 되다니.

인간이란 아무 말도 듣지 않으면 머지않아 어떤 환경에도 익숙해져 버리는 존재였다.

그래, 남편은 이 굴러들어 온 여고생에 대해 아무 말도 하려 하지 않는다. 교사가 제자에게 무릎베개를 해 줘도, 아무 말도 안 한다. 보이지 않는 것도 아니면서. 우리를, 먼 곳을 보듯이 멍하니 바라볼 때가 많다. 그 시선에 무엇이 담겨 있는지, 나는 읽어 낼 수 없다. 단순히 생각하는 게 무서울 뿐일지도, 서로.

여태까지처럼.

그러나 그 관계가 드디어, 앞으로의 벽에 가로막힐 때가 온 건지도 모른다.

고개를 드니, 바뀐 실내 냄새를 코가 맡아 낸다.

지금까지 남편과 둘이 살며 생겨났던 냄새에, 토가와가 섞여 있었다.

"오늘 밥도 맛있었어, 선생님."

"응……."

응석 부리는 제자를 이렇게 내려다보고 있으면, 의식이 붕 떠올라 떨어져 나갈 것만 같다.

머리가 현실이라고 인식하지 못해서 인식에 오류가 생긴 듯했다.

하지만 여기로 오고 나서의 토가와는 삼시 세끼 제대로 먹고 즐기고, 쾌활하고, 명랑하고, 긍정적인 것만 섭취하는 것처럼 번쩍번쩍, 반들반들, 그러니까 무슨 말이 하고 싶냐면.

"토가와……."

"응~?"

나는.

현대 국어 선생님이며 상대방이 사춘기 여고생이라는 점을 감안하여 말을 골라야 한다. 어려운 문제이다. 애초에 말을 안 하면 되지 않나 하는 정답에 빠르게 도달했으나, 그 변화를 알아차릴 수 있는 나 자신이 기뻐서 그만 들뜨고 말았다.

"요즘, 혈색이 좋아졌네."

정지한 TV 화면처럼 토가와의 자잘한 움직임이 일제히 멈춘다. 그리고 시선만 위로 돌려 나를 담는다.

"살쪘다는 말이야?"

아아, 이미 단어 선택부터 틀려먹었을지도 모른다.

"내 말은 이제까지 너무 안 먹었으니까 이제야 생활이 건강해졌다는 거야."

"살쪘다는 거네."

토가와가 굴러서 내 허벅지에 파묻히듯이 엎드린다. 엎

드린 토가와의 입술이 우물우물 움직이는 살에 닿아 간지
럽다.

"내―가―아, 사―알―이―쪘―구―나―아."

"살 안 쪘어, 안 쪘다고."

괜한 말을 했다. 여기저기서 불길이 치솟은 것처럼 수습
이 안 된다.

"아니야―, 괜찮아―."

그러면서 어깨를 흔들었다. 그러자 토가와가 홱 몸을 돌
려서는 위를 보고 누웠다. 치과 천장이라도 올려다보듯이,
나를 빤히 본다.

"실제로, 살이 좀 쪘을까?"

"안색이 좋아져서 선생님으로서는 안심이 돼."

삐죽, 토가와가 입술을 오므려 내민다. 누가 봐도 납득
이 안 간 모습이었다.

"선생님이 니삐."

"어, 왜?"

"선생님이 이거 먹어라, 저거 먹어라 하고 잔뜩 주니
까……."

이렇게 됐다며 살집이 별로 없는 팔 가죽을 꼬집어 어필
한다.

"맛있게 먹어 주길래 그만……. 대접을……."

"내가 좋아하는 거 잔뜩 만들고……."

"이왕이면 기뻐했으면 해서……."

그러지 말 걸 그랬나. 눈으로 묻자, 토가와가 팔짱을 끼고는 끙 앓더니, '어려워!'라며 결론을 던졌다.

"그러기에는 선생님이 오냐오냐해 주는 건 엄청나게 기쁜 것이었다."

".........이따가 간식 먹을까?"

찰싹찰싹찰싹찰싹. 내 허벅지를 때린다. 흐뭇하고, 달콤하다.

피가 천천히 배어 나오는 것처럼 무언가가 가슴을 오가는 실감이 난다.

"토가와는, 평소에 빈말로라도 챙겨 먹는다고 할 수는 없잖아."

"단과자빵 좋지. 다니까 포만감 있고."

"......그런데도 이만큼이나 큰 건 대단하네."

슬쩍 소파에 뻗은 발끝으로 눈길을 돌린다. 자그마하고 귀여운 발가락이 춤추고 있었다.

"아빠 닮았나 봐. 키가 컸거든."

"그렇구나."

"엄마는 안 닮았으면 좋겠어……. 선생님, 그렇지? 닮은 데 없지?"

갑자기 불안해진 것처럼 동의를 구한다.

토가와의 모친.

나를 마음에 들어 하는 점만은, 꼭 빼닮았다.

"한 군데도 없으니까, 안심해."

교육자로서 있을 수 없는 발언으로 제자를 안도하게 한다. 토가와가 일순 안도한 듯이 입술을 열고 반쯤 웃다가 굳는다. 그리고 한숨을 한 번 흘리고는 다시 옆으로 누웠다.

"아니, 그래도, 역시 있기는 하겠지……. 좋아하는 사람이 있으면, 다른 건 아무래도 상관없어지는 점이라든가."

"…………………………."

꽤 전에도 그런 말을 했던 것 같다.

모친과의 일을 얘기할까 순간 망설였다가 고하는 것을 그만둔다.

토가와네 모친, 다음 주에도 오려나.

가라앉을 것 같은 분위기와 정반대로, TV 속은 밝다. 일렉트릭에 퍼레이드다.

그런 광고를 봐서 그러는지, 화제가 그쪽으로 옮겨 간다.

"선생님은 데즈네 가 본 적 있어?"

뺨이 허버지에 짓눌려 있는 덧인지 발음이 애매했으나 의도는 전달됐다.

"대학생 때, 친구랑 두 번 정도 갔었을걸."

활발한, 딱 교실에서의 토가와 위치에 있을 법한 여자애를 중심으로 해서 다섯 명이 놀러 간 기억이 있다. 즐겁다, 여기……. 정말 즐거워……. 그러면서 놀이공원 내의 분위기에 은근히 고조되어 있었다. 평소 보는 경치와 너무 달라서 과연, 백일몽 같다며 묘한 감탄도 했던 기억이 있다.

토가와는…… 질문 방식에서 대답은 대강 짐작할 수 있

었기에 되묻기도 망설여진다. 가정 환경을 생각하면, 더욱 더 그랬다.

"나, 전철로 일곱 정거장보다 멀리 가 본 적 없다?"

자조를 담아, 그런 말을 한다.

일곱 정거장. 린이라는 여자아이와 데이트하러 갔던 장소다.

그날부터 마음이 이 집을 떠나, 해변에 계속 사로잡혀 있는 것 같다.

줄곧 모래사장을 계속 걷듯, 꿈을 꾸는 것처럼.

"미안, 뭔가 있어 보이게 말했는데 수학여행으로 더 먼 데도 갔었어."

아하하하. 토가와가 자신의 거짓말을 웃어넘긴다. 우스운 이야기로 소화해 줘서 나로서도 다행이었다.

"초등학생 때는 어디 갔었어?"

이 근처 아이들이라면 어디 갔는지 예상할 수 있지만.

"닛코."

"역시. 전에 담당한 반에서도 그랬어."

공통 화제가 있어서 다행이다. 반은 농담, 반은 진심으로 생각한다. 역시 나이 차이가 나기는 하는구나, 평소의 사소한 얘깃거리에서 많이 느낀다.

"음⋯⋯."

토가와가 앓듯이 목소리를 늘어뜨린다.

"토가와?"

"뭐라고 할까. 살아 있고…… 맞고 자란 것도 아니고, 학교에는 갈 수 있고…… 한탄할 정도의 불행도 아니니까 좀 더 나를 참아야 하나, 하는 생각을 할 때가 있어."

채워지지 않는 아이의 얼굴을 해도 될 자격을 묻듯이, 혼잣말 같은 생각을 흘린다.

따지고 보면, 직접적인 위해는 가하지 않았을지도 모른다.

하지만 나는 단순히, 토가와가 좋고 모친은 싫어서 그 말에 동의할 수 없다.

"안 해도 돼."

"선생님?"

토가와의 등에 손을 얹어 달래듯이 쓰다듬는다.

"너는 분명 불행했고, 힘든 일을 겪었고…… 그래서, 지금이 있어."

불행은, 무엇과 비교하든 본인의 인생의 그림자나. 힘들면, 힘들다고 솔직하게 느껴도 된다.

그리고 그것을 극복해 나갈 수 있는 것이, 인간의 강인함이기도 하다.

"그러니까 네가 가고 싶다면, 언제든지 데즈네에 가도 돼."

나도 같이 가자고 대놓고 말할 수 없는 게, 조금 쓸쓸하다.

고롱고롱고롱, 토가와가 쓰다듬지도 않은 목으로 소리를 내면서 활짝 웃는다.

"지금은 행복 살이 찔 정도로, 행복한 거겠지."

즐거운 듯이 살 얘기를 다시 꺼낸다.

"아니, 살 안 쪘다니까."

"정말~?"

비빗비빗, 토가와가 허벅지에 볼을 비벼 댄다.

"무겁지?"

"보들보들해."

10대의 피부가 20대의 다리를 미끄럼틀 삼아 놀고 있다.

보고 있는 것만으로 의외로 즐겁네…… 하고 은근히 생각했다.

"선생님, 안 피곤해?"

충만함이 서서히 머리끝까지 차오르려는 차에, 토가와가 묻는다.

"음……, 피곤하기는 한데. 왜?"

"일하고 온 선생님의 무릎베개를 베는 건, 뭔가 아닌 것 같다 싶어서."

반대, 반대. 그렇게 말하듯이 토가와가 손가락을 돌린다. 바꿀까, 라고 하는 것 같다. 그건 그거대로 묘미가 있겠지만, 문 너머에 있을 남편을 의식한다. 안 그래도 지금도 좀 그렇지 않나 싶은데, 더욱 변명이 통하지 않게 될 것 같다.

"괜찮아. 너도 오늘 청소랑 빨래를 열심히 해 줬잖아."

"……헤헤."

고개를 들고 있던 토가와가 털썩 누워 또 볼을 짓누른다.

"항상 당연하게 했던 일인데 칭찬받으니까, 뭔가, 이상한 느낌이야."

"……기특해."

진심을 담아 평가한다. 이 아이는 부모에게 칭찬도 제대로 받은 적도 없다고 생각하니, 깊은 먹먹함이 마음을 자극한다. 지키고 싶다, 건져 올려 주고 싶다는 지나칠 정도의 보호 욕구가 치민다.

할퀸 상처처럼 내 마음에 무언가를 계속 남기니까 토가와 린에게 빠져들고 만다.

각양각색의 욕망이, 이 아이에게로 흘러 내려간다. 저속하고, 천박한 욕망도 함께.

이 아이를 소중히 아끼고 싶은 나와 이 아이를 안고 황홀경에 잠기는 나는 공존한다.

그러나 다면성이 있기에 가능한 감정이라는 것도 최근 알게 되었다. 알고서, 그 약동에 괴로워하고 있나.

사랑은 모순조차 가라앉혀 간다, 늪처럼. 부정형이고 질척질척하고, 정해진 형태를 가지지 않는 마음의 괴물에게 사랑이라는 이름을 누군가가 붙인 거겠지. 즉, 감정의 불법 투기 장소야말로 사랑인 것이다.

무언가가 될 수는 없지만, 어떤 것이든 삼킬 수 있다.

"공부도 열심히 했어?"

"노호호호."

토가와가 장난스럽게 넘긴다. 그러고는 허벅지를 찰싹

찰싹 한다. 하지 마.

"선생님은 말이야아……. 초등학교 선생님 같을 때가 있어."

내 사타구니 쪽으로 머리 위치를 움직여서, 그 모습이 마치 베개 위치를 조정하는 것 같다고 생각하고 있는데.

"내 응석을 받아 주는 방식이 뭔가, 그런 느낌이라고 해야 하나?"

"음."

지금 눈앞의 응석을 내려다본다.

무릎베개해 주고 어린애 취급을 하는 게 그런 인상인 걸까.

"싫어?"

"몽실몽실한 느낌."

"……시험 채점이었으면 난감했을 답이네……."

그러나 토가와와 나 사이에 지금 싹트는 것은 몽실몽실하다고 형용하기에 어울리는 분위기였다.

이런 붙임성 좋은 구석이……, 아니, 평소에는 안 이러지. 평소의 토가와는 웃는 얼굴로 교묘하게 벽을 세우는 여자아이다. 복도에서 토가와의 모습을 무심한 척 시선으로 좇게 되고 나서 안 건, 요령 있게 타인을 피하는 방식이다. 붙임성 있게 굴면서도 거리를 좁히게 하지 않는다.

그 연장선에 있는 것이, 지금, 이 집에서 남편을 대하는 태도다.

어쩐지, 전혀 나갈 생각이 없는데.

남편이 슬슬 이렇게 생각하고 있을 것 같았다. 확실히, 토가와는 이미 이 집에 뿌리를 내리고 있다.

여기를 제 집으로 만들어 버린다.

그것이 토가와가 찾아낸, 자기가 해야 할 일일까.

나는 절대로 나가기를 바라지 않는다. 이 아이의 손을 놓을 이유가 없다.

남편은 최대한 삼가듯 이야기하려 하지 않는다.

그래서…… 아무도, 이 아이를 쫓아낼 수가 없는 것이다.

만일 남편이 나에게 이제 그만 나갔으면 좋겠다고 에둘러서 말을 꺼낸다면…… 어떻게 하면 좋을까. 교사 행세, 보호자 행세를 하는 것도 한계가 있어, 아아……, 귀찮아……. 한순간일지라도 그런 생각을 하고 말았다.

남편과의 대화를 귀찮아하다니, 도대체 뭘 하는 건지.

지금껏 함께 걸어온 상대인데.

……걸어온 걸까? 기어이 드문드문해시, 희미해셔 있다.

남편과 어떤 이야기를 하고, 어떤 사랑을 쌓아 결혼에 이르렀는지, 벌써 뿌예져서 세세하게 떠올릴 수 없다.

연정과 사랑과 사모와 애정과 보호욕과 성욕과 친애의 전부가, 토가와에게 점거당해 있다.

슬프게도, 예전에 있었던 마음의 전부가 완전히 덮어 쓰였다.

"토가와는……."

혼잣말처럼 물어보려 해도 반응이 없다.

어느새 눈을 감고 안온하게 등을 들썩이고 있었다. 배불러서 자는 거, 흐뭇하다아. 역시 아직 아이 같은 구석이 남아 있다.

TV 음량을 줄인다.

소파를 침대 대신 쓰고 있으니까 익숙해져서 잠이 잘 오는 걸까.

토가와는 첫날 이후, 한밤중에 내 방으로 찾아오지 않는다. 여러 날을 계속하여 그랬다면 아무래도 남편 눈에도 띄었을 테고, 바람직스러운 일이지만 제멋대로인 내 마음은 예의 바른 그 행동에 희미한 불만을 품고도 있었다. 오면 오는 대로 불안하고, 안 오면 안 오는 대로 갈망하고. 죽어야겠어, 이 생물은. 그러면서 자제심 없는 것에 실망했다.

토가와의 자는 얼굴을 들여다본다. 너무나 앳된 입술과 뺨에, 가슴이 멘다.

무구한 자는 얼굴과 나를 안을 때의 요염한 표정이 너무나 딴사람이라서.

두 쪽 다 다른 성분의 사랑이 겹겹이 쌓여서.

인간이란 우주보다 넓은지도 모른다는 생각이 들고 만다.

토가와는 그대로, 30분이 조금 안 되게 계속 잤다.

몸을 비틀며 깨어나고는 TV의 방송 프로그램이 바뀐 걸 보고 자기가 깜박 잤음을 깨달았는지 눈을 가늘게 뜬다.

"아, 다른 거 하고 있네……."

"슬슬 목욕할래?"

"으응, 으응."

긍정인지 확실하지 않았지만, 잠깐 있다가 일어나 욕실로 움직였다.

"따뜻한 물 받고 올게."

"그래."

그런 대화를 주고받으니 정말로 딸처럼 대하는 것 같다……. 정말로 기분 나쁘다, 나. 그러면서 웃어 버린다. 하지만 농담으로 엄마라고 부르기도 하는걸. 그런 생각에 다시 뺨이 부드러워지고 만다.

……그런데 갑자기 든 생각인데.

내가 정말 딸이 있었다면 토가와보다 더 사랑할 수 있을까.

자신이 없다. 그리고 만일 아이가 있었다면 토가와와 사이가 영 맞지 않았으리라는 건 상상할 수 있었나.

TV 너머로 문이 열린다.

때를 가늠한 것처럼 남편이 침실에서 나와서 비어 있는 내 발치 쪽을 빤히 본다.

"나도 무릎베개 해 줄 수 있어?"

"어?"

뺨을 맞은 듯한, 묵직한 물음.

싫어. 순간적으로 목구멍까지 올라왔다 걸린 말을 경직된 미소를 띤 채 눌러 삼킨다.

누가 봐도 부자연스러운 공백 뒤에 겨우겨우, '그크으그래'라는 말을 혀가 늘어놓았다.

"됐어. 대답보다 반응이 더 빨랐으니까."

남편이 내 낯빛을 읽어 내고는 쓴웃음 짓는다. 나는 변명이 떠오르지 않아, 입을 다물 수밖에 없었다.

욕실 쪽에서 들리는 소리를 바라보듯이 남편이 시선을 멀리 둔다.

"저 애, 나갈 기미가 전혀 없네."

"아."

역시, 생각하고 있었구나. 그야 그럴 것이다, 하루, 이틀이면 가려나 싶었는데 이미 닷새는 더 있었다.

"뭐, 됐어."

정말 된 걸까. '그것보다'라며 남편이 본론을 던져 온다.

"점심에 본가에서 연락이 왔어."

"응."

정면에서 강하게 밀린 듯한 압박을 느낀다.

"추석에 올 거냐고 물어보시더라."

휴대폰을 쥔 채, 남편이 눈을 피하면서 묻는다.

"어떡할래?"

여기서 어떡할 거냐고 물어봐 주는 것에, 아직 남편의 배려를 느낀다.

남편의 본가.

듣기만 해도 눈이 열리고 마르기 시작하고 있었다.

"갈 거면, 저 애를 이 집에 두고 가기는…… 좀."

"그렇네……."

즉, 다소 간접적이면서 토가와를 이 집에서 떼어 놓으려는…… 것일까.

토가와 린에게, 너희 집으로 돌아가라고 나더러 말하게 하는 것이 내게 얼마나 잔혹한 짓인지 남편이 이해할 수 있을 리도 없다.

그것도 있고, 라며 실은 거절하고 싶은 마음으로 가득하지만, 즉답하기는 어렵다.

남편의 본가에 가기를 주저하는 건, 토가와 일 이외에도 이유가 있다.

남편도 인식하고 있기에 숨길 필요는 없지만, 시부모님과 나와의 관계는 좋다고 할 수 없다.

그러니까 다른 요인은 관계없이, 가고 싶지 않은 것도 본심이었다.

"생각할 시간을 줘."

뒤로 미루고 도망친다. 지금의 내 인생 그 자체였다.

"그래. 뭐, 다음 주 주말 전에만 말해 주면 돼."

남편이 용건을 전달하고 끝맺으려는 듯, 침실로 가려다가.

"실은 말이야, 오늘."

토가와 린과 만나기 전의 말투로, 무언가 말하려 했다.

"오늘?"

반문하자, 남편은 들떠서 벌어지려던 팔을 접고, 고개를 젓는다.

"……아니야."

됐다며 하려던 말을 보류하고. 내 쪽으로 돌아 마주 본다.

"요즘 당신은."

남편의 날카로운 반격에, 벌써 살갗이 깊게 찢어진다.

목덜미와 꽉 쥔 주먹에 서린 긴장이, 국면을 알리려 하고 있었다.

나, 뭐? 간신히 되물었다. 그렇게 생각한다.

남편이, 먼 경치를 들여다보듯이 눈을 가늘게 뜨고.

"……엄청 귀여워서 자주 눈길이 가."

"………………………………."

긴박함 속에서 터져 나올 것은 매도일지, 핵심일지.

어느 쪽에 닥칠지 각오하고 있었기에 맥이 빠져 버린다.

꾸밈없이 칭찬을 받아 버렸다.

손에서 떠난 풍선을 눈으로 좇듯, 감정이 부유한다.

"고마워……."

"응……. 아니, 좋은 일은 아니겠지."

그렇게 중얼거리면서 남편은 평소와 같은 표정으로, 머리를 긁적이고.

"그냥, 왠지 모르게."

남편의 반응은 그것뿐이었다. 그 말만 하고, 뒷말은 없이, 방으로 들어갔다.

'왠지 모르게'가 어디에 걸려 있는 건지도 알 수 없었다.

고쳐 앉아서, 허공에 뜬 것을 붙잡아 지상으로 끌어내린다.

"……사실은."

좀 더 다른 말을 하고 싶었는지도 모른다.

남편은, 줄곧 보였던 것에 손바닥을 대기 시작하고 있다.

원래부터 파탄 나 있던 부분에 눈을 감고 여기까지 왔다는 것을, 마주하려 하고 있다.

그를 드러나게 한 것이 내 불륜이라는 사실에, 기분 나쁜 웃음소리가 샐 것 같았다.

소파에 가라앉은 채 두 번 다시 떠오르지 못할 것처럼 몸이 무겁다. 무겁게 하는 게 뭔지는 짚이는 바가 있지만, 밖으로 드러내기에는 꺼려져, 그것은 한숨이라는 형태로, 영혼과 육체에서 벗어나려고 발버둥 쳤다.

지독하다. 스스로도 통감한다. 그러니까 가슴속에 담아두고 있어도 괴롭다.

그 본심은 너무나, 사람의 마음을 경시하고 있는 것이었다.

눈을 손바닥으로 덮는다. 서걱서걱, 생긴 그림자에 난도질당하는 감촉이 있다.

보이지 않는 피가 계속 흐르는 가운데, 아픔과 함께 흘러넘치는 고통.

요즘, 남편과 이야기하면, 피곤하다.

"……최악이야."

죄가 나에게만 있기에, 도망칠 길은 어디에도 없다.

행선지도, 발밑도 보이지 않는 채 걸을 뿐.

전진도 후퇴도 허락되지 않는다.

그러면 나는 지금 어디에 있는 걸까. 또 크게 숨을 내쉬었다.

그날 밤, 남편과 비교해서 가벼운 발소리에, 귀가 민감하게 반응했다.

천천히 눈을 뜬다. 조심스러운 발소리는 내 방이 아니라, 방 맞은편, 화장실 쪽으로 들어갔다. ……화장실. 작게 중얼거리고 눈꺼풀을 다시 내린다.

잘 때도 틀어 두는 선풍기의 희미한 날갯소리가, 졸음처럼 나를 둥글게 감싼다.

이대로 눈을 감고 있으면, 또 금방 선잠에 빠질 것 같다.

그 비몽사몽을 잘게 오가는 와중, 문득 의식이 싹튼다.

토가와는 화장실과 소파를 오며 가며 할 때, 내 방을 들를까.

눈을 감은 채, 옅은 기대와 불안 양쪽을 품는다. 컵이 휘저어져 수면 막이 깨진 것처럼, 잠기운이 사라져 간다.

화장실에서 들리는 손을 씻는 희미한 물소리에, 이불 속에서 작게 주먹을 쥔다.

그 물소리가 끊기고 복도로 나온 발소리가 한 번 멈춰 선다. 선풍기 소리만이 사이를 자유롭게 무리 지어 날아간다. 그 소리에 이끌리듯, 의식이 둥둥 떠서 사태를 받아넘길 준비를 한다. 의식이라는 것이 멀어져 가니, 시야는 새카만 게 아니라 새하얀 부분을 늘려 간다.

그리고 발소리는 곧바로 돌아가는 것을 피하듯이, 샛길을 택했다.

전에, 집에 돌아가지도 않고 밤거리를 걷던 그 발처럼.

방 입구는, 여름에는 널판을 세워두는 것이 고작이었던 형식적인 차단마저 없앴다. 발소리를 죽인 토가와가 방으로 들어오는 기척을 눈꺼풀 너머로 느끼고 있지만, 바로 일어날지 계속 자는 척할지 망설인다. 자는 척을 하는 의미는, 딱히 없다. 하지만 토가와가 어떻게 할지 반응을 상상하는 게 즐거웠다.

토가와가 침대 곁에 쭈그리고 앉는 게 직접 보고 있는 것처럼 전해져 온다. 위치상, 선풍기에서 부는 바람이 닿지 않게 되어 열기가 금세 얼굴을 감싼다. 그리고 거기에 섞이면서 똑바로 닿는 것이 토가와의 시선. 보고 있다. 지그시 쳐다보고 있다. 감고 있는데도 눈을 피하고 싶어진다.

자는 척하는 게 이미 들켰을 것 같았다.

"선생님, 자?"

무척 어려운 질문을 한다. 어떡하지. 그만 호흡도 멈추고 고민할 뻔한다.

"그대로 자고 있어."

들켰다.

조용히 심호흡한다.

고개를 끄덕일 수는 없지만, 마음속과 눈꺼풀 안쪽에서 끄덕인다.

전에도, 이런 일이 있었던 것 같다. 그때는 나와 토가와의 입장이 반대였지만.

토가와가 앉음으로써 기울어진 침대를 오른손이 느낀다.

"나 말이야……. 옛날에는 언젠가 끝날 줄 알았어. 집에 나 혼자인 거."

정면의 거울이 반사하듯이 토가와의 혼잣말이 샛길로 새면서 닿는다.

"엄마는 멀리서 힘든 일이 있었고 그게 무척 중요한 일인 것도 알아. 하지만 그게 언젠가 끝나면 꼭 돌아와 주리라 믿었었어. 엄마 얼굴이 생각이 별로 안 나게 되고서도 그러리라고 계속 생각했었어. 반응도 없는데, 평생 밧줄을 당기고 있는 느낌이었어."

립스틱을 바르듯, 입술 위를 의식으로 덧그린다. 그렇게 하지 않으면 금방 토가와를 불러 버릴 것 같았다. 자는 척하기를 택한 것을 후회한다. 쥐고 있던 주먹이 풀린 손바닥에, 땀이 배어 있었다.

"근데 지금은 그 반대야. 끝나지 않았으면 좋겠다고, 혼자 있으면 계속 그렇게 생각하게 돼. 왜냐하면, 선생님이

돌아와 주니까. 오늘 점심에도 그런 생각을 하고, 선생님 생각을 하고, 다정한 면, 다정한 면하고…… 다정하게 대해 줘서, 왈칵 눈물이 쏟아져서, 못났었어.”

이전에는 숨기고 있던 약한 소리를, 밤을 틈타 토로한다.

내가 자고 있는 것으로 되어 있으니까, 혼잣말 형태로.

“선생님과 함께 있으면 초등학생 되기 전의 내가 말이지, ‘아아, 아직 있구나’ 해. ……그뿐이야.”

말을 맺고 침대에서 일어나기 전에 토가와와 내 입술이 살짝 포개진다.

“살쪄서, 무거워?”

키스하면서까지도 물어보다니, 오늘 몇 번째인지 모를 ‘말하지 말걸’을 쌓는다.

“잘 자, 선생님.”

말만 남기고 토가와가 그 이상의 장난도 없이 자리를 떴다.

이대로 침대에서 뛰쳐나가 쫓아가서 껴안고 싶은 마음을 천천히, 밤에 흘려보낸다.

질척한 피를 다 흘리고 나서 개운해진 듯한.

휑하니 뚫린 상쾌한 감각이 소름을 돋게 한다.

사랑이 서로 통하고 있다는 확신은, 나를 불안정한 상태로 세계의 정점에 세워 세찬 바람을 맞힌다.

“……………………………….”

당연한 이야기지만.

만약 토가와가 이제까지 아빠와 엄마의 사랑을 한 몸에 받고 살아왔다면, 우리의 관계는 분명 교사와 제자 이외를 포함하는 일은 없었을 것이다. 그런 나라면…… 용서할 수 있었다.

토가와와 만나지 않는 세계의 나는 분명, 희미하고 희박한 경치를 바라보듯이 일생의 끝을 향해 갈 뿐이다. 거기에는 행복이나 불행이라는 억양이 없다.

토가와가 다른 누군가와 행복에 둘러싸여 거기서 영겁을 살아가는 것을, 모르고 지나갈 수 있었을 것이다.

그렇지만 지금의 나는, 토가와 린이 행복하고, 행복하고, 행복하고…… 행복하다고 치고. 그 행복 속에 내가 없으면, 받아들일 수 없다. 아니, 정확히는 좀 더 배타적으로 토가와의 행복에 나 말고는 필요치 않다고조차 생각하고 있다. 독선적이고, 독점적. 염치없을 정도로, 사랑에 불순물이 섞이는 걸 싫어한다.

바꿔 말하면, 나는 토가와 린 외의 전 인류가 싫은지도 모른다.

이제는 심한 정도가 아니라, 그냥 위험인물이다. 토가와의 사랑이 없으면, 그냥 괴물.

배제될 수밖에 없는 존재.

괴물을 간신히 사회성 있는 생물로 의태시키는 게 사랑이라는 건, 과연 동화다워서 좋다. 그러나 이 뒤틀린 동화는, 얄궂게도 내 사랑의 본질도 이야기한다.

나는 토가와의 불행을 전제로밖에, 행복해질 수 없는 모양이다.

토가와가 고독 속에서 살아오지 않으면, 나는 밤거리에서 행복이라는 것을 찾아낼 수 없다.

그리고 그런 세계에 태어난 것을 기뻐하고, 안도하고, 곱씹고 있다.

만에 하나 따위는 세상 어디에도 없다. 있어서는 안 된다.

어제는 지울 길 없는 곧은 발자국이고, 내일은 영원토록 미지의 외길이다.

나는 놓친 엄마의 손을 찾듯이 거리를 헤매는 토가와 린과, 그날 반드시 만난다.

과장된 것도 극적인 것도 아닌, 그런 운명이리라.

토가와를 만나는 것도, 토가와를 사랑하는 것도, 토가와와 앞으로 어떻게 되든.

그 전부가, 누군가가 멋대로 정한 길을 덧그리는 것에 지나지 않는다 할지라도.

정해 줘서 다행이라고 생각한다.

그 아이와 만나게 해 준 것에, 그저 온 마음으로 감사할 수밖에 없었다.

주말이라 일찍 일어날 필요가 없는데, 여름철 기온이 멋대로 몸을 덥힌다. 송골송골 땀이 맺힌 이마에서 앞머리를 쓸어 올리고 우선 선풍기를 끈다. 4년이나 이 방에서 살다 보니, 추위와 더위에 강해졌다는 자부심이 있었다.

이제 해가 막 떠오르기 시작한 주택가를 바라보면서 거실에서 기지개를 켠다. 평소에는 일거리를 집까지 가져온 주말을 질색하는데 막상 일 없이 주말을 맞이하면 언제나 시간을 주체하지 못한다.

쉬는 날이니만큼, 아무것도 안 하고 쉬면 될 것을.

평상시에는 오전 중에 남편과 산책 겸 장보기를 끝내고 오후에는 읽다 만 소설의 뒷부분을 집어 들거나, 남편이 게임하는 걸 뒤에서 보거나. 그런 식의 흐름으로 시간을 때운다. 하지만 이번에 맞이한 오늘이라는 주말은, 그 흐름이라는 게 어떻게 변해 버릴지 상상이 가지 않는다.

변화를 가져올 상대는, 지금 정말 소파에서 자는 건지 자는 척하는 건지 나는 판별이 가지 않는다. 일단, 들여다 본 바로는 옆으로 누워서 다리를 약간 구부려 불편하게 웅크린 채 꼼짝도 안 한다. 소파 자리가 결코 편하지 않음을 알기에 바꿀 수 있다면 잠자리를 바꾸어 주고 싶다. 하지만 그런 제안을 했다가는 토가와의 경우, 선생님도 침대에서 같이 자자고 할 수도 있다. 허락된다면, 그 방법이 제일 이겠지. 서로에게.

허락되지 않기에, 홀로 창 너머를 바라본다. 벌써 솔개가 지붕보다 훨씬 높은 곳을 돌고 있었다. 새 하니까, 까마

귀가 쓰레기장을 노리고 늘어나는 터라 쓰레기 배출 방법
에 대한 대책이 적힌 돌림판이 돌았던 것을 떠오른다. 내
일조차 알 수 없는 삶 속에서, 일상을 소화하려 하는 나 자
신을 때때로, 차가운 눈으로 바라보게 되는 시간이 있다.

몸을 풀고 나서, 토가와의 자는 얼굴을 빤히 본다. 감으
면, 더 앳돼 보이는 눈매. 평소에는 온화해 보여도, 빈틈없
이 주위를 살핀다는 걸 안다. 정말로 자는지는 알 수 없다.

바라봐도 여름의 새벽 기온과 함께 토가와에 대한 사랑
스러움이 훈훈해질 뿐이었다.

아아, 귀여워, 귀여워……. 이토록 귀여운 아이가, 나를
연모하는 것에 대한 극치, 우월감, 더없을 행복. 토가와 린
에게 푹 빠져 있다. 한 번 불붙은 마음은, 꺼지는 일 없이
타들어만 가고, 목마른 갈증을 채우는 것처럼 끝없는 갈망
만이 있다. 이 아이를 끌어안을 때, 안을 때, 어느 쪽이든
사랑을 어루만지는 감촉이 있다.

그 감촉은 인생이라는 모래시계가 기울고, 깨져서, 모래
가 쏟아져 내려도 뒷전으로 미뤄 버릴 정도로 감미로웠다.

극히 자연스럽냐고 묻는다면 부자연스럽기만 하지만,
식탁의 자리 배치가 어느새 바뀌어 있었다. 내 옆에는 남
편이 아니라 토가와가 앉게 되고 남편이 마주 앉게 되었

다. 남편은 바뀐 자리에 대해 무어라 말을 얹지도 않고 묵묵히 아침을 먹고 있다.

거북함과 불편함을 표하듯이 남편의 말수가 날이 갈수록 줄어드는 것은 아무리 나라도 미안한 마음이 든다. 어떤 형태였든 간에 결혼해서 4년을 함께해 온 사람이다. 그러나 동시에, 4년의 세월이 있어도 나는 그 세월을 놓고, 다른 사람과 나란히 앉는 것을 택했다.

"잠깐 나갔다 올게. 그러니, 점심은 됐어."

아침을 먹고 자리를 정리하니 남편이 나에게 말한다.

"저녁밥은 놔둬. 먼저 먹어도 돼."

"그래……?"

"응."

동요를 손바닥에 난 땀에 가두면서 담담하게 대응한다. 남편은 단답으로 짧게 답했다가.

"소금 생각하고 싶은 세…… 있어. 응, 있어."

어쩐지 저 자신에게 다짐하듯 긍정을 거듭하고는 인사도 없이 나갔다.

생각할 일. 혼자서, 밖에서.

평소와 다른 행동을 보이면 불안함이 마음을 좀먹는다. 토가와 린이라는 이분자가 이 집에 들어오고, 들어온 영향이 여실히 나타난다. 끝이 목덜미를 어루만지며 부추기는 횟수가, 날로 부풀어 오른다.

에어컨 바람과 다른 한기가, 내 안쪽에서 배어 나온다.

한편, 이를 희소식으로 받아들이는 사람도 있다.

칫솔을 입에 문 토가와가 화장실에서 나와, 현관 쪽으로 달린다. 그 발소리에, 현관문을 걸어 잠그는 소리가 반주처럼 깔린다. 잠그고는 종종걸음으로 온다. 그 기세와 분위기로 직감하고 자세를 잡는다. 다리를 밖으로 벌려서 간격을 띄고 받아 낼 태세를 갖추니, 아니나 다를까, 토가와가 달려들었다. 예측해서 대책을 세워도, 나보다 키 큰 파도가 부딪쳐 오는 것을 견디는 건 제법 힘들었다. 삼켜질 뻔하면서, 영락없는 대형견과 포옹을 나눈다.

"칫솔은 위험하니까 두고 와."

"기쁜 마음에 그만."

이제야 칫솔을 입에서 꺼낸다. 아랫입술을 따라 치약의 하얀 선이 희미하게 생긴 걸 보니 나도 모르게 입매가 풀린다. 칫솔을 한 손에 들고, 토가와가 무구한 기쁨을 표한다.

"남편 나갔지? 그럼, 선생님은 나랑 놀자."

"………그래."

"안 기뻐?"

나와 보조가 맞지 않는 걸 의아해하듯 어리둥절해한다. 평소에는 그 사랑스러움에 감싸이고 휩쓸려서 같은 의식의 강을 흘러간다. 그건 무척 기분이 좋지만, '그렇지만'이라며 말을 꺼내며 토가와의 어깨에 손을 얹고 가볍게 민다.

"솔직하게 기쁘다고 느끼기에는…… 나는, 위선자라서 어려워."

여태 실컷 소홀히 하고, 밀어내고, 속이고 행복에 잠겨 있었으면서.

그래도 막상 면전에서 나가 버리는 남편을 보니, 마음이 확실히 아프다. 찔린다.

"사람을 상처 주고, 바로 기뻐할 수 없는 성격이라. 미안해."

뒷말은 하지 말 걸 그랬나. 금방 후회한다. 토가와를 깎아내리는 듯이 말하고 말았다.

"내가 상식적이지 않다는 말을 듣는 것 같아."

뿌. 토가와가 혼난 양 뾰로통한 표정을 한다. 모든 흐름을 무시하고 감정만 건져 내면, 저런 얼굴도 귀엽다고 생각했다.

"그렇게는 말 안 했어. 토가와는 아주 착한 아이지만, 나는, 아마, 젊지 않으니까."

겁쟁이인 것을, 젊음이 부족한 탓으로 떠넘겼다.

나는 토가와만큼, 오늘만을 바라보며 사는 집중력을 잃었다고. 그렇게 말하고 싶었다.

교사로서 여러 아이와 접해 본 경험은, 다소나마 피와 살이 되었다.

토가와의 심경도, 안다.

이 아이는 사람을 소중히 하는 것, 사람이 소중하게 대해 주는 것. 두 쪽 다 경험이 너무나 부족하다.

그래서 나를 필사적으로 원한다. 그 한결같은 마음에 나는 강하게 끌리고 있고, 이 아이의 그러한 날것의 애정을 뒤집어쓰지 않으면 이제 살아갈 수 없을 정도로 빠져 있지만.

하지만 토가와 린에게 향하는 나의 사랑은 다면적이다. 연애 외에도 보호자로서의 애정도 있다.

이 아이가 건강하게, 그리고 착한 아이이기를 바라는 마음도 거기에 있었다.

비록 이렇게 만났어도 올바름 한 조각쯤은 품고 있기를. 그런, 이기적인 기도 같은 것이었다.

토가와는 입술의 하얀 선도 그대로 둔 채, 시선을 멀리 주고.

무언가를 떠올리듯이 누군가를 바라보며.

짝. 제 뺨을 가볍게 때렸다.

"응, 그렇네."

여기에는 없는 말에 답하듯이 중얼거린 토가와가 칫솔을 나에게 맡긴다.

"잠깐 갔다 올게."

"간다고? 어디를?"

"선생님과의 행복한 내일로!"

토가와가 현관 쪽으로 달려가서 자기가 잠갔던 문을 열고, 내일로 달려 나갔다.

내일은 그쪽이 맞는 걸까.

"……내일이라니?"

토가와의 발언에 칫솔과 함께 고개를 갸웃한다.

남편을 쫓아갔나? 무엇 때문에?

토가와의 행동도 일상을 넘어서서, 약간 무섭다. 아니, 약간으로 될까? 칫솔을 꽉 쥔 채 앉는 것도 잊고 빤히, 현관을 본다. 약간이 적절할지도 모른다.

행선지를 내일이라고 고하고는 쾌활하게 달리는 토가와의 젊음과 기세에서 부정적인 것은 느끼지 않았다. 향하는 곳을 아는 바람이 불며 지나가는 것을 배웅하는 듯했다.

바람이 달려 나가고 남은 것은 정적.

생각해 보면 줄곧 토가와가 있었으니, 집에서 혼자 있기는 오랜만일지도 모른다. 혼자 있으면, 토가와에게로 향하는 의식이 사방으로 확산되어 매미 울음소리가 귀에 들어온다.

여름이 바로 곁에 있다.

토가와와 있으면 때때로, 계절조차 의식 밖으로 간다.

그만큼 푹 빠진 상내가 나를 속여서 발가벗겨 먹는 악당이 아니어서 다행이라며 눈을 감는다.

에어컨 소리가, 헛도는 것처럼 귓속에서 둔하게 울렸다.

"다녀왔어~."

조금 지나서, 토가와가 땀투성이가 되어 돌아왔다.

"어서 와……."

마중하면서 칫솔을 아직 쥐고 있었던 것을 깨달았다. 이미 손은 땀범벅이다.

"요즘 밖에 안 나가서 몰랐는데, 아침부터 푹푹 쪄, 선생님."

"중요한 사실을 알려 줘서 고마워……. 일단, 땀 닦아. 여기."

집어 온 수건을 건넨다.

"고마워~."

토가와가 받아 들고서 우선 목덜미를 닦는다. 이곳 생활과 어우러져 건강해진 안색에, 더욱 붉은 기가 돌아 요염함마저 자아낸다. 그 가느다란 목둘레에는 다양한, 뭐랄까, 다양한 추억이 있어서 주목하니 자연스레, 내 뺨에 불티가 달라붙는다.

"뭐 하고 왔어?"

엄밀히는, '남편을 쫓아가서 무슨 이야기를 하고 왔어?'라는 물음이다. 토가와도 당연히 그를 이해하고 수건으로 이마를 벅벅 닦고 있다. 너무 문질러서 조금 빨개진 이마에, 신기한 사랑스러움을 느낀다. 샌들을 벗어 가지런히 둔 토가와가, 말없이 내 쪽으로 다가왔다.

그대로 바싹 다가와서, 양손으로 내 뺨을 덮는다. 진지한 표정으로 지그시 내려다보는 연하의 제자에게 나잇값도 못 하고 가슴이 뛴다. 내 물음에 답을 얼버무렸는데 고양되어서는 안 된다.

"선생님이, 여러모로 생각이 많은 건 알겠어."

잘~ 알겠어. 그러며 과장되게 턱을 당긴다. 알겠어? 눈으로 묻자. 응, 응. 끄덕인다.

어떻게 보면 경박할 정도로 가벼웠다.

"그래도, 놀자!"

그 가뿐함은 착지를 마다하지 않는 것처럼, 도약한다.

그것은 조금 전까지의 떳떳하지 못한 기쁨을 채가는, 기분 좋은 뻔뻔함이었다.

"……그것도, 좋을지도."

남편을 쫓아가서, 무슨 얘기를 나누고 왔는지. 궁금하지 않다고 하면, 거짓말이다. 하지만 그건 토가와에게 필요한 일이고, 그리고 나는 이 토가와를 믿고 있다.

조금……, 제법 질투가 심하고, 어리고 미숙한 탓에 날선 면도 있지만 본질적으로는 마음씨가 고운 아이다. 웃는 얼굴에 그늘이 없고, 따뜻해서. 마치 빛나는 것이 앞으로도 계속될 것 같은 착각이 든다.

"남편과는 말이지, 그런 이야기를 하고 온 게 다야."

"무슨 이야기……?"

당혹스러워하면서도 자연스레, 뺨이 느슨해진다. 토가와의 손이 얼굴에서 떨어지더니, '아' 한다.

"아니면, 일해야 해?"

갑자기 풀이 죽은 듯 불안해하는 그 표정에, 사소한 행동에, 와락 솟는다.

저 뺨이나 머리를 왁왁 쓰다듬고 싶어진다.

"일은 어제 마치고 와서, 오늘은……."

"좋은 주말이 되겠다, 그렇지? 선생님~."

토가와가 손을 뻗어 온다. 무엇을 원하고 있는지 금방 알아차리고, 그 손을 잡는다.

사람 손에 닿는 것은, 오망성 일러스트 같은, 그 별을 잡는 것 같았다. 서로의 손가락 틈새를 메우듯이 착 붙는 감각을, 누구나가 원하는 걸까.

거리를 걸으며 아무 생각 없이 관찰하다 보면 스쳐 지나가는 연인들이 손을 잡은 비율에 놀란다.

우리 또한 예외가 아니었다.

그래, 흔해 빠진 사랑에 휘둘리고 있을 뿐이었다.

그나저나 뻔뻔하다. 뻔뻔해. 내 신경줄에 기가 막힌다. 불륜 상대 겸 제자를 오늘로 일주일째, 집에 재우고 있으니까. 심지어 남편이 집을 나가자마자 들러붙어서, 떨어지기 힘든 마음을 품는다.

갈 곳 없는 아이가 재워 달라며 와서, 선뜻 집에 초대한다.

"……가끔, 내가 마마 활동을 하고 있는 게 아닌가 하고 착각하게 돼."

나와 토가와 사이에 돈은 직접 오고 가지 않았지만, 이 아이에게 바치는 게 있는 건 틀림없다. 인생도, 사랑도 모조리 내던지듯 쏟고 있다. 내 입장을 생각하면 금전이 얽힌 쪽이 차라리 건전할지도 모른다.

"마마 활동."

토가와가 갓 배운 말을 따라 하는 아이처럼 읊조린다.

"그럼, 오늘은 선생님이랑 마마 활동을 할까."

"그렇게 아무렇지 않게?!"

"응."

토가와가 팔을 벌리고 방긋 웃는다. 무언가를 기다리듯이 가만히 있어서 '왜, 왜' 하며 당황해하고 있는데.

"선생님이 하고 싶은 거 해도 돼."

"어?"

"마마 활동이라는 게 돈 받는 대신 엄마가 하고 싶은 거 하는 거 아니야?"

"그, 그……렇다고는 하던데."

돈이 오가지는 않지만. 오가면 싫겠지만.

"염치는 없지만, 낭색이 교육자로시, 학생이랑 마마 활동 놀이는, 아무리 그래도 좀……. 응?"

윤리관 같은 건 이미 파탄 났으면서 그런 거부감은 어디에서 오는 걸까.

"그럼 관둘까."

사다리가 허무하게 치워져 마마 활동의 길이 닫혔다. ……딱히, 아쉽지는 않다.

"선생님의 그런 선 긋는 거라고 해야 하나? 그런 감각, 나 꽤 좋아해."

소파에 걸터앉아서 토가와가 발바닥을 잡듯이 몸을 둥글게 말면서 말한다.

"상식 있는 척 구는 것뿐인데, 이러는 거."

"척한다는 건, 상식을 알고 있다는 거잖아. 그것만으로 안심하게 돼."

좌우로 가볍게 구르면서 낮은 기대치로 만족해 주셨다.

그 모친에게 방치되어 있었던 걸 생각하면 그게 얼마나 가치 있는 일인지는 짐작이 간다. 이런 식으로 토가와가 형성해 온 가치관에 닿을 때마다, 모친에 대한 분노가 조용히 끓어오른다. 하지만 토가와를 소중히 했다면 한 대로, 틀림없이, 열받을 것이다.

지리멸렬한 욕구가 항상 소용돌이치는 나는 정말로, 척하고 있을 뿐이었다.

아무튼 일단 차치하고, 이참에.

마마 활동도 차치하고, 더 나아가 뭐가 이참인지도 차치하고, 눈을 돌리고 있던, 무서운 것 쪽으로 발을 내디뎌 보자. 학교에서 토가와나 다른 학생과 얼굴을 마주하는 기간에서 도망쳐 있는 지금이기에 물어볼 수 있는 것일지도 모른다. 주말이 지나도 학생들과 볼 일이 없으니, 도피의 정신으로 겨우 받아들일 수 있는 것이다.

"토가와."

"왜? 엄마."

아무렇지 않게 엄마라고 부르니, 살갗이 간지럽다. 나쁘지 않은 감각이기는 했다.

그런데 마마 활동은, 원래 상대를 엄마라고 부르는 걸까? 마마 활동에 관한 지식에 압도적인 부족을 느낀다. 부끄럽지는 않다. 토가와와 함께 소파에 앉아, 결심한다.

"나랑 너에 대해서 말인데, 학교 학생들은 어떤 식으로 생각하고 있어? 얘기가 돌기는 해? 안 돌려나. 교사 얘기라, 안 할 수도."

자의식 과잉이었으면 좋겠다는 비명과 같은 바람이었다. 껍질 벗긴 통나무 위를 달리듯이 목소리가 앞으로 고꾸라질 듯 불안정하다. 그래도 달릴 수밖에 없다. 건너편 강가는 영원히 보이지 않는다.

토가와는 입지도 않은 교복 자락을 쥐는 듯한 동작을 끼워 넣으면서, 눈을 천장에서 헤엄친다.

"으~음. 그게 말이지……. 꽤 여러 가지 말들이 나왔는데."

"여러 가지."

베리어스. 그렇게나 베리에이션이 다채롭다고. 그렇다는 건 이미 도화선에 불이 붙지 않았을까. 안 붙은 게 이상하기는 하다. 복도에서 그렇게 당당하게 손을 잡고 다녔는데.

"정말로 들을 거야?"

한 박자, 확인을 두기에 몸을 사리게 된다. 소파를 짚은 몸을 지탱하는 손이 꾹 가라앉았다.

"신경은 쓰이니까…… 들어나, 볼까."

이러지도 저러지도 못하는 나를 보고 옅게 웃으면서, 구르던 토가와가 무릎을 끌어안고 앉으며 자세를 바꾼다. 그리고.

"이치 쌤이 토가한테 손을 대고 있다는 건 기본이고."

"그게 베이스구나……."

초장부터 주먹이 정면에서 날아온다. 내 평판은 끝난 것 같다.

"근데 그 얘기를 진심으로 하는 애는 별로 없는 것 같기도 해. 선생님이 여자를 좋아한다는 소문은 전부터 있었지만. 하고 있는 짓은 나랑 운동장에서 캐치볼 하는 정도인데다 그걸 숨기지 않으니까 다들 의외로, 의심하다가도 '설마 아니겠지' 하고 의심을 거두는 듯해."

"하긴……."

숨기고 싶은 관계였다면, 교내에서 대놓고 행동하지는 않을 것이다.

문제아 취급을 받는 학생과 하는 운동장에서의 캐치볼 교류.

건전하냐고 하면, 너무나 건전하다. 그림으로 그린 듯이.

그런 부분까지 토가와는 처음부터 계산하고 있었던 걸까 싶어 옆얼굴을 들여다봤지만, 거기까지 생각하고 있지는 않은 것을 확신한다. 마음 가는 대로 움직이다가, 우연히. 우연하게, 보호색이 되었다.

"나랑 선생님이 사실은 친척이라는 얘기도 있었어."

"아아, 그런 건…… 그럴싸하네."

친척이라 허물없다. 퍽 좋은 발상이다, 그런 거로 속여서 밀고 나갈 수 없을까.

무리려나.

"선생님은 내 언니이기도 하고 엄마이기도 하지만."

오늘은 엄마. 그러면서 어깨를 비비적거리며 다가온다. 그건 괜찮은데, 여자를 좋아한다는 소문이 나 있었다는 게 뒤늦게 와닿았다. 토가와와 만나기 전, 나는 학생에게 손을 댄 적이 없는 건실한 교사였을 텐데, 그때부터 그런 식으로 생각하고 있었던 모양이다. 모리 코토리도 그런 말을 했었다.

토가와 린이라는 여고생에게 깊은, 끝없는 욕망이 솟아나는 현 상황을 생각하면 그건 타고난 것일지도 모른다. 지금도 무심코, 윤기 나는 머리카락을 손가락 끝으로 만지작거리고 있다.

"……점심은 뭐 먹고 싶은 거 있어?"

"어, 마마 활동 한다!"

길가에서 예쁜 돌멩이라도 발견한 말투로, 즐거운 듯 지적한다.

"선생님이 해 주는 밥은 맛있으니까, 뭐든 좋아."

"채소만 줘도?"

찰싹찰싹찰싹찰싹찰싹찰싹.

"웃는 얼굴로 허벅지 때리면서 항의하지 마."

"그 외에는 말이지. 내가 선생의 약점을 잡고 있어서 굽실거리는 거라는 얘기도 있고.”

“잡고 있네.”

급소를. 손톱을 걸어 조금 도려내면, 나에게 치명상을 입힐 약점밖에 없다. 토가와는 내 인생을 100번 끝낼 수 있다. 소문이라는 건 의외로 정곡을 찌르는 법이다.

“더 있는데, 들을래?”

“음……. 어떤 느낌인지는 알았으니까 됐어, 고마워.”

재미있고 우스운 상상이 난무하고 있다는 걸 파악했으니 더 안 들어도 되겠지.

“억측이야……, 뭐, 당연한 거니까 어쩔 수 없다 쳐도. 그런 소문이, 너에게 폐가 된다면 미안해서 그러지.”

“미안해할 것 없어. 왜냐하면 나도 그러고 싶어서, 선생님하고 손잡는 거니까.”

이런 식으로, 하며 또 손을 잡아 온다. 손가락의 가냘픈 인상과 정반대로, 손바닥은 정열을 품은 듯이 뜨겁다.

“이런저런 말 때문에, 교실에 있기 불편하지 않아?”

“선생님이 있는데?”

질문에 의문형으로 되돌아왔다. 잡은 손가락 끝에 힘과 열이 모인다.

“나, 선생님이 생각하는 이상으로 선생님한테 구원받고 있어.”

손으로 소파를 짚고, 넘어오듯이. 토가와가 상체를 쑥 내밀고, 감사를 전한다.

"응……."

토가와의 수많은 눈물을 되새기며 조심스럽게 받아들인다.

교사로서는 더할 나위 없는 찬사였다. 다만 어떻게 구원했는지 그 방식에는 눈을 감아야 한다.

다른 학생 모두를 소홀히 하고, 단 한 사람에게 주력할 뿐이니까.

그렇게 했는데도 구원하지 못하는 게, 훨씬, 수치다.

"갑자기 왜 친해진 거냐고 에둘러서 물어볼 때는, 선생님한테 집안일 같은 거 상담받으면서 친해졌다고 했어."

"……………………."

거짓말 잘한다며 학생을 칭찬하기도 꺼려졌다. 하지만 그런 일면이 있는 것도 사실이기에 토가와의 변명은 현명하다. 친해졌다는 한마디로 설명될 만한 행동이 아니라는 문제에 눈을 감으면 말이다. 선생님과 친밀하게 지내며, 손을 잡는 학생은 사이좋은 사이라는 범주에 속해도 되는 걸까.

"선생님은 좋은 의미로 선생님답지 않으니까아. 어제도 말했지만, 초등학교 선생님 같단 말이지, 왠지 모르게. 포근해. 그런 분위기 때문에 그러려니 하는 느낌이 없잖아 있지."

친해지기 쉬워서 얕보인다는 걸 부드럽게 표현하면, 이런 건가. 아직도 국어 교사로서 모르는 게 많다.

그렇다 쳐도, 선생님답지 않다라.

"나, 선생님이 아닌 걸까."

절묘하다. 자조한다.

"교사로서는 최악이니까, 그 평가는 어떻게 보면 맞는 말이네."

"절대 최악 아니야. 나는 선생님을 선생님으로서도 좋아해."

너는 그렇지. 웃는 얼굴을 만든다.

"어떤 이유로든…… 서로 사랑해도…… 학생에게 손을 대는 교사는 용서받아서도 안 되고, 인정받아서도 안 된다고 봐."

나는, 내가 선택한 교사라는 직업 자체를 부정할 수는 없다.

그렇기에 나는, 이것이 악덕임을 알면서도 발을 들였다. 내 선택에 떳떳하지는 않아도 지금, 후회는 없다.

"선생님……."

토가와가 애달픈 듯이 나를 부른다. 끌어당기는 듯한 목소리에 이끌려, 마주 보자.

"방금 서로 사랑한다는 부분, 한 번 더 말해 줘."

"아, 그거였어?"

걸리는 게 그거냐고. 무심코 실실 웃고 만다. 웃을 수밖에 없다고도 할 수 있겠다.

큼. 헛기침하고. 물밑에 질척질척한 것이 고이듯이, 홍

조를 뺨에 더하며.

"두 사람은 서로 사랑하고 있습니다."

옛날이야기를 낭독하는 것처럼 말해 버렸다.

"꾸밈없는 프러포즈도 나쁘지 않네."

거리를 두고 새로 지은 건물을 바라보는 듯한 자세와 눈빛으로 매우 흡족해했다.

한 번 더 헛기침을 끼운다. 살짝 엇나간 이야기를, 되돌리고 싶지 않지만 되돌린다.

이런 기회가 아니면 말할 수 없을 것 같은 기분이 들었기 때문이다.

"토가와, 나는 말이야……. 만약……. 정말로 만약에, 만에 하나…… 이대로 시간이 흘러서…… 네가 졸업하는 모습을 지켜볼 수 있게 되면 교사를 그만두기로 마음먹었어."

이 결심은 토가와와 호텔에서 결정적인 관계가 되고 나서부터, 내 안에서 확정한 일이다.

너무 늦지 않나, 싶다.

"왜? 선생님 안 할 거야?"

"선생님을 할 자격이 없으니까. 스스로 그렇게 생각하니까, 그만두는 거야."

교사가 어울린다고 누군가에게 들은 것을 어렴풋이 떠올린다.

거짓말이었어. 그 누군가에게 답하자, 하얀 커튼이 흔들린 기분이 들었다.

커튼 너머의 입매는, 달을 그리듯이 웃고 있었다.

"……나 때문이야?"

토가와와 만난 결과이기에, 보기에 따라서는 그렇다고도 할 수 있다.

하지만, 아니라며 고개를 느리게 젓는다. 이유는 밖에 있어도 하기로 정한 것은 항상 나다.

스스로 정한 것을 타인에게 맡길 생각은 없었다.

"선생님."

토가와가 상심에 다가붙듯, 약간 앞으로 몸을 숙여 나를 들여다본다.

"왜애?"

"나한테는, 평생, 최고의 선생님이야."

둥글둥글, 달콤한 목소리. 나를 계속 꿈에 잠기게 하는 듯한, 녹는 목소리.

"……응."

최고의 선생님이기를 바라며 계속 선택해 왔기에, 보답받는 기분은 든다.

다른 학생에게는 아주 조금 미안하지만.

정말로, 조금만. 눈을 내리깔면 머릿속에서 사라질 듯한 학생들에게, 사죄한다.

"최고라고 하니까 말인데……."

"응, 최고."

"선생님이랑 섹스하고 가장 감동한 건, 가슴이 있다는

거야."

"……………………………………………………………………………."

보석을 늘어놓는 듯한 말투로, 굉장한 색조로 빛나는 것을 꺼냈다.

"……무슨 뜻이야?"

견해를 요구하자, 토가와가 명랑한 웃음을 지은 채 제대로 해설해 주었다.

"학교 선생님이란 건, 어른의 대표 같은 존재잖아. 옷 속은 생각조차 미치지 않는 장소란 말이지. 하지만 옷을 벗기면 확실한, 여자야. 그 낙차가 엄청나게 자극적이라는, 그런 뜻."

으흠. 토가와가 약간 자랑스러운 듯 지론을 펼친다.

"그게 좋단 말이지……. 정말로, 진짜."

실감과 회고로 가득 찬 다짐이었다.

"……철학적이네."

분홍빛으로.

"아무튼 그건 그렇고 선생님은 가슴이 커. 좋아!"

"……고, 고마워."

가슴을 투명한 손으로 눌리는 듯한 노골적인 칭찬이었다.

"선생님, 이건 딴 얘기인데. 다음 주에 축제 있는 거 알지?"

정말로, 공간을 도약한 것처럼 화제가 날아간다.

"이 시기에는 축제가 많은데, 어느 걸 말하는 거려나……."

"하치만궁에서 하는 거."

"아아, 등불 축제."

이름 그대로, 경내에 수많은 등불을 장식하는 축제다. 마지막으로 간 게 언제였더라. 결혼하기 전에 남편과 한 번 갔던 기억이 있으니, 5년도 더 됐다고 손을 꼽아 헤아린다.

그리고 당연하게도 결혼하고 나서는 한 번도 가지 않았다.

"선생님이랑 같이 가고 싶은데."

매력적인 권유지만, '그럴 수는 없어'라고 눈을 가늘게 뜨는 것으로 답한다.

우리의 연애는 실내 한정이다. 바다에 갔던 건, 예외 중의 예외.

남의 눈을 피할 수 있는 밀실이 아니면, 우리는 삶이 충만하다 느끼지 못한다.

"밖은 좀……. 게다가 큰 축제니까, 다른 학생도 올 테고."

어쩌면, 학부모가 목격할 수도 있다.

토가와네 모친이 기분 나쁘게 웃으며 다가오는 꼴을 상상하니, 일어나지도 않은 일인데 기분이 우울해진다.

오후 늦게부터 시작해, 진짜 축제는 밤부터라고 해도 북적거리는 그곳이 위험한 것은 분명하거니와.

파멸이 빨라질지도 모르는데.

"머리 모양을 바꾸고, 옷도 유카타로 입고, 가면으로 얼굴 가리자."

토가와가 마마 활동처럼 미련 없이 포기하지 않고, 물러서지 않는다.

분명.

"……유카타가 본가에는 있었는데 가져왔으려나……."

스르르, 담쟁이덩굴처럼. 토가와의 손이 내 표면을 타고 온다. 서로의 다리도 달라붙어, 장난치듯이 쿡쿡 찔러 온다.

학생에게 결코 용서받지 못할, 스킨십의 거리.

고상한 말을 하려 해도. 애정으로 감싸안으려 해도. 교사 행세를 하려 해도.

이렇게, 약간의 공유로 이성이 안개로 덮인다.

이 아이를 진심으로, 사랑하고 있는 내가 있다.

"축제, 가 본 적 없어?"

그 머리를 껴안듯이 끌어당기며, 묻는다.

"……없어."

이것 보라지.

잠을 자듯 눈을 감은 건, 쏟아질 것 같은 눈물을 숨기고 있기 때문일까.

이 아이의 고독에 닿을 때마다, 그곳에 빨려 들어가서, 점점 깊은 곳으로 빠진다.

바닥이 보이지 않는 깊은 계곡, 투명할 정도로 찬 바람, 세월이 방울져 떨어지는 종유 동굴.

계속해서 안으로 나아가, 나 또한 고립되듯이 동떨어지고.

거기서, 토가와에게 응답할 때.

내가 아름답다고 생각하는 것을 갖추어 놓은 장소에 다다른 듯한, 그런 맑은 심경에 이른다.

"그래……. 그럼, 갈까."

아무리 잘못된 길에 깊숙이 발을 들일지라도.

그 끝에서 찾아낸 그것만은, 아름답다고 느낄 수 있는 마음이 있다.

그것이 지금의 나에게, 살아 있음을 그 무엇보다 실감하게 한다.

토가와 린을 알기 전까지는 좋아하는 감정이 희박했던 나는, 반대도 마찬가지였다.

싫어하는 감정이 생기는 사람도 그다지 없었다. 그런데 지금, 눈앞에 그것이 있었다.

토가와 모녀는 나에게 정반대의 가능성을 여는 역할이 있는지도 모른다.

"선생님이 싫어하는 건 아는데 말이지."

"……아신다고요? 정말요?"

안다면 친구처럼, 직장에 찾아오지 않으리라고 생각한다.

월요일에도 정문 앞에 토가와네 모친이 버젓이 나타난 것으로, 여름의 습도가 50%나 높아져 눈꺼풀을 내리누른다. 이 사람은, 정말로 내가 마음에 든 건지 이렇게 잠복하고 있는 것이었다.

술주정뱅이가 하는 헛소리라고 생각했는데.

정말로, 좋아해도 곤란하다. 나는 토가와 『린을 사랑하니까, 모친이 싫다.

모친이 이렇게 나타난다고는 토가와에게 말하지 않았다. 말하면 또 분명 불화를 초래할 것이므로.

"선생님이랑 얘기하는 것만으로도 즐겁더라고. 상당히 설레, 이거."

"저는 지금부터 일해야 합니다, 매번 말씀드리다시피."

번듯하게 화장을 하고 양산 아래서 웃는 토가와의 모친에게 성가시다는 감정 외의 것이 싹틀 일은 없다.

그 양산이 언젠가 토가와가 썼던 것과 똑같아서, 더욱, 똑바로 보고 싶지가 않다. 저 양산 속은 나에게 있어 토가와의 집이고, 이 여자는 아무 관련 없으며, 토가와 개인의 물건을 함부로 쓰는 것 같아 불쾌했나.

"보호자 응대도 선생님 일이잖아."

"당신은, 토가와의, 보호자가 아닙니다."

나는 그렇게 인식하고 있지 않기에, 더 상대하지 않고 학교로 들어가기로 한다.

"그것도 그러네."

모친도 납득했기에, 거리낌 없이 내버려둘 수 있다.

"그럼, 선생님의 변심을 유발해 볼까."

무어라 말하고 있지만 등 뒤로 튕겨 내고 무시한다.

"지금부터 선생님의 발을 멈추는 마법을 걸겠어."

"……취하셨나요?"

"선생님, 언제부터 린한테 손댔어?"

빛이, 칼날이 되어. 등을 지져 끊는 듯한 감촉이 느껴졌다.

눈물처럼 솟는 피가, 등을 뒤덮어 불쾌할 정도로 뜨겁다.

"그게 갑자기 무슨 소리죠?"

돌아보고.

눈이 동요로 떨리지 않도록, 의아한 척 가늘게 뜬다.

"봐, 발 멈췄지?"

확신하듯, 모친이 입꼬리를 끌어 올린다. 양산 그림자와 겹쳐, 입가의 음영이 짙다.

"도통 알아먹을 수 없는 말씀을 하시기에."

"저번에, 집 냉장고에 있던 정체불명의 밥을 먹고 눈치 챘지 뭐야."

표정을 바꾸지 않은 채, 뒤통수만 얼어붙는다. 토가와에게 만들어 주었던 반찬.

토가와를 위해 만들고, 이 여자가 탐한 것.

의혹이고 뭐고 되새기니, 미간에 분노가 솟는다.

"아, 그때는 잘 먹었어."

여기서, 빈말로라도 대답해 버리면 의심이 확실시되는 걸까.

"냉장고요?"

"린은 요리를 거의 안 하지, 그러면 그걸 대체 누가 만들었나 싶잖아? 거기다 죄다 린 입맛으로 간을 했더라고. 선생님, 린 입맛 알지?"

모친의 지적은, 전부 올바르게 내게로 『이어지듯』 것이었다.

토가와의 집에서 떠나기 직전, 시험하듯 던진 그 화제.

그때부터, 확신이 들었던 건가.

"보통은 모르지. 담임 선생님이, 자기 학생의 입맛 같은 건."

모친이 양산을 돌리면서, 끈적한 목소리와 함께 남의 눈을 들여다봐 온다.

점심시간에 토가와를 보고 있으면, 입맛 정도는 알 수 있습니다.

순간적으로 변명을 생각한다. 하지만 안 된다. 쓸데없는 짓을 거듭하면, 반드시 허점이 생긴다. 지금은, 상대하지 않는 게 낫다.

"무슨 말씀인지 잘 모르겠네요, 그럼 이만."

다시 걸음을 내디뎌 그대로 도망치려 한다.

"아, 그렇게 나오시겠다? 그럼 나도 저질러 버려야지. 다른 선생님한테 말해야겠다~."

그렇게 말하며 성큼성큼 내 옆에 나란히 선다. 그런 모친을 보는 내 얼굴은, 어떤 표정을 하고 있을까.

적어도 모친은 내 표정을 보고, 유쾌하다는 듯 웃고 있었다.

"진지하게, 딸이 담임 선생님에게 부적절한 짓을 당하고 있다는 의심이 든다고 얘기하면 귀 기울여 들어줄 것 같지 않아? 내가 말이지, 평소에는 성격 나빠 보이는 얼굴을 하고 있지만 진지한 척하면 반듯해 보일 자신이 있거든."

'어때?'라고 물으며 진지하다는 그 표정을 지어 내게 선보인다. 그저 입을 다물고, 비뚤어진 눈꼬리를 바로잡을 뿐이었다. 확실히, 화장이 약간 진한 것 이외에는 토가와 린과 안 닮은, 그냥 여자 사람으로 보인다.

그래서 이 모친은 도대체 무엇이 목표인 걸까.

딸을 위하는 생각 따위 할 리도 없으니, 단순히 재밌어하는 걸로밖에 생각되지 않는다.

모든 것을 자각하고 악당 짓을 하고 있다.

나와 똑같았다.

"처음에는 그냥 고지식한 사람이다 했는데, 학생에게 손을 대는 선생님일 줄이야. 얕봤네."

"혼자 북 치고 장구 치지 마시죠."

"귀여운 얼굴을 하고 태연하게 불륜을 하는 여자였다니, 진짜 최고. 짜릿해."

이 모친이란 작자는 어떤 세계관을 가지고 있는 걸까. 도무지 알 수 없는 세상에 사는 생물이다.

지금의 토가와가 얼마나 귀여운지를 생각하면, 양육을 포기한 게 정답이지 않았을까 싶기조차 하다. 아니, 그래도 토가와의 슬픔은 너무나 크고…… 지금, 그걸 생각하고 있을 여유는 없다.

이런 경우, 나는 어떻게 하면 좋을까.

의혹을 샀을 때, 중요한 것은 무엇 하나 인정하지 않는 것.

하나를 인정하면 그를 빌미 삼아 침략이 그치지 않게 된다.

심증이 아무리 짙다 한들, 의혹을 확신으로 만들어서는 안 된다. 그렇지만 인정하지 않으면 이 모친은 정말로 교무실까지 따라와서 다른 선생님에게 호소할 기세로 보인다. 수치도 체면도 아랑곳하지 않고 소리를 질러 댈 것 같고, 그 결과, 토가와에게 어떤 분노를 얼마나 사든지 간에, 이미 딸의 신뢰나 애정 등 지킬 것이 없으니, 뭐든지 할 수 있다.

무적이었다.

진심으로 혐오하지만, 하지만 토가와의 모친 쪽이 나보다는 옳다.

그것이 사물을 보는 상식적인 시각이다. 왜냐하면, 정말로 담임이 딸에게 손을 대고 있으므로.

"……네, 토가와가 딱해서 음식을 해서 갖다주기는 했습니다."

말할 수 있는 범위에 선을 그으면서 자백한다. 어차피, 내가 해 온 짓은 누구에게도 자랑할 수 없다.

이런 무늬만 엄마인 사람에게도, 강하게 나갈 권리는 없다.

"사랑받는구나, 린은. 근데 그런 걸 숨기려 한다는 건, 역시 손을 대고 있다는 소리겠지. 더 켕기는 게 있으니, 뭐든 인정하면 곤란한 거잖아."

대체로 옳은 말이다.

"설령 그렇다 해도, 그것만으로도 교사 업무상 월권이니까요."

"그래? 내가 도와주라고 내팽개친 걸 선생님이 주운 것뿐이니까 고마울 정도인데 말이야."

농담 같으면서도, 정말로 고마워하기도 하는 듯한 말투였다. 이대로 얘기하면서 걸어가다가는 모친도 학교로 들어와 버릴 것 같아서, 주차장 앞에서 발을 멈춘다.

어떡하지. 코에 걸리는 불안을 남의 일처럼 멍하니 바라본다.

이 여자를 내버려두면, 이대로 돌려보내면, 나와 토가와의 나날은 끝을 고할지도 모른다. ……나에게, 소양이 없으니까. 절대 선택하지 않으리라 생각하지만, 아아, 하지만 불륜도 머릿속에서는 가능성이 일절 없었는데 저지르고 말았으니, 이것도, 가능성이 있는 일일지도 모른다.

지금은 그럴 마음이 없을 뿐. 무서울 뿐.

어디까지나 그것을 전제로 하여.

이럴 때, 사람은, 살인이라는 선택지가 머릿속에 어른거리는구나 하고 이해했다.

방해되는 인간이라는 존재를, 처음으로 강렬하게 의식

한다.

"아아."

그런 내 눈에서 무엇을 보았는지, 모친이 오른손을 들어 옆으로 흔든다.

"딱히 협박하거나 그럴 마음은 없어. 재미있을 것 같기는 하지만. 높은 사람에게 호소하지도 않을 거고. 선생님이 생각하는 대로 나는 린의 엄마 노릇을 할 생각이 없으니까 말이야. 린은 딸이지만, 나는 엄마가 아니야. 그렇게 하기로 했어."

토가와의 기분 따위는 전혀 생각지도 않는, 제멋대로인 방향성이었다.

즉, 이제까지의 모습과 변한 게 없다.

"린도 담임 선생님인 여자와 불륜을 하다니, 다 컸네에."

지옥 같은 절실함이었다. 게다가 이제까지도 그랬지만, 전부 맞다는 게 더욱 지옥을 느끼게 했다.

"그보다 말이지, 내가 묻고 싶은 건 선생님은, 린을 행복하게 해 줄 마음이 있어?"

이 여자는, 내가 토가와에게 손을 댔다는 전제에서 전혀 벗어날 생각이 없다.

이미 내가 어떻게 부정해도, 단정한다.

옳아서, 머리부터 시치미 뗄 기운도 없어졌다.

"무슨 말씀인가요?"

"선생님은 결혼했잖아. 그러면서 린하고 불륜이잖아. 어떡할 거냐고."

여름 방학 중이라고는 하지만, 교내에서 그런 말을 잘도 당당하게 떠들어 젖힌다. 동료 교사가 들었다면 그것만으로 끝장날 것 같다. 아니, 모친이 안 시점에서, 그럴 마음만 먹으면 끝장이다.

그리고 그 물음은, 이 모친이 묻고 있다는 점 외에는 정직했다.

토가와 린과의 불륜을, 어디로 도달시키려 하는가. 매우, 중요한 질문이다.

하지만 무엇보다 대단하다고 생각하는 건, 딸 나이의 여자에게 교사가 손대는 것에 대해서는 요만큼도 신경 쓰지 않는 대목이다. 그건 아무래도 좋다는 식으로 이야기한다.

이런 인간이 아니었다면, 나는 이미 끝장났을 테니…… 고마워해야, 할까.

"말해 봤자 믿지 않겠지만, 린을 싫어하지는 않아. 귀찮을 뿐이지."

"……."

마지막 말만 믿는다고 말할 뻔했다.

"나는 린을 행복하게 해 줄 마음이 이제 없어, 선생님한테 달렸다고."

뭐든지 적반하장으로 나온다고 용서받는 건 아니다.

그러나 그 말은 발화되어, 내 귀에 닿아, 세계에 존재를 허락받는다.

허락받는 한, 삼라만상 모든 것은 그곳에 계속 존재한다.

나도 지금은 아직, 그중 하나였다.

"남편과 헤어지고 토가와를 거두어 평생 행복하게 살겠습니다."

빠르게 읊조리는, 긴 주문 같았다.

이루지 못할 꿈을 벽에, 피로 엮듯이.

"됐습니까?"

눈을 피하고, 어울려 줬다는 듯이, 비겁하게 덧붙인다.

이에, 모친은.

"응, 됐어."

방긋, 나잇값도 못 하고 염치도 없이, 만족스러운 듯했다.

"린을 부탁해, 선생님. 에두르기는 했지만, 오늘은 이 말을 하러 온 거야."

"……………………………………."

뭘 쑥스러운 듯이 웃는 걸까, 이 인간은.

토가와가 여태 얼마나 울었는지, 알기는 할까.

작은 배려가, 마른 돌처럼 부딪쳐 올 뿐 아무것도 울리지 않는다. 공허하다.

왜냐하면 실정은, 제 손으로 챙기고 싶지 않은 딸을 남에게 내던지는 것일 뿐이니까.

그런데도, 조금이나마 딸을 배려하고 있다는 듯한 말투와 행동이.

무엇보다.

열받았다.

뱃속 밑바닥이 타오를 정도의, 명확한 분노.

"만약 갈 곳이 없으면, 우리 집으로 와. 린도 데려오고. 셋이서 살자."

"네정말감사합니다그럼안녕히가세요."

모친에게 생각하는 바를 전부 전하고 헤어진다. 실은 하나 더 있었지만, 어떻게든 삼킨다.

……삼킬 수 없다, 목에 걸렸다.

아침 댓바람부터, 나른하다.

같이 살자고? 허튼소리. 당연히 싫지.

호시 타카소라도, 토가와의 모친도, 그리고 아마, 남편도.

주변에서 내가 저지른 짓을 알아 간다.

이렇게 점점 숨길 수 없게 되고, 포위가 좁혀 와, 죽어 가는 걸까.

지금의 나는 본래 찰나에 끝날 터인 죽음을 완만하게 체험하는 듯한, 그런 기분이 든다.

덥다.

여러 일들이, 습기와 무더위를 빨아들여 근면의 허용량을 넘는다.

간단히 말하면, 귀찮아진다.

봄 날씨 정도면, 그나마 버텨 냈을 텐데.

버티고, 길을 벗어나고. 초목이 울창하게 우거지는 여름에, 귀찮아진다.

하루는 이제 막 시작되었다. 기나긴 업무를 위해, 터벅 터벅 걸어가야만 한다. 선생님의 얼굴을 하고, 토가와의 모친에게도 언성을 높이지 않고, 이대로.

아아.

정말.

더위 탓에 겉을 꾸미고 속을 다잡는 게, 귀찮다.

관두자.

이제.

뒤돌아서.

"죽어어어어어어어어어어!!!!!!!!!!!"

그런 말을 나 외에 저주하며 내뱉는 건, 태어나서 처음이었다.

누가 듣든 상관없다. 여기가 학교라 해도 알 바 아니다. 나는 매미보다 시끄럽다.

모친이 멍하니 입을 벌리고 있는 사이에 다시 앞으로 고쳐 잡고, 걷기 시작한다.

잠시 후.

앗하, 하하하. 요란뻑적지근한 웃음소리가 등 뒤로 돌아왔다.

"최고야. 린한테 주기 아까워!"

소리쳐도, 성가시기 짝이 없는 무더위는 엉겨 붙어 있고.

텅 비어 버린 폐는 그런데도, 그 답답한 공기를 원하며 호흡을 호소하고 있었다.

달이 바뀌고, 해는 사납고.

비밀을 봉한 상자에 구멍이 뚫려, 공기가 새어도 나는 아직 살아 있었다.

그리고, 토가와와 약속한 축제 당일 아침.

"그쪽, 토가와 학생과 할 얘기가 있어."

남편이 아침을 먹고 갑자기 말을 꺼내는 바람에 전율이 일었다. 다양한 요인에 대한 추측이 뒤섞여 바로 대답 못 하는 나를 꿰뚫어 보듯이, 남편이 말을 잇는다.

"당신은 자리를 비켜 줘. 금방 끝나, 괜찮지?"

남편이 토가와에게도 시선을 던진다.

"괜찮아요."

옆자리에 앉아 있던 토가와는 여느 때와 같이 격식을 차려 대답하고 동요를 보이지 않는다. 토가와가 수긍한 이상, 나도 움직일 수밖에 없는 듯하다.

단둘이, 무슨 얘기를 하려는 걸까.

토가와 린과 남편. 공유할 수 있는 화제는, 많지 않다.

"그럼, 침실로……, 아니, 밖에 나가 있을게."

"네에."

토가와가 손을 흔들고 나서, 나에게만 보이도록 작게 고개를 끄덕인다. 안심해. 그런 의미로 보였다. 나도 가볍게 턱을 당기고 현관으로 향한다. 샌들을 신고, 밖으로 나갔다.

문을 닫고 벽에 기대자 절로, 큰 한숨이 가슴 안쪽에서 도망쳐 나온다.

남편 또한, 움직이기 시작하고 있다. 의심이나 기우가 아니라, 이제 서로 그만 숨길 시기가 왔다는 것일까. 공공연하게, 토가와를 둘러싼 관계를 언급해야 하는 것도 멀지 않았는지도 모른다.

"끝났어."

"어?"

남편이 정말로 금방 밖으로 얼굴을 내밀었다. 1분도 안 걸린 것 같다. 팔짱을 낄 틈도 생각할 겨를도 한숨도 여름 더위도 아직 다 닿지 않았다. 들어오라는 손짓에 불안해하면서도 들어간다.

무슨 얘기 했어? 질문이 턱 밑에, 비켜 쓴 마스크처럼 걸려 있다. 하지만 나에게 비밀로 하고 싶은 얘기인데, 물어 봤자 대답해 줄 리 없다. 남편은 그대로 평소처럼 출근 준비를 하고, 토가와도 화장실에서 이를 닦고 있다.

"별 얘기 안 했어, 확인할 게 좀 있어서."

당황하는 나에게, 남편이 가방을 잡으면서 덧붙인다. 확인. 혀 위에서 반추한다.

"오늘은 아마 늦게까지 안 들어올 거야."

"그래……."

절반도 귀에 들어오지 않지만, 맞장구를 친다.

"싸움의 날이다."

"응?"

"다녀오겠다."

어째선지 어미가 고정된 남편이, 관절이 몹시 뻣뻣해 보이는 걸음걸이로 나섰다.

뭐가 뭔지 모르겠지만 저 움직임으로 보면, 긴장한 건가?

싸움이라니 무슨 말이지.

칫솔을 입에 문 토가와가 화장실에서 얼굴을 내민다.

"묻고 싶지만, 묻기가 좀 그렇다고 생각하는 얼굴!"

"……완벽한 정답이니까 '참 잘했어요' 도장 찍어 줄게."

와아아. 토가와가 입 주위를 치약으로 하얗게 만들며 기뻐한다.

"별거 아니었어. 당연한 얘기를 했을 뿐."

"우와아……. 궁금해애."

둘 다 어름어름 넘긴다. 비밀 얘기라는 게 그런 걸 테지만, 소외감을 맛본다.

"그럼 하나 말해 주자면, '키가 크네'라는 말을 들었어."

확실히, 남편과 토가와는 키 차이가 그렇게까지 나지는 않을 듯하다. ……그래서?

"……어, 남편이 수작 부렸어?"

"아하하하하."

토가와가 명랑하게 웃어넘기고, 화장실로 들어간다.

나로서는, 그다지 웃긴 얘기는 아니었지만.

세수하고 나온 토가와가, 내 쪽으로 경쾌하게 거리를 좁혀 온다. 가깝다며 뒤로 물러나자, 토가와의 긴 다리가 물러난 것보다 더 다가와서 우리 사이의 거리가 거의 밀착에 다다른다.

"선생님, 뽀뽀해도 돼?"

어깨에 손을 얹고 내려다보면서, 눈동자는 미아처럼 흔들리고 있었다.

"별일이네, 하기 전에 묻기도 하고."

평소에는 허락도 없이 겹쳐 오는 그것을, 오늘은 신중하게 다가붙인다.

혀가 얽히지 않는, 옅은 입술의 감촉이 금방 떨어졌다.

"응. 좋았어."

뽀뽀라는 의식을 마치고 끓어오르는 듯이 토가와가 기지개를 켜고, 허리를 비틀고, 뛰어오른다.

"그럼, 저녁때 봐. 유카타 입은 선생님, 기대할게."

"응. 나도, 어떻게든 일 끝내고 서두를게."

나는 당연히, 평일이라 출근해야 한다. 업무를 마치고 나서의 이야기지만, 토가와가 출발 지점은 이 아파트가 아니라 밖에서 만나고 싶다고 해서, 현지에서 만나기로 했다.

둘이서 나란히 아파트를 나와 거리로 나가는 것보다는 그편이 나을지도 모른다.

토가와가 나간 것은, 축제 준비를 하기 위해서다. 관광지인 우리 동네는, 관광객 상대로 전통 의상을 대여해 주거나 입혀 주기도 하는 가게가 적지 않다. 거기에 가는 거겠지, 아마도.

나는 일이 끝나면 서둘러 퇴근해, 유카타로 갈아입고 토가와가 있는 곳으로 갈 것이다. 얼굴을 가릴 가면은 토가와가 내 것까지 준비한다고 했다. 그러니까 나는 토가와를 만나러 가기만 하면 된다.

사랑과 욕망이 향하는 대로.

친숙해지고, 그것에 포함된 문제조차 옅어질 정도로, 평소처럼.

그리하여.

머리가 풍선처럼 둥실둥실 뜬 채 일을 끝마치고 평소보다 인파가 더욱 몰린 큰길에서 이탈하듯 주택가로 흘러들어, 어떻게든 집으로 돌아왔다. 오는 동안 토가와에게는, 곧 출발할 거라고 연락해 두었다.

열쇠로 문을 열었다. 오랜만에, 아무도 마중을 나와 주지 않았다.

약간 어스레한 빛으로 물드는 커튼을 멀리 바라보고, 아아, 답답해, 하고 생각했다.

달려와 주는 발소리를, 내 마음이 진심으로 원하고 있었다.

본가에서 가져왔던, 고풍스러운 꽃무늬가 들어간 유카타로 갈아입는다. 파란 천 위에 작약이 핀 유카타에 소매를 꿰는 게 언제 이후였더라. 화장도 고치고 아파트에서 나오자, 입구에 인력거가 옆으로 대어져 있었다.

"여어, 선생님. 잘생겼는데!"

셔틀 차량처럼 나를 기다리는 건, 당연히 호시 타카소라다.

오늘도 그 금실 같은 머리카락이, 쓰다듬으면 분명 감촉 좋겠다 느껴질 만큼 윤기가 흐른다.

"미안. 더워서 나오는 대로 뱉었어. 예쁜데!"

"더운가 봐요, 계속."

"타."

땀범벅이 된 호시 씨가 뒷좌석을 턱짓으로 가리킨다.

"린한테 부탁받았거든. 선생님을 데리러 왔어."

도가와가 약속 장소 연출도, 꽤 공을 들인 모양이다.

좋네, 라며 여기 없는 토가와에게 웃어 보인다.

"요금은 제가 낼게요."

"오늘은 돈보다 박애가 갖고픈 날이야. 이 감각, 알겠어?"

"말하려는 바는 어렴풋이 알겠습니다."

"그러면 사랑을 내놔!"

갑자기 언동이 산적이 된다.

"싫어요."

전부 토가와 거니까.

"재미없어!"

그렇게 내뱉으면서, 타기나 하라며 웃는 얼굴로 재촉한다.

이 사람은 삐딱하게 구는 것 같으면서 정말로, 사람이 좋다.

"그래도 일단은 머리랑 옷이 바뀌었는데 바로 알아보네요?"

머리는 집에 오기 전에 아는 가게에 들러 땋아 달라고 했다. 유카타에 어울릴 만한 머리로 주문했더니 이렇게 해 줬는데, 괜찮은지 모르겠다. 호시 씨가 발돋움해서 내 머리와 옷차림을 둘러본다.

"아아, 린이랑 축제에 가는구나. 음~, 미인은 눈에 띄어서 손해야. 나처럼."

핫하하하. 호시 씨가 자기의 금발을 강조하듯이 손으로 빗는다.

아직 설명한 것도 없는데 대강 짐작한 모양이다. 하지만 변장의 의미는 옅어질 듯하다.

"그나저나 타이밍 좋게 마중 왔네요."

아파트로 왔을 때는 없었는데, 집에 들렀다 나오니까 딱 서 있었다.

"그거야 저기 길모퉁이에 숨어서 선생님이 오는 걸 기다렸다가 나왔으니까."

"굳이 숨을 의미가 있나요……?"

못 말린다는 듯 웃으며 자리에 앉는다. 해는 아직 있지만, 점점 희미해서 양산은 필요 없을 것 같다. 이제부터는 거리가 땅거미에 잠겨 갈 뿐이다. 나는 그 너머의 어스레한 빛을 목표로 한다.

"아무튼, 린한테 부탁은 받았지만, 선생님이 어디로 갈지는 또 다른 문제란 말이지."

인력거를 밀어 움직이기 시작하면서 호시 씨가 알 수 없는 소리를 한다.

"무슨 뜻이에요?"

"나는 인력거꾼이니까 말이야, 내가 길을 고르지 않아. 손님의 요청대로 향할 뿐."

설명을 들어도, 호시 씨가 한 발언의 의미를 다 파악할 수가 없다. 국어 교사여도 풀 수 없는 문제는 있다.

"손님, 요즘 어때?"

내가 가진 의문은 뒷전이고, 시답잖은 이야기를 던진다.

"요즘은…… 글쎄요, 조금 소란스러운가."

안고 있는 사정을 털어놓을 수 있는 상대가 있다는 건, 의외로 귀중한 거여서.

호시 씨의 적당한 무관심과 거리감이, 가끔 기분 좋다.

그래서 그만, 지금 내 입장에서 오는 정신적 피로를 토로하고 만다.

"뭐야, 린이랑 불륜하는 거라도 들켰어?"

그래, 그거야. 그 농담 그대로지.

"주위 사람이 슬슬 눈치채기 시작해서…… 길지는 않을

것 같아요.”

“호~오.”

호시 씨의 말꼬리가 흥미롭다는 듯이 늘어진다. 뭐, 옆에서 보면 나는 우스꽝스럽겠지.

“주위라면, 남편?”

“도, 포함되네요.”

“고렇구나아.”

무언가 납득이 갔다는 듯 호시 씨의 머리가 흔들린다. 머리칼 뿌리부터 끝까지 일절 퇴색되지 않은 금색. 호의와는 또 다른 감각이, 아름답다고 중얼거린다. 그 광채의 눈부심으로부터 도망치듯이.

눈을 감고, 스스로에게 묻듯이 내 본심을 드러낸다.

“후회는, 절대 안 해요.”

바퀴가 방지 턱에 걸렸는지 몸이 위아래로 흔들렸다.

“그 아이와 만나면서, 저는 제가 원하는 길을 선택했어요. 제 선택에 일말의 의문은 없으며, 얻거나 잃거나 한 것 전부, 제 선택의 결과입니다. 그리고 저는 그 결과를 받아들이고 있어요. 행복이 확실하게 거기에 있었던 데다 머리가 이상해질 것만 같은 경험을 몇 번이나 넘겨 왔습니다. 예전의 저로는 절대로 돌아갈 수 없겠지만, 미련은 없습니다. 여고생을 건드린 저를, 저는 부정하지 않아요.”

돌이켜보면 결코 길었다고는 할 수 없다. 그러나 그 여운은, 너무나도 짙다.

목 넘김이 영원히 끝나지 않을 듯한, 충족과 숨 막힘이 여전히 나를 좀먹는다.

"남편에게는…… 미안하게 생각합니다. 그 사람의 심경도 모를 정도로, 박정한 인간은 아니니까요. 그렇지만 지금의 저는, 남의 심정을 헤아려 가며 의도적으로 밟아 넘어가고 있어요. 아마 그건, 단순히 사람의 마음을 모르는 것보다 더 치명적이겠죠."

나 자신에게 정직함은 때로 미덕이지만, 나 자신의 욕망에 정직한 삶은 대개, 길을 벗어난다. 지금의 나처럼. 자고로 사람이라면 그 욕망을 이겨 내야 하는데 심약한 자는 사회를 버틸 수 없게 된다. 살아 있다는 감각으로 충만해지기가 매우 어려워진다.

지금도, 내가 살아 있는지, 죽어 있는지 판별하기가 힘들다.

눈을 감는다. 아무것도 안 보인다.

그러나 몸은 움직인다. 이동하고 있다.

"이런 몰염치한 저를 다정하다고 해 주는 그 아이는, 사람 보는 눈이, 참 없죠."

그렇기에 나를, 그토록 좋아해 주었는지도 모른다.

덜컹, 또 방지 턱을 밟고 넘어갔는지 흔들린다.

"그래서, 선생님은 어디로 가고 싶은데."

내내 묵묵히 내 말을 듣던 호시 씨가, 드디어 그런 질문을 한다.

나는 지금까지 어디로 나아가고, 어디로 향하려 했을까.

내 마음을 아무리 들여다보아도 시커먼 암흑만 떠오른다.

그래서 나는, 눈을 떴다.

눈꺼풀 너머가 아무리 눈부신들.

"토가와가 기다리는 곳으로, 가 주시겠어요."

"알았어."

처음부터 알고 있었다는 듯이, 가속하는 인력거의 진로
는 일직선 그대로였다.

"호시 씨는 손대고 있는 사람들이, 축제에 가자고 안
해요?"

"나하하. 복수형이 기본값이야."

뭐가 즐거운 건지 모르겠지만, 호시 씨의 머리가 좌우로
흔들린다.

"물론 가자고 하지만, 일과 곱상한 얼굴을 방패로 어떻
게든 거절하고 있지."

학교 복도에서 스쳐 지나가는 모리의 모습을 떠올린다.
그 이후로 따지거나 상담하러 오지 않는데 잘하고 있는 걸
까. 본래는 모리를 지도해야 하는 입장인데, 내가 무슨 말
을 해도 얄팍하게 들릴 뿐이다.

"한 사람과 가면 나머지 사람들과 다툼이 일어나서 그러

는 건가요?”

“뭐, 그런 것도 있으려나.”

남 일인 양 중얼거린다. 큰길에 들어서고 나서부터 목소리를 작게 하면 서로 알아듣기가 힘들다.

“밝은 장소는 영 거북해서 말이야.”

“계속 밝은 장소를 걷는 일이라 힘들겠네요.”

“누가 아니래.”

호시 씨가 어깨를 으쓱했다.

“축제 풍경은 좋아해. 특히 밤이……. 뭔가, 꿈을 꾸는 것 같아서.”

“호시 씨?”

“그래, 나는 꿈을 꾸고 싶어……. 계속…….”

호시 씨의 목소리는, 떠들썩한 소리와 인력거 틈새에 찌부러져 이쪽으로 닿지 않았다.

“아아……, 참. 린한테 맡아 둔 게 있어. 자, 받아.”

호시 씨가 인력거를 잠깐 멈추고, 품에서 꺼낸 것을 내민다.

받아 든 그것의 감촉은, 익숙지 않은 것이었다.

“여우 가면인가요.”

상상한 것보다 두께감이 있다. 묵직한 만듦새에 더해, 장식에서 유서 깊은 내력이 느껴졌다.

어디서 조달했을까. 대여한 거라고 해도, 함부로 다룰 수는 없다.

가면을 쓰자, 마치 누군가의 열이 안에 깃들어 있는 것처럼 무더워서, 숨이 막힌다.

"이 여우 같은 여자!"

"딱이네요."

내가 지금 어디에 있는지, 주변을 둘러보고 새삼 의식한다. 축제에 가려는 수많은 동네 주민과 관광객의 흐름 속에 인력거가 한 대. 싫어도 시선이 쏠린다. 당연히, 그 얼굴 중에는 우리 반 애들이 섞여 있어도 하등 이상할 게 없다.

이렇게 눈에 띄게 등장해도 되는 걸까. 숨기고 싶은 건지 아닌 건지, 어느 쪽이냐며 인력거를 타고 등장한 내가 어이가 없다. 다만…… 될 대로 되라며 힘을 빼고 풍경을 내려다보는 나도 있었다.

토가와와의 나날은 무척 자극적이고, 방금도 말했다시피 후회는 없다. 매우 중요한 감정의 발로까지 배울 수 있었던, 그 아이와의 만남은 나에게 있어, 그야말로 인생을 바꿔 버렸다.

하지만 지금까지 온실 속 화초였던 내 마음은, 그 방대한 변화에 조금 지친 모양이다. 저항이 약하다. 아침에도 뽀뽀를 조르는 토가와를 선뜻 받아들이고 말았다. 아무리 남편이 나갔다고 해도, 집에서는 삼가야 하는데. 선잠에 든 듯한 감각에 질질 끌려서, 좋지 않다고는 생각하면서도 빠져나갈 수 없다.

남편도 이미 짐작하고는 있는 듯했다. 토가와네 모친이

괴롭힐 마음에 눈을 뜨면, 뜨는 대로 끝난다.

둘러싼 환경이, 아래로, 아래로. 구멍이 큰 동굴로 흘러 떨어져 간다.

인력거가 향하는 끝에 있는 건, 아련한 꿈의 끝일지도 모른다.

"린은 짐승상 근처에서 기다린다고 했어. 인력거로 들어갈 수 있는 건 여기까지야."

커다란 도리이가 엿보이는 근방, 슈퍼 근처에서 호시 씨가 인력거를 세운다. 가면 때문에 시야가 약간 가로막혀 있기에, 신중하게 발밑을 확인하면서 내린다. 땅에 발을 딛고 고개를 들자, 인력거 높이에서는 닿지 않았던 각양각색의 북적임이 일제히 어깨를 두드리는 듯했다.

"여기까지, 감사했습니다."

"응."

나하하. 호시 씨가 깊은 의미는 없는 듯이 웃는다. 그러고는.

"선생님."

무방비하게 벌리고 있던 입매를 바로잡고, 미소 짓는다.

"모처럼 하는 데이트잖아. 좀 더 웃는 얼굴로 즐겨."

표정을 지적받아, 살짝 웃는다.

"가면 썼는데요."

"다 보여."

아주 가볍게, 단호하게 말해서 진짜로 들여다보는 기분

이 들었다.

호시 씨는 그대로 자리에 걸터앉아, 끄는 사람 없는 인력거 위에서 멍하니, 먼 곳을 바라보았다. 앞으로 기운 자리에 정말로 거북한 듯 앉아 있는 호시 씨에게 묵례하고, 자리를 떠난다.

오늘부터 시작되는 축제는 사흘간 열리는데, 각각 받드는 대상이 다르다. 여름과 가을, 그리고 나머지 하나는 미나모토노 사네토모 공, 이렇게 각각……이었을 거다. 가을인가. 아직 등불을 켜기에는 약간 밝은 하늘을 본다.

황혼을 맞이한 하늘은 구릿빛에 삼켜지고 타 버린 구름 끄트머리가 뚝뚝 벗겨져 떨어질 듯했다. 평소와 다른 조리를 신은 발소리가 귀에 익지 않는다. 길을 가는 얼굴 중에, 가면으로 자기를 감춘 사람은 보이지 않는다.

디들, 얼굴을 가릴 필요 따위 없는 것이다. 당당하게 축제 행렬에 끼어 흘러가면 된다.

쓸데없이 눈에 띌지도 모른다고 생각하면서, 가면의 위치를 면밀하게 조정한다.

낯익은 거리에 동네 사람이 모이는 가운데, 속이기 위해 매달릴 것은 이것밖에 없으니까.

……………아니.

인간의 둥지처럼 모여드는, 수많은 사람 속에서.

역시 변장 따위, 해 봤자 의미가 없을지도 모른다.

인파 속이든, 평소와 다른 차림을 했든, 머리 모양이 달라도, 가면을 써도.

서로는 찰나에, 기다리는 사람을 알아보고 만다.

토가와가 둥지를 떠나는 어린 새처럼, 약속 장소인 도리이에서 떨어져 내 앞으로 다가온다.

유카타 자락의 흔들림에 맞춰, 흐르는 듯한 몸놀림이었다.

흐르는 물에 제비붓꽃이 핀 무늬의 파란 유카타. 목에 걸릴 정도의 머리는 뒤로 작게 묶어 올렸다. 평소와 전혀 다른 인상을 받는다. 그런데도 한눈에 토가와임을 알아보고 머리의 안개가 확 개는 건 어째서일까.

여기에 이르기까지의 정신적 피로, 갈등, 따위는 벌써, 잊었다.

결국, 로스일 뿐이었다. 토가와로스. 토가와하고 떨어져서 불안해졌을 뿐.

토가와와 함께라면, 사소한 문제는 죄다, 미룰 수 있었다.

개 가면 너머에서, 귀를 떨리게 할 만큼 마음에 드는 목소리가 들린다.

"오랜만이야, 이츠키 짱."

일부러 나를 그렇게 부른 것에, 답한다.

"응……. 나도 계속, 보고 싶었어……, 린을."

연인인, 그녀를. 자연스럽게, 손을 마주 잡는다. 유카타에서 뻗은 서로의 손에, 신기한 감회가 드는 건 왜일까. 유카타 자락이 팔랑팔랑, 특별함을 부추기기 때문일까.

"여기서, 약속하고 만나 보고 싶었어. ……이츠키 짱이랑."

큰길에서 만나는 것이 허락되지 않는 관계니까, 진짜로, 약속하고 만나는 것 자체가, 두 번째다.

손을 잡고 큰길도 못 걷는데도 사랑은 확실하게 자라나고 있었다.

……근데 그렇다면 역시, 학교에서 손을 잡는 건 왜, 용인되고 있을까. 너무 당당하게 굴어서 그럴까. 손잡는 거로 부적절한 관계로 단정하면 바보 같은 거라고 주위가 필요 이상으로 깊이 생각하고 있는 건지도 모른다. 나라도, 남의 일이었다면 그렇게 생각한다.

"머리 땋은 거 귀여워."

걸으면서 곧바로, 토가와가 내 머리를 칭찬해 준다.

"미용실에서 유카타에 어울리는 머리를 부탁했더니 이렇게 해 줬어."

"머리가 길면 이것저것 해 볼 수 있어서 좋아. 관리하기는 힘들지만, 나도 가끔은 길러 볼까~."

토가와가 제 머리카락을 집으며 말한다. 머리 긴 토가와도 분명 근사하겠지. 넋을 잃고 보겠지. 나, 토가와가 하면 뭐든 좋은 게 아닐까. 아니, 그러면 경박하게 보일지도 몰라, 토가와에 대한 마음은 좀 더 엄선해야 하지 않을까. 등등. 수수께끼 같은 갈등이 부풀어 오른다.

"토……. 린은 개 가면이구나."

용맹함을 강조하듯이 입가에 송곳니가 그려진 가면이었다. 여우와 닮은 듯하면서, 눈의 윤곽이 다르다. 그 눈매 안쪽에, 감추지 못한 살가움의 반짝임이 숨어 있다.

"여우하고 둘 중에 고민했는데, 어울려?"

"무척."

토가와가 개 가면을 쓰다니, 마음이 포근해진다. 실례인가 싶으면서도.

"이츠키 짱도 어울려, 여우."

"그래?"

"이 여우 같은 여자!"

"그 말 벌써 두 번째야."

"얼라리?"

서로 장난치며 어깨와 손을 흔들고 있는데, 지극히 자연스럽게 그것이 찾아와서 속으로 흠칫 얼굴이 굳는다. 낯익은 학생들과 스쳐 지나갔기 때문이다. 다행히, 교실에서 매일 얼굴을 마주치던 그들과 그녀들은 자기들끼리 떠드느라 정신없어서 알아채지 못한 모양이다. 그런데도 목소리가 완전히 사라질 때까지, 등이 축축하게 젖어 있었다.

"다들 즐거워 보여~."

토가와도 알아봤는지, 긴장한 나를 놀리듯이 태평한 감상을 늘어놓는다.

"좋.은.일.이.네."

"좋은 일, 좋은 일."

"팔 그렇게 붕붕 흔들지 마."

커다란 도리이 옆에 있는 인도로 흘러가서, 인파에 숨듯이 걷는다. 손을 꽉 잡지 않으면 정말로, 흐름에 어깨를 밀려서 놓쳐 버릴 듯한 정도의 인파였다. 지금 떨어지면 나, 왠지 울어 버릴 것 같아. 그런 생각에 토가와의 손을 쥔 손가락 끝에 아주 조금 힘을 싣는다.

나의 그런 작은 반응에도 착실하게, 같은 힘으로 조절하는 게…… 기쁘다.

"우리 말이야. 아무것도 모르는 사람 눈에는 자매로 보일까?"

"……그럴지도."

나이는, 가면으로 가려지기 쉬우니.

"이츠키 짱이 더 작으니까 동생이네."

내려다보면서 즐거운 듯이 말하길래, 조금 울컥한다.

"갖고 싶은 거 있으면 언니가 다 사 줄게."

여기를 빠져나간 끝에 늘어서 있는 음식 노점을, 까치발로 잽싸게 확인하며 언니 행세를 하는 제자에게 떠오르는 감정은 무엇인가. 울컥했던 것도 눈 깜짝할 새 풀려, 남은 것은 모녀 사이와도 닮은 애정이었다. 마음이 까치발 하듯이 내 턱 밑까지 쌓인다.

"갖고 싶은 건 언제나, 언니야."

가면에서 튕겨 돌아온 목소리가, 곧장 내 귓불을 흔든다.

얼굴을 가리고 있으면, 공개적인 장소에서도 이런 말이 튀어나온다. 언니는 말없이, 가면의 위치를 만지작거리고 있다.

"언니면 이 정도로 수줍어하지 마."

"수줍어하는 거 아니거든."

반론하는 목소리가 우선 둥그스름해서 귀엽다. 하지만 본격적으로 가면을 쓴 여자아이와 이렇게, 축제와 저녁놀을 배경으로 걷고 있으면 환상적인 정서에 젖고 만다. 이대로 낯선 땅으로 끌려가 버릴 것 같은…… 가 버리고 싶은 듯한.

지금이라면 토가와 이외의 것을, 선잠으로 의식이 끊길 때처럼 훅, 버릴 수 있을 것 같았다.

"좋은 가면이던데, 어디서 빌렸어?"

"응. 유카타랑 가면 다, 집에 있던 거 빌렸어."

"집에…… 다녀왔어?"

"응."

토가와의 대답이 짧다. 종이 부스러기를 꽉꽉, 한계까지 압축한 것처럼 턱을 당기는 방식도 딱딱하다. 집에는 모친도 있었을 거라고 금방 짐작한다. 거기서 어떤 대화가 펼쳐졌을지, 상상해 보았지만, 긍정적인 것은 찾아내지 못했다.

거리는 가로수의 가지와 잎이 돔 지붕처럼 우거지고, 해질 녘이라 조바심을 내듯이 매미 울음소리가 가속한다. 매미도 사람도 여름 불꽃놀이처럼 소란스러움이라는 꽃을 피우고는 흘러간다.

그 소란함으로 생겨난 틈을 가늠하듯이 토가와가 화제를 미묘하게 돌린다.

"이건 아마 할머니 유카타인데."

"그렇구나."

"인데."

"응, 인데."

"입고 나서 말이지, 깨달았어. 내 키를."

"어이쿠……."

그 말을 듣고 전체를 바라보니, 확실히 소매 길이와 기장이 조금 모자란다. 약간 노출된 건강한 팔다리가, 생기발랄한 아이로 보여서 흐뭇하다.

"그래서 소매랑 옷 길이가 좀 짧아서…… 안 예뻐?"

단념이 안 되는지, 토가와가 유카타 소매를 꼬집어 톡톡 잡아당긴다.

그 모습을 포함해서, 웃음소리가 가면에 스친다.

"안 예뻤으면 좋았을걸."

"왜애?"

"되게 예쁘고, 정말 귀여우니까……. 린은, 눈에 너무 띄어."

"잠…….."

토가와가 가면 위로 얼굴을 긁으려다, 까드득 소리를 내고, '으흐' 하고 찌부러진 웃음소리로 얼버무린다.

"가면 쓰니까 편리하네. 얼굴이 빨개져도, 알아서 숨겨주고."

"그러게, 정말로."

얼굴을 보이지 않기에, 전하는 것에 거부감이 없는 것도
있다.

전화나 SNS를 통해야 솔직해질 때도, 많이 있다.

하지만 감정의 온도는 제대로, 서로의 손가락 끝이나 손
바닥을 통해 서로 전하고, 전해 받고 있었다.

"가면을 못 벗으니까, 뭘 먹을 수가 없네."

보이기 시작한 파란색 천막을 들여다보는 목소리는,

"그러게……. 가는 길에 사서, 집에서 먹을까?"

"음……. 선……, 이츠키 짱이 해 준 밥 먹고 싶어."

아, 방금 연인 놀이 삐끗할 뻔했다.

"이츠키 짱이 만들어 주는 거면 컵라면이든 뭐든 좋아."

"……알았어. 만들어 줄게."

남편과 나 사이에서는 오랫동안 잃어버렸던, 진부한
대화.

그건 물론, 명백하게, 전부 내가 나쁜 거지만.

아아, 이따가도 토가와와 손을 잡고 같은 집으로 돌아간
다는 사실이, 생각보다 훨씬, 훨씬 더 행복했다. 토가와를
놓지 않아도 된다. 우리가 시간에 의해 갈라지지 않는다.
적어도, 오늘 밤은.

그런 기분에, 옆에서 찬물이 날아든다.

"아, 저기 있네!"

흐물흐물, 싹이 자라듯 커 가던 고양감이 시드는 감촉.

토가와와 맞잡고 흔들던 손의 폭이 점점 작아진다.

꼬치 튀김 노점에서 말을 걸어 온 사람을 가면 너머로 흘끗 보고, 반응할지 몹시 망설인다. 분명 토가와도 마찬가지일 것이다. 토가와의 모친이 이쪽을 향해, 천연덕스럽게 생글거리며 손을 흔들고 있었다. 온갖 의미에서 응하고 싶지 않으나, 무시하면 어떤 행동을 할지 모른다. 어찌해야 할지 난감하다.

"가자."

토가와가 손을 잡아끌며, 걸음을 빨리한다. 토가와는 무시하기로 한 모양이다. 나도 어느 쪽이 정답인지 판단할 수 없어서, 따라서 보폭을 크게 가져가려고 한다. 하지만 흐르는 사람들 속에서 그러기는 어려워서 조금 전과 별반 다르지 않게 나아갈 뿐이었다.

그래서 쫓아오려는 사람이 무리하게 움직이자, 금세 거리가 좁혀진다,

"기다려 봐, 좀. 얘기 금방 끝나니까."

튀김을 아직 꽂지 않은 꼬치를 손가락에 끼운 채, 토가와의 모친이 내 어깨를 잡았다.

"위험해!"

"이리로 오라고."

강압적으로 내 어깨를 잡아당기려는 모친의 손을, 강하게 뿌리치는 또 하나의 손.

"선생님 만지지 마."

토가와가, 나와 모친 사이에 끼어들어, 가로막는다. 목

소리와 움직임에는 적의밖에 없었다. 도저히 친엄마에게는 향할 것이 아닌 날 선 것을 들이밀린 토가와의 모친이 한숨을 쉰다.

"그럼 여기서 말할게. 너한테는 이제 할 말 없으니까 저쪽 보고 있어."

언쟁이 주위의 이목을 끌든 말든 개의치 않고, 모친이 저리 가라며 딸에게 손을 젓는다. 토가와는 성난 어깨를 치켜세운 채, 모친이 말한 대로 딴 쪽을 향했다. 하지만 내 앞에 서는 것은 양보하지 않았다.

나는 이런 상황에서도, 무의식적으로 토가와에게 시선을 뺏길 것 같았다.

토가와의 독점욕이, 기분 좋다.

죠아, 하고 유아 퇴행할 것 같다.

"아, 부르면 안 되겠구나……. 거기, 당신. 내가 이제껏 쌓아 온 것들은 지금만 배제해 주겠어? 안 그러면, 대화가 안 되니까."

자기가 변변찮은 인간임을 차치하지 않고는 대화가 안 된다고 조건부터 들이밀고 나오다니 뻔뻔하기 짝이 없다.

"어디까지나 관계에만 주목하자고, 괜찮지?"

"……알겠습니다."

이 자리에서 그다지 길게 얘기하고 싶지도 않아서 받아들이자, 모친이 깊숙이 허리를 굽힌다.

"제멋대로인 건 아는데 염치 불고하고 한 번 더 말할게,

딸을 부탁해."

엄마의 말을 들은 딸이 팔을 쳐들려다가 짧은 유카타 소매가 신경 쓰인 듯 단념하고, 힘없이 내린다. 그 자초지종을 지켜보고 나서, 토가와를 감싸며 이번에는 내가 앞으로 나섰다.

"네. 확실하게, 책임지겠습니다."

"오케이. ……그럼 갈게."

내 대답을 듣고, 토가와의 모친이 곧바로 노점으로 되돌아간다. 이쪽도 다시, 토가와가 내 손을 잡아끌었다. 그러고 보니 모친과 싸우고 우리 집에 온 것이다. 그걸 이제야 떠올린다. 오늘 집에 다녀왔다고 했는데, 분명 그때도 불화가 있었던 거겠지.

애초에 파탄 난 것이나 다름없는 모녀 관계라고는 해도 경위를 되짚으며 결정적으로 균열이 간 데는 나에게도 원인이 있는 것 같아서, 마음이 편치 않다. 학교의 친구 관계도 그렇고, 나는 토가와를 고립시키고 있다. 본인이 바라고, 내가 그러기를 원하고 말았다.

분명 나도, 토가와도, 누군가를 사랑하는 것이 능숙하지 않은 것이다. 익숙하지 않은 것이다.

서툰 손놀림으로, 상대의 손을 잡는 것밖에 못 한다.

"다른 여자하고 끈적거리지 마."

눈앞의 다리를 단번에 걷어차고 나아갈 듯한 그 서슬 퍼런 강렬함에, 나도 모르게 '네' 하고 답하며 등줄기가 꼿꼿

이 퍼졌다.

토가와가 친엄마를 다른 여자라는 틀에 던져 넣고 있다는 사실에, 뒤늦게 오싹해진다.

불쾌하지 않은, 신기한 오한이었다.

축제 회장의 기슭까지 도착할 무렵에는, 하늘에 남아 있던 노을도 닳아 해져 지상의 음영이 살을 얻은 것처럼 입체적으로 바뀌었다. 사람 그림자가 서로의 얼굴을 번져서, 가면의 시야가 더욱, 좁아진다.

계단 위, 본전에서 하는 봉납 무용을 보려고 방문한 구경객으로 주변이 꽉 차 있다. 돌계단은 일찌감치 걸터앉는 사람들로 메워졌고, 경비원들의 약간 거친 목소리가 오간다.

계단 부근에서 멀어지니, 무수한 등불이 늘어선 중앙은 아직 걸을 수 있는 정도로 사람의 물결이 이루어져 있다. 저명한 사람들이 저마다 봉납한 그림, 글귀로 꾸며진 준비한 등불의 빛이 간격을 두고 진열되어 있다. 다 파악할 수 없는 무수한 이름이, 축제를 위해 조용히 이어져 있었다.

둘이 그 불빛의 둘레를 돌면서, 나는, 계속 생각했다.

딸을 부탁해. 그런 말을 들어도.

나는, 그렇게까지 장래성 있는 여자가 아니다. 부탁을 지킬 수 있는 시간이 길지 않다. 그런 게 용서받을 리 없다며 고개를 숙이고 있었다. 나와 토가와의 관계는 당연하지만, 절대 인정받을 수 있는 것이 아니라, 마지막은 처단당하는 해로운 짐승처럼 이 사회로부터 배척당하는 것이라고 계속 타일러 왔다. 그건 몹시도 슬픈 일이지만, 어떤 면에서는, 사고를 포기할 수 있어서 편하기도 했다.

미래의 일은, 아무것도 생각하지 않아도 된다. 오직 지금을, 받아들이면 된다.

건설적인 태도를 버리면, 쌓아 올릴 것은 적어지니까…… 즐거운 일에만 몰두할 수 있었다.

하지만, 혹시나 하는 생각을 하지 않을 수 없을 때도 있다.

혹시나, 이대로, 토가와와.

멀리 떨어진 장소에서 연주되는 그것이 들린 듯해서 문득 돌아보자, 본전의 빛이 눈에 들어왔다.

수많은 사람에게 둘러싸인, 우리는 그 빛을 멀리서 숨어서 바라볼 뿐이라서.

가장 먼저, 그 거리감에 무언가를 겹치고 말았다.

그리고 여파를 뒤집어쓰고 떠오른 토가와의 전신을 보니, 그것은, 한꺼번에 밀려왔다.

가슴 한가운데가 푹, 꺼지는 감촉.

짓눌려 갈 곳을 잃고 치밀어 오른 그것이, 눈 안쪽에서 흘러넘친다.

발이 멈추고, 토가와의 손을 잡고 있을 수 없어서.

그 자리에 머무르려던 다리도 버틸 수 없어서, 무릎을 꺾는다.

"선생님?"

쭈그리고 앉아 어깨를 떠는 나를, 토가와가 당혹스러워

하면서도 살핀다.

코를 훌쩍이고, 가면 틈새로 흘러나온 눈물이, 눈앞의 어둠조차 윤곽을 번지게 한다.

"지금……. 아주, 아주…… 행복하게 해 주고 싶다는 생각이 들었어."

이 아이와 행복해지고 싶다. 하고 싶다.

그렇게 생각하면서 당연한 행복을 주지 못 하는 나에게.

큰길도 함께, 당당하게 걸을 수 없는 우리에게.

눈물샘이, 떨리고 말았다.

가면을 벗고 손바닥에 눈물을 쏟는 내가, 얼마나 우스꽝스럽고, 이기적이며, 꼴사나운가. 어둠 속에 주저앉은 덕에 시선은 별로 닿지 않지만, 그 어둠 속에서 흐느껴 우는 소리는 제법 섬뜩하게 들리겠지. 내년부터 괴담으로 구전될지도 모른다. 그 내년이 갖고 싶다.

토가와 린과, 매일, 매일, 평생…… 행복해지고 싶다.

살을 깎는 듯 아픈 찰나적인 애정이, 마침내 닳아 해질 듯한 목소리로 본심에 다다른다.

욕망에 끝은 없다. 오늘 행복하면, 내일도, 행복하고 싶다.

토가와가 곁에 웅크리고 앉아, 개 가면을 벗는다.

그리고, 내 뺨에 입을 갖다 대고, 흐르는 눈물을 핥기 시작했다. 간지러운 그 감촉에 순간, 눈물이 굳는다. 위로하듯이 혹은, 눈물마저 제 것으로 만들려는 듯이. 남김없이.

토가와의 혀가, 내 눈물을 떠낸다.

나는 그 혀끝의 까슬까슬함에 등을 떨며, 눈물을 계속 흘렸다.

태어난 인간에게는 도화지 한 장이 주어진다.

우리는 그 도화지에, 자기 나름의 인생을 그린다.

보통은, 도화지 안에 자신의 길을 그리면 된다. 도화지 밖으로 삐져나가지 않도록, 안쪽에. 그 규칙을 지키는 한, 우리는 길을 헤매지 않을 수 있다. 그리는 법을 배울 수 있다. 누구에게도 혼나지 않아도 된다.

그런데 나는 그 도화지를 찢어 버리고 말았다.

그래서 지금, 눈앞의 아무것도 없는 공간에, 아무리 기이한 눈초리를 받고 경멸을 당하더라도, 길을 그릴 수밖에 없었다. 파멸의 끝을 탐욕스럽게 원하며.

내일, 행복해지기 위해서, 나는, 다시 붓을 손에 들어야만 한다.

하늘에 마음 가는 대로, 소망하는 것을 그린다.

누구에게도 배우지 않은, 궤적을.

누군가의 눈에 띄는 일 없는, 나의 정의를.

그날, 남편이 정말로 늦은 시각에 들어왔다.

한밤중도 절반을 한참 지나, 날짜도 바뀌고도 시곗바늘이 한층 더 밀려난 시각. 기다리던 나도 결국 이불 속으로 들어가 내일을 생각해야 하게 되고 나서야, 현관이 소란스러워진다.

평소의 남편이라면 내지 않았을 큰 소리에, 당황해서 침대에서 뛰어내린다. 내 방에서 현관은 엎어지면 코 닿을 데라, 복도로 한 발짝만 나왔는데도 엉덩방아를 찧은 남편과 맞닥뜨렸다. 남편은 화려하게 빨개진 얼굴로, 좀처럼 두르지 않는, 다량의 술기운을 풍기고 있었다.

"즐겁다는 건, 좋네요오."

현관문을 향해 혼잣말을 흘리면서, 키득키득 어깨를 흔들고 있다. 좀 무섭다.

"왔어?"

상태를 살필 수 있는 거리에서 말을 건다.

"옷호오오, 마에카와다아."

뒤돌아본 남편은, 대학생 때 부르던 호칭으로 나를 올려다보았다.

"당신은 데이트 약속을 하면 늦지를 않았지, 나는 그런 점이 좋다고 생각했었어."

"……안 늦는 건, 당연한 거 아니야?"

"아니, 아니."

남편이 실실거리며, 구두를 던지듯이 벗는다. 신발장과

문에 각각 부딪힌 구두가, 어디로도 걸을 수 없다는 것을 나타내듯이 옆으로 쓰러졌다.

"당신도 기대해서 그런 거라고, 생각했어."

마치 지금은 아니었다고 이해한 듯한, 쓸쓸함을 내포한 말투로 들렸다.

하지만 그건 조금 아니다.

"……즐거웠어."

그 무렵은, 분명.

"응. 그럼, 됐나."

아니, 안 됐어어. 남편이 바로 뒤이어 덧붙이고 혼자 웃는다. 웃을 때마다, 술 냄새가 주위에 뿌려진다.

"……많이, 마셨나 봐."

"당신이랑 똑같아."

"어?"

"카바레에 갔다 왔습죠."

남편이 지탱하고 있던 손이 미끄러지는 바람에 복도에 쓰러졌다. 약해진 벌레처럼 손발을 버둥거린다.

"카바레 좋더라아! 여자들이 말이야, 거리가 가까워."

"응."

남편에게는 거리가 가깝지 않은 여자가 있는 것 같았다. 짚이는 사람은, 한 사람 있다.

남편의 충혈된 눈이, 카바레의 살짝 어두운 분위기를 찾듯이 헤매었다.

"여자랑 말이야, 그렇게 신나게 떠들어 본 게…… 언제야.
……아아, 즐거웠어어."
"응."
"술도 엄청나게 마시고, 여자가 오냐오냐해 줬다!"
"……응."
남편이 몸을 일으키려다, 실패하고, 다시 쓰러진다.
천장과 나를 바라보면서, 그 눈을 가늘게 뜬다.
"자……, 어때. 나도 확실하게 바람피우고 왔어, 이러면,
어때?"

나도.

알고 있구나. 그 짧은 한마디 하나에 가슴이 멘다.
무언가 말하려 했지만, 이 사이에서 닳아 없어진다.
남편은, 역시 알고 있었다. 아니, 내 행동으로 이해했다
고 보는 게 옳을지도 모른다.
그럴 만도 하지. 그만큼 노골적이었으니.
아아, 하지만, 그러면 따지고 나무랐어도 될 텐데.
남편은 일부러, 카바레에 다녀왔다.

확실한 바람이라고 할 만한 것은 아니다. 그렇지만 남편은, 눈높이를 맞춰 주었다.

말하기 쉽게.

남편은 이런 나라도, 존중해 주는 것이다.

정말로 좋은 사람이고 나는 비할 바도 안 되게 성실하다고, 절감하게 된다.

남편은, 잘못한 게 하나도 없다.

철두철미하게, 하나도.

잘못한 게 없는데, 상대 탓에 실패했다.

그렇게 말할 수 있는데도, 남편은, 나를 기다릴 뿐이었다.

숨을 내쉰다. 몇 번에 조금씩 나누어, 가슴이 텅 비어 버릴 만큼.

이제, 한계인 거겠지.

이제껏 용케 속였네. 나의 어리석은 짓에 어이없어하며 어깨를 두드린다.

숙이고 앉아, 남편과의 거리를 조금이라도 좁혀.

숨겨 온 마음을, 물방울처럼 떨어뜨린다.

"나, 지금, 좋아하는 사람이 있어."

미안하다는 말을 이런 식으로 표현하는 것은 수업 시간에도 가르치지 않는 것이었다.

축제와 함께, 쌓아 올리고 있던 것이 하나 끝난다.

불꽃놀이는 없고. 술 냄새만이, 조용히 퍼진다.

"꼭 첫사랑인 것처럼 말하네."

남편은 쓸쓸한 듯이, 그리고 무언가를 납득한 것처럼,
우는 듯한 웃음소리를 내었다.

한담 | 『여름의 일탈』

아내가 이렇게 귀여웠나. 이런 실례되는 것을 깨달은 건 극히 최근이었다.

물론, 아내는 만났을 때부터 미인이었다. 첫눈에 반할 정도는 아니었지만, 처음 교내 강의동에서 봤을 때부터 호감 같은 것을 느낀 건 틀림없다. 대학교에서 보이는 여자 중에서도 몇 겹으로 쌓인 고급스러운 정사각형 상자처럼……, 다른 사람들과 다른 질감이 느껴지는, 그런 미인이었다. 나 말고도 '좀 다르네……'라는 느낌을 받았던 놈들이 많이 있었을 테니, 아내를 친구의 친구 정도의 먼 관계에서 알음알음 소개받을 수 있었던 건…… 분명 행운이었으리라.

그리고 그 행운은 조금 더 계속된다.

다행히, 알고 지내고부터는 아내도 나에게 호감을 품어 주었다……고 생각한다. 안 그랬으면 단둘이 몇 번이나 놀러 가거나 하지는 않았겠지, 아마. 아내의 비위를 맞추려고 태도가 과해지는 게 안정되기까지는 상당히 시간이 걸렸다. 아내는 기뻐 날뛸 것 같은 나와는 반대로 긴장한 탓인지 처음에는 움츠러들어 있었다. 그런 서로의 불안정한 부분이 잘 맞물릴 정도로 정돈될 무렵, 우리는 정식으로 사귀기 시작했다. 고백한 건 나였고, 아내의 대답은 '그래'로 짧았다.

돌이켜보면, 청혼했을 때도, 대답은 그뿐이었다.

서로의 기쁨의 키가, 맞물리지 않았던 것 같기도 하다.

그래도 결혼하기 전까지는 좋았다. 아마, 문제는 없었다. 그렇게 생각한다. 아니, 미안, 마음에 걸리는 점은 한 가지 있었다. 아내와 우리 집과의 사이가 안 좋은 것만은 걸렸다.

약혼자로서 아내를 데리고 본가에 인사하러 갔던 날.

밖에서 만날지 어쩔지 여러 제안과 생각이 있은 끝에, 본가에서 보기로 했다.

겉으로는 아내와 다 함께 온화한 분위기에서 담소를 나누었다.

그런데 아내가 가고 나서, 어머니 입에서 나온 첫마디는 '다시 생각해 보렴'. 웃는 얼굴로 그렇게 말했다.

방금까지 내색조차 없었기에, 놀랐다. 아버지도 당황했나.

이유를 묻자 어머니는, 표현이 적절한지는 모르겠다고 하시며 말했다.

'거리감이 느껴지더구나.'

'거리감?'

추상적인 표현에 어리둥절했지만, 어머니는 부드럽게 미소 지은 채 덧붙였다.

'그리고, 내가 미인을 싫어하는 것도 있고.'

'그게 뭐야.'

뒤에 붙은 이유 탓에 기가 차서. 깊게, 생각하지 못했다.

'미인이면 좋잖아, 보통.'

'결혼하는 너야 그렇겠지. 나는 마음이 가지 않을 뿐이란다.'

어머니는 조용히 부정하고. 아버지는 유야무야 넘기려 하고.

하지만 나는, 결혼하고 싶었다. 어머니는 조언에 그치고, 대놓고 반대하지는 않았다.

생각해 보면, 그때 이미 어머니는 무언가 보였던 걸까.

그것은 산발적인 발작이 아니라, 확실하게 감지해 낸 무언가에 기반한 어머니 나름의 최선의 충고였는지도 모른다.

대학교를 졸업하고, 각자 취직해서 조금은 자리를 잡은 뒤 결혼. 흐름으로서는 지극히 자연스러웠다고, 되짚어 봐도 실패를 찾아낼 수 없다. 아니, 그래도, 실패할 조짐은 있었던 걸까.

사귀고 나서 결혼하기까지 아내와의 관계는 입맞춤 선에서 멈춰 있었다. 물론 나는 아내의 몸에 관심이 없었던 게 아니라, 오히려 계속 기대하기는 했다. 하지만 아내가 그런 쪽으로 전혀 적극적이지 않기도 해서, 내디딜 방법을 몰랐다.

그래서 결혼하고 한집에 살게 되고 나서야, 비로소 아내를 안았다.

그리고 끝까지 안은 것은 그 한 번뿐이었다.

처음 보는 아내의 알몸에 열중하다가, 그러나, 문득 든

순간에 시선이 안 느껴져 어둠 속에 홀로 남은 기분이 들어, 침대 위에서 아내를 찾고 말았다.

그랬더니 팔 안에서, 아내는, 따분하다는 듯이, 멍하니 천장을 보고 있었다.

내 손을, 내 손가락 끝을, 아무것도 느끼지 않는 것처럼.

입술을 겹쳤을 때, 눈을 감고 있었을 때, 아내는 어떤 얼굴을 하고 있었을까.

이런 얼굴로, 받아들이고 있었던 걸까.

아내는 그제야 내 시선을 알아차렸는지, 나를 보고, 수습하듯이 웃었다. 데이트 약속 장소에서 나를 발견했을 때와 마찬가지로, 엷은 미소였다. 나는, 어떤 표정으로 응했을까.

그 후의 일은, 의식이 도무지 정리되지 않아 잘 기억나지 않는다. 그곳에는 서로 통하는 것도, 단순한 쾌락도, 아무것도 남지 않았을 거다. 찾아온 것은, 끈적하세 빌린 듯한 피로감뿐이었다.

눈을 감은 눈꺼풀 뒤로, 아내의 무미건조한 무표정.

평생 잊을 수도 없을 듯한, 사랑하는 사람의, 무관심.

몸이 안 좋았다든가, 익숙하지 않다든가, 긴장했다든가, 여러 가지 핑계를 찾아서 납득하려고 했다. 그리고 시간을 두고, 한 번 더, 아내에게 허락을 얻어 끌어안고, 침실로 데려가서. 탐색하듯이 만지면서, 또, 시선을 잃은 것을 느끼고 조심조심, 아내의 표정을 확인했다.

아내는 전과 다름없이, 빨리 끝냈으면 좋겠다는 듯이 먼 곳을 보고 있었다.

지난번에도 잘못 본 게 아니었다는 것을 안 나는, 뭐랄까. 여러 표현이 떠오르고는 사라지지만, 식었다. 이 말이 가장 적절할지도 모른다. 도중에 그만두고, 옷을 다시 입는 동안 느낀 것은 커다란 빗방울이 이마에 때려 박히는 듯한 실의였다. 무엇에 흥이 깨졌는지 확실하지 않아서, 그게 더욱 마음을 불안정하게 했다.

갑자기 침대에서 떨어진 나를, 불안한 듯 올려다보는 아내와 눈이 마주친다.

바짝 마른 아내의 팔뚝을 향해, 그 한심한 이유를 토로한다.

"아니, 그게, 당신…… 정말 따분해 보이길래."

말하지 않을 걸 그랬다고, 말하고 후회는 했다.

하지만 그렇게 말하고도 싶었다.

아내의 본심을, 피부로 느껴 버렸으니.

그날은, 소파에서 혼자 잤다. 누우면서, 무척 싫은 것을 반복해 되새겼다.

아아, 저 사람, 나를 딱히 좋아하지 않는 게 아닐까, 하고 깨닫고 말았다.

결혼하거나, 함께 살거나 하는 것과는 별개로…… 연애에서, 사랑을 뺀 감정만 성립하는 게 아닐까 하는 생각을 내게 들게 했다. 그것은, 내가 마음속으로 그리던 관계성이 아니었다.

그러고 나서 사흘쯤 뒤에, 아내는 주문해 두었던 작은 침대를, 방이라고 부를 수 없는 공간에 억지로 욱여넣었다. 저게 들어가나? 싶은 작은 출입구로 각도를 조절해 밀어 넣는 모습은 마법이라고 불러도 될 솜씨였다. 나는 그 작업을 돕지 않고, 복도에서 멍하니 뒤에서 바라보고 있었다.

오늘부터, 여기서 자도 돼? 하며 눈을 맞추지 않고 허락을 구하는 아내에게, 아니, 안 돼, 그럼 저 침대는 어쩔 건데, 혼자 그러면서, 애매하게 끄덕이고 말았다.

깊게 파고드는 것이 두려워서, 받아들이고 말았다. 실은 좀 더 대화를 나누고, 타협점을 찾아서, 어떠한 답을 내든지 개선해야 했을 것이다.

혹은, 이혼? 결혼하자마자?

후자의 답이 나와 버릴 것 같아서, 무서웠던 게 크다.

아내에게, '왜 결혼했어?'라고 도저히 물을 수 없있다.

그렇게 우리는, 결혼 직후 실패를 옆에 두고 결혼 생활을 시작했다.

근본적인 부분을 보고도 못 본 척하면, 그 후에도 나름대로 잘 굴러가기는 했다. 걸리는 것 없이 흘러가기만 하는 것을 잘 해 나가는 거라고 할 수 있다면. 결혼이라기보다, 그저 동거에 지나지 않을 뿐인 시간은, 무언가를 쌓아 올리고 있다는 감각이 없었다. 그래도 뭐, 즐겁기는 했다. 어쨌든 아내는 좋은 여자고, 적어도 나는 아내를 사랑했기에.

아내에게 나와 같은 열량을 느낄 기회는, 한 번도 없었지만.

그렇게 시간이 흘러, 일단은 결혼 4년 차.

변화가 있었던 건, 극히 최근.

점잖고 성실한 인상만 있는 아내가, 웬일로 무단 외박을 한 날부터 조금 상태가 달라 보였다. 아내는 친구에게 카바레에 끌려가서 고주망태가 되었고, 학생 집으로 실려 가서 묵고 왔다고 미안해하며 설명했다. 아마, 대강의 줄거리에 거짓말은 없을 것이다. 아내는 후회가 막심했고, 그 후로도 때때로 무언가를 떠올리고는 머리를 감싸 쥐고 끙끙 앓았다. 그러기까지 하니, 어떤 추태를 저질렀는지 묻고도 싶었지만, '우끼끼끼' 기이한 소리를 내는 아내에게 쐐기를 박을 수는 없었다.

그런데 변화는 그뿐만이 아니었다.

뭘까. 그때부터 아내의 행동을 눈으로 좇는 동안 사소한 차이를 느끼게 되었다. 평소와 다르지 않은 듯하면서, 그 움직임 하나하나가 생기 있게 느껴졌다. 빛이 드는 방향을 안 식물처럼 보인 것은, 기분 탓일까.

집안일, 잡일을 끝내고 나서 휴대폰을 한 손에 들고 자기 방으로 들어가는 아내의 옆얼굴에는, 풍성한 윤기가 깃들어 있었다. 내가 모르는 얼굴이라, 맨 처음 곁눈질로 봤을 때는 눈을 의심하고, 그리고 깨달았다.

새삼스레, 깨달았다.

나는 아내의 표정을, 세 종류밖에 본 적이 없다고.

우선 무표정. 그다음 조금 웃는 얼굴. 마지막으로 곤란한 듯이 웃는다. 이것이 내가 아는 전부다. 침착, 온화, 부드러운 언행. 만난 이래로 아내가 화내는 것을 한 번도 본적이 없거니와 말다툼을 한 적도 없다. 그래서, 나는, 원만하고 순조롭다고 믿어 버린 걸까.

이때쯤, 그것이 절반 정도 정답이었음을 알았다.

아내는 남을 배려하는 것 같고, 다정한 것 같고, 아니, 분명 다정하기는 한데 동시에 무관심하기도 했다. 담백하다, 다양한 관계가. 당연히, 나에게도. 그런 아내가 보이기 시작한 변화에, 겉으로는 드러내지 않고 여러모로 생각하고, 여러모로 의심하고 있었다. 이를테면, 바람을.

아내가 다른 누군가를 사랑해서 들떠 있다. 만약 그렇다고 한다면, 명백한 불륜이다.

단지, 카바레에서 마시고 학생 집에서 자고, 도대체 누구와 바람을 피워 온 거지? 갸우뚱 고개를 기울였다.

학생 집에서 잤다는 게 거짓말이었을까.

다만, 뭐, 나와는 결혼을 하기는 했어도, 아내는 나와 연애한 게 아니라는 걸 알아 버렸기에, 불륜이라고 해도 실감이 나지 않았다. 분노를 느낄 정도의 거리감은 이미 상실되었기에, 아아, 하고 메마른 납득을 삼키는 듯…… 비정함이 있었다.

아니, 실제로 불륜 중이고 불륜 상대를 특정한다면, 화낼지도 모르지만.

그것보다는 아내가, 누군가를 좋아하게 되는 인간일까. 그게 의문이었다.

그런 상대가 있다면 단순히, 만나 보고 싶었다.

남편인 나도 배제되는 아내에게, 예외라는 게 있는 걸까 하고.

아내가 어떤 사람인지 알고 싶다고 생각할 정도로는, 아직 좋아했다.

……하지만 애초에 그런 것을, 바라지 말아야 했나, 생각한다.

아내가 집에 데려온, 제자라고 하는 여고생은 키가 큰 아이였다. 집안 사정 탓에 우리 집을 피난처 삼아 재우게 되었다고 아내는 설명했지만, 내 입장에서는 외계인과의 동거나 다름없다. 외계인은 당연한 듯이 아내와 손을 잡고, 나는 거의 들어간 적이 없는 아내의 방으로 가서, 웃음꽃을 피웠다. 아내와 손을 잡고 쇼핑하러 가고, 아내와 함께 설거지하고, 아내와 함께 소파에 앉고, 무릎베개를 베고, 목욕하고 나서는 서로의 머리를 말려 주고, 자기 직전까지 떨어지지 않는다.

친딸이라도 저렇게까지 찰싹 붙어 있지는 않을 거라는 거리감을, 매일 여봐란듯 보여 준다.

그리고 황당했던 건, 매일 하는 식사.

아내는 지금까지와 달리 노골적일 정도로 간의 세기를

바꾸어 음식을 식탁에 늘어놓았다. 아내의 인상과 겹치는 듯한 무난한 맛이, 진해졌다. 누구를 위해, 누가 먹어 주기를 상정해 신경을 쓰는 건지, 가장 알기 쉬운 변화일지도 모른다.

'오늘은 간이 좀 세지 않았어?' 에둘러 그렇게 묻자, 아내는 '그럴지도'라며 애매하게 고개를 갸웃하며 얼버무릴 뿐이었다. 그 식사에 누가 가장 기뻐하는지, 반응을 보고 있으면 일목요연한데.

이건 내심, 가장 화가 났을지도 모른다.

아내를 모르는 여고생에게 빼앗기고 있는 듯한 거리감과 소외감, 그리고, 당혹감.

쫓겨나듯 멀리서 바라보는 아내는, 매우, 이상한 말이지만 매력적으로 비쳤다. 표정이 세 종류밖에 없었을 터인 아내가, 아예 모르는 얼굴로 여고생에게 무릎베개를 해 주고 있었다. 아내는, 빛나고 있었다.

자애, 순애……. 도무지 제자에게 품기에는 과한 것을 아낌없이 쏟아붓고 있다.

만약 대학교에서 그런 표정을 짓는 아내를 멀리서 봤다면 분명, 사귀는 것 따위 포기했으리라.

누가 봐도 아내는, 사랑을 하는 여자였다.

누구를?

시선 끝에 있는 그 상대는, 역시 내 이해를 넘어서는 외계인이었다.

우리 집이었을 아파트에, 있기가 매우 거북해졌다. 거북함이, 날이 갈수록 심해진다. 그 거북함이 어디에서 오는 건지 생각하다가, 냄새를 깨달았다. 나와 아내가 생활하던 공간에, 명백하게, 다른 인간의 냄새가 섞였다. 눈을 감고도 자유롭게 오갈 수 있을 정도로 친숙했던 공간이, 일주일도 지나지 않아 모르는 장소로 변모해 가는 것에, 나는 좀 더 절실하게 위기감을 느껴야 했을지도 모른다.

아내가 나를 볼 때, 눈이 떠보는 것 같다는 생각이 드는 건 의심의 표출일까. 그리고 그 시선도, 외계인이 금방 뺏어가 버려서는 놓으려고 하지 않는다.

외계인은 언뜻 보면, 붙임성이 좋고, 나에게도 싹싹하게 굴고……. 그래, 변하기 전의 아내를 방불케 했다. 조금 혀 짧은 소리로, 앳되게 들리는 목소리가 큰 키에서 오는 인상과 달라서, 아내는 그것을 흐뭇하게 받아들이는 듯했다. 아내를 따르는 정도는, 도저히 교사에게 향하는 것이라고는 믿기지 않을 만큼 친밀해서, 아내로부터 쏟아지는 그것과 균형이 맞아 보였다.

감정도 머무를 곳도 둘이 고리를 만들어 완결 지어, 밖으로 흘러넘치는 게 일절 없었다.

내가 아내와 쌓아 올리고 싶었던, 견고한 결속의 완성형을 과시하는 기분이 들었다.

평일에 아파트에서 멀어져 회사에 갈 때, 안도감 따위를 느끼리라고는 생각지도 못했다. 가정에서 거리를 두고 일하고 있는 시간이 더 마음 편할 줄은 생각지도 못했다. 회사의 그 누구도, 내가 외계인에게 집과 아내를 뺏겨서 도망쳐 나왔다고는 생각지 않을 것이다.

외계인이 집에 오고 나서는, 아내도, 그 외계인과 같은 외계인으로만 여겨진다.

하지만 아내는 외계인이 되고 나서부터 훨씬 사랑스러워서…… 조금, 쓸쓸하다.

저녁밥도, 어떻게 해야 집에서 안 먹을 수 있을까. 그런 생각까지 들려고 한다.

원래부터 존재하던 아내와의 간극을, 부각 당한 것을 통감한다. 부각한 것은, 집을 침식해 온 여고생 한 명. 아내의 제자. 그리고, 아내의.

아내는, 어떤 인간인가. 어떻게 변했는가.

어째서, 그리도 따분해했는가.

집에서 제자에게 보여 주는 눈부시고, 간지러운 표정들은, 내 수많은 의문에 빛나는 해답으로 마련되어 있는 것 같다는 생각이 자꾸 든다.

……그런데, 만약, 상상이 사실이라고 한다면.

생각했던 것보다 훨씬 위험한 여자였던 건가? 절로 웃지 않을 수가 없다.

그리고 여름이라는 열기 덩어리가 발목에 엉겨 붙는 듯한, 귀갓길에 있었던 일이다.

역에서 큰길로 나와, 저녁노을과 커다란 도리이 틈새에

그 커다란 그림자가 있었다.

"굿바이, 조지! 조지, 나이스!"

내뱉듯이 경박한 목소리에 이끌려, 고개를 들었다.

머리칼과 함께 빛날 정도의 미소로 배웅하는 인력거꾼에게, 조지(가칭)가 '조지가 아니라 조지~다'라고 대꾸한 것을 내 서툰 영어 실력으로도 알아들을 수 있었다. 하지만 조지(아님)도 웃는 얼굴로 손을 흔드는 인력거꾼에게 당해 내지 못하겠는지, 마지막에는 웃으며 떠났다.

"이야~, 역시 이 수법이 최고라니까."

무슨 수법?

"오, 도저히 손님으로는 안 보이는 게 이쪽을 보고 있네."

흡족한 기색의 인력거꾼이 금방 내 존재를 알아차리고는 인력거를 끌면서 다가온다. 내려오는 밤을 떨쳐 내듯, 금발이 유려하게 춤추었다.

"아아, 선생님 남편분이구나. 안녕하세요."

목소리의 붙임성은 좋은데, 태도에서는 담백함이 느껴진다. 관심의 유무라고 할까.

왜인지, 아내와 조금 비슷한 느낌이 들었다.

"안녕하세요."

"탐내도 오늘은 끌게 해 드릴 수 없어. 내 소중한 영업 도구라, 아무도 손 못 대게 할 거야."

요전에는, 옳다구나 아내와 교환하더니만.

"아쉽게 됐네요, 아니, 이게 아니라."

"그보다 오늘은 영업 종료했어. 내 쪽 보던데 무슨 볼일이라도 있으셔? 선생님은 어디 가고?"

"네, 퇴근하던 중이라서요."

"아아, 그렇구나, 그렇구나. 고생하셨네~, 장하다! 좋았어, 그럼 다음은 용건을 들어 볼까."

건성으로 칭찬받았지만, 말하는 사람이 미인이기도 해서 무시당한 기분은 들지 않았다. 용건이라.

그 모습을 보고 멍하니, 생각하는 바는 있었다.

그래도 될까. 찔리기도 하는 반면.

될 대로 돼라. 몸을 내던지고 싶어지는 위태로움도 싹트고 있었다.

아마, 지쳤던 거다. 이제까지의 결혼 생활과 지금의 생활에.

머무를 곳을 꾹, 뭉개져 가는 감각에.

"뜬금없고 무례한 부탁이라는 건 아주 잘 압니다만."

"으음?!"

어째선지 허리를 뒤로 빼고 경계한다. 그러고는,

"귀찮은 건 싫은데에……."

나지막하게 투덜거리는 것처럼도 들렸다. 하긴, 귀찮은 부탁일지도 모르겠다고 생각했다.

그래도 충동이 시키는 대로 말해 보았다.

"저기."

"넵."

"카바레를, 소개해 주실 수 있을까요!"

오금부터 등줄기까지, 막대기처럼 딱딱하고, 곧게 펴졌다.

"제가, 처음이라서! 순한 맛으로 부탁드리고 싶습니다!"

대학생 때나 부리던 객기였어. 뺨이 홧홧해진다.

"호오~."

빤히, 거리낌 없이 반 발짝 파고들 정도로 얼굴에 시선이 쏟아진다. 아내도 있으면서. 그렇게 힐책하는 시선일까. 그렇지만 아내는, 하고 목소리가 이어질 뻔한다. 아랫입술에 걸려서 힘없이 떨어지는 그것이 무슨 말을 하고 싶었는지, 4년 전부터 알고 있었는데, 아직은 정면으로 다 받아들일 수 없다.

마주하기 위해서는, 안고 있던 것을 놓아 버릴 필요가 있었다.

그 짐을 떠넘길 곳을, 가능한 한 속되게 얘기하자면.

나도 가끔은 귀여운 여자가, 엄청, 살갑게 대해 주기를 바랐다.

"딱히 상관은 없는데."

인력거꾼이 머리를 쓸어 올린다. 그래도 떨떠름한 표정은 건재하기에.

무얼 고심하나 했더니.

"근데 말이야, 카바레 아가씨가 되기에는, 너무 잘생겼는걸."

"예……?"

입 밖으로 나온 의문이 이해를 빨아들이고 부풀어, 이윽고 풍선처럼 떠오른다.

"하……하…………하!"

어쩐지, 웃겼다.

눈물이 핑 돌 정도로 웃음보가 터지고 말았다.

한담 2 『작별을 마음 가는 대로 노래하다』

선생님이랑 야한 짓을 한 다음 날이 가장, 정서가 뒤죽박죽이 된다.

당일, 실제로 몸을 섞을 때보다도, 훨씬.

평소와 같은 표정으로 교단에 서는 선생님이, 차분한 목소리로 수업을 능숙하게 진행하는 모습을 멍하니 눈으로 좇고 있으면 어제의 기억이 갑자기 중첩된다. 목소리, 알몸, 체온, 체액, 말하고, 말하게 한, 외설스러운 말들. 현대 국어 수업 중에는 절대 들을 수 없는, 선생님의 어휘. 전부 다 교실에서 보는 풍경과 아예 딴판이라서, 근데 나만은 그것을 알기에 억지로 이어 버리니까, 현기증마저 올 것 같다.

담임 선생님과 침대 위에서 서로를 바치고 있다.

그 현실의 충격이 뒤늦게 찾아와, 머릿속에 다 담기지 않을 정도의 감정이 끓어오른다.

정서 위를, 역류한 피가 뛰어 올라가는 그 감각이, 견딜 수 없다.

수업 중인 선생님 목소리가 가느다란 실처럼, 뺨에 달라붙는다. 귀에는 전혀 들어오지 않는다.

이래 봬도 평소에는 수업을 성실하게 듣는 편인데, 오늘은, 정말 집중이 안 됐다.

점심시간, 참지 못하고 열에 들뜬 것처럼 선생님이 있는 교과 준비실로 향한다.

문을 여니까 이제 막 도시락 뚜껑을 연 선생님이 돌아보고, 놀란다.

"무슨 일이야? 토가……와……."

내가 말없이 다가가니, 선생님도 일어서야 할지 말지, 도시락 뚜껑과 함께 눈이 좌우로 춤춘다. 그런 선생님에게 곧장, 망설이지 않고 움직이는 다리의 허벅지 언저리가 강한 열을 띠고 있었다. 그 열이 다리를 타고 발끝까지 흘러 지글지글 애태우니 가만히 있을 수가 없다.

"토가와?"

갑작스럽게 방문한 이유를 궁금해하는 선생님을, 덮치듯이 거리를 좁혀서.

"선생님……. 손가락만, 빌려줘."

"……손가락?"

"미안."

선생님이 소중하고, 소중해서, 소중한데 여유가 없어서, 그 손을 잡고 만다.

선생님의 손. 분필을 쥐고 수업을 하기 위한, 선생님의 손가락.

그것을, 엉망으로 만든다.

도시락 뚜껑을 떨어뜨려, 자유로워진 손을 치마 속으로 잠입시키자, 선생님도 역시 처음에는 저항한다. 이미 잠식당하고 있는 나와 다르게 선생님은 아직 교사 얼굴을 하고 있었다. 선생님은, 수업 중에 나를 보고 어제의 일을 떠올리지 않는 걸까. 선생님은 의도적으로 나를 안 보는 게 가능할지도 모르지만, 나는, 선생님에게 집중하지 않으면 안 된다.

……그렇다면, 치사해.

선생님은, 치사해.

외로워.

나와 비슷할 정도로, 나에게 정신을 못 차렸으면 좋겠다.

"이게 무슨, 토가와, 설명,"

치마에서 손을 빼내려고 선생님이 힘을 준다. 그 손을 억누르듯이 꽉 쥐자, 이겨 버린다. 이길 수 있는 것이다, 선생님을. 내 쪽이 더 크고, 선생님을 밀어 쓰러뜨리고자 한다면 할 수 있다. 선생님은 어른이고, 훌륭한 교사고, 예쁜 언니고, 나와는 아이와 어른 만큼의 차이가 있는데, 내가 마음만 먹으면 선생님을 마음대로 할 수 있다는 사실에, 머리가 나빠질 듯한 오싹함을 느끼려 한다. 지금까지 비축해 온 것과 합쳐져, 깊고 탁해진다.

욕망은, 어디까지 채워져도 맑아지는 일이 없다.

"어제 일, 생각나서……. 못, 참겠어."

증상을 토로하자, 선생님이 어제의 그 시간을 상기하는지, 뺨을 은근하게 붉힌다.

"그렇게나, 아, 아니……."

"그렇게나 했는데."

선생님이 흐리려던 말의 다음을 건져 올린다. 선생님이,

‘에호헤, 호’라고 영문을 알 수 없는 소리를 내며 부끄러워한다.

“선생님은, 아무것도 안 해도 돼. 다 내가 멋대로 하는 거니까, 선생님은 나쁜 짓 같은 거 안 했으니까. 그러니까.”

부탁이야. 선생님의 손을, 손가락을 붙들어 잡는다.

닿아 있으면 마음의 수위가 올라가서, 질식할 것만 같다.

선생님의 손가락은, 살은, 나에게 광활한 바다처럼 끝없이 깊다.

한번 발을 들여 버리면, 가라앉을 뿐이다.

“……기어이 해야겠어?”

선생님이 도망치듯 눈동자를 헤엄치며 묻는다.

그에, 목덜미까지 타는 듯이 뜨겁게 열을 띠고, 턱을 당긴다.

“………………오후 수업, 제대로, 받게 해야 하니까, 하는 거야…….”

그렇게 중얼거린 선생님은 저항을 멈추고 눈을 얻다 둬야 할지 곤란한 듯 고개를 숙이고는 작게 끄덕였다.

“고마워……. 미안…….”

선생님의 다정함에 마음껏 응석 부리는 스스로를 나무랄 여유도 없이, 선생님에게 빌린 손가락이, 속옷 위를 기게 한다. 그 감촉에 선생님의 어깨와 내 다리 안쪽이 다 겁이라도 집어먹은 양 떨렸다. 선생님의 둥근 손톱이 속옷에 걸렸다. 그 애타는 감촉조차 나를 자극한다.

　속옷 안으로 선생님의 손가락을 가져가자, 선생님이 마치 자기가 만져지는 것처럼 질끈, 눈을 꼭 감는다. 보니까 선생님도 귀까지 새빨개져 있었다.
　"점심, 안 먹었는데…… 미안해."
　선생님에게 몇 번을 사과하면서도 행위를 멈춘다는 선택지는 머리 한구석에서 움직이려 하지 않는다.
　그렇게 해서, 선생님의 손을 빌린, 나를 위로하는 행위에 몰두한다.
　선생님의 손가락 끝부분이 내 안쪽을 천천히 헤집는 것만으로도 무심코, 목소리가 새어 나왔다.
　소름 끼친다. 그렇게 표현하면 좋을까. 온몸에서 단숨에 땀이 배어나고, 파도가 밀려드는 것처럼 몸과 마음을 적신다.
　선생님은 나보다 쉰 배쯤 부끄럽다는 듯 입술을 깨물고 버티며, 부풀어 오른 치마를 쳐다보고 있다.
　내 것이 아니라, 선생님의 손가락이라는 것만으로, 차원이 다르게 매몰되어 간다. 선생님 생각으로 머릿속을 가득 채워도, 그 정도로는 진짜에 조금도 미치지 못함을, 몸소 안다. 무엇이 다를까. 내 손가락과 선생님 손가락, 성분은 같을 텐데, 도대체 어디서 그런 차이가 생겨나는 걸까. 선생님의 담당 과목이 과학이었다면, 답을 가르쳐 줬을까.
　선생님의 손을 어설프게 움직이자, 손가락이 뜻하지 않은 위치를 스쳐서, 허리가 튄다.

"선생님, 사랑해, 사랑해, 정말 사랑해, 사랑해……, 사랑해……."

다리가 한곳에 머무르지 못하고, 갈지자로 헤맨다.

"……응. 나도, 사랑해."

"더, 아주 많이, 말해 줘."

"……사랑해. 토가와, 정말 사랑해. 진심으로, 무엇보다도 사랑해. 너무 사랑해서…… 정말, 사랑해."

속삭이듯이 사랑을 쏟다가 깨닫고 보니 선생님의 손가락은 자발적으로 움직여서 내 손이 필요가 없어졌다. 선생님의 어깨를 잡고 놀리는 손가락의 움직임에 맞춰 다리를 벌리고, 떨며, 때때로 뒤꿈치가 튀려 한다.

선생님의 어깨가 없었다면, 무릎부터 무너져 내렸을지도 모른다.

치츰 고개를 숙이고, 기묘한 소리가 귀에 들어온다.

눌러 참으려다, 하지만 희열에 풀린 이 사이로 꼴시납게 새어 나오는 토식과 목소리.

내 체면을 차릴 수 없는 감정의 발로였다.

"이런 점이……."

선생님은 치마에 파고든 자기 손에서 눈을 피하듯이 질끈 감고, 경멸하듯 중얼거린다.

움직이는 입술은 도중부터 목소리를 동반하지 않았지만, 교사 실격, 그렇게 움직인 것 같았다.

……그렇게 해서.

점심시간이라는 시간 사정에 가로막혀서, 끝이 온다.

새빨간 과실을 귀에 매달고 있는 것처럼, 얼굴이 뜨겁고 무겁다. 온도가 심히 고조되어 이명도 일고 있다. 그래도 속옷과 치마를 고쳐 입으면서, 선생님을 본다.

선생님은 더러워진 손가락을 그대로 두고, 혼자만 남겨진 양, 아쉬워 보였다.

그런데 그 얼굴로, 선생님은 선생님이어야만 한다는 듯 나를 타이른다.

"이런 거, 학교에서는, 응? 안 돼……."

난감하다는 듯이 나를 올려다보는 그 눈과, 어깨에 놓인 손의 힘이 약하다.

"죄송해요……."

"너희 집에서……."

선생님은 마치, 자기를 타이르는 듯했다.

그리고, 그날은 예정에 없었는데, 방과 후, 선생님이 우리 집으로 왔다.

어제오늘 연속으로 집을 찾은 선생님이 군말 없이, 꾸밈 없이, '안게 해 줘'라고 속삭이는 바람에, 마음과 대답이 떨렸다.

뺨과 입매 모양이 어떻게 되어 버릴 것 같을 감정을 억누르면서 평소와 다르지 않은 듯 가장해 선생님을 대하기가 사실 너무 힘들다. 하지만 우리 집에서는, 그 무엇도 숨길 필요가 없다.

선생님이 손으로 빗듯이 내 머리카락을 치운다. 그다음, 뺨에 가 닿는 손길에, 가슴이 터지려고 한다.

당장이라도 파열될 것 같아, 차라리 터져 버렸으면 싶을 만큼 숨이 막히고, 그러면서도 이 순간이 영원히 계속되기를 바라는 듯한.

손발이, 살아 있다는 실감으로 빵빵하게 부풀어 오를 것 같은 시간을 보낸다.

아마도 그 아픔이, 사랑이라는 감정이리라고 생각했다.

그렇게 시인이 될 정도로, 선생님에 대한 마음이 고조된다.

"좋아아……, 좋아, 좋아아."

노래하면서 손목과 머리와 몸통이 구불텅구불텅 들썩인다. 내가 봐도 굉장히 꺼림칙하다.

선생님에게 품은 마음은 신기하다. 강한 성욕이 탁류처럼 농락해 올 때도 있는가 하면 순수하게, 엄마에 대한 애정이 깊어질 때도 있다. 그래, 엄마. 나는 선생님을 엄마라고도 생각한다.

선생님이 내가 원하던 것을 전부 주고, 선생님 자신이 그러고 싶어서 해 주고 있음을 안다. 선생님은 연인이자 언니이고, 엄마다.

그런 이야기를 전에 했더니, '그 안에, 일단 아직은 선생님도 넣어 줬으면 좋겠어……'라며 토라져서 부탁하는 모습이 무척 귀여웠다. 동생도 넣어도 될지도. 그러면서 우쭐해질 뻔했다.

어떤 선생님이든지 공통점은, 진심으로 좋아한다는 것.

생각하기만 해도, 지금 이렇게 잠겨 있는 따뜻한 물 같은 온기가 찾아온다.

그래서 사랑하는 선생님의 집에서 지내도 된다는 허락을 받았을 때의 기쁨은 분에 넘칠 정도였다. 선생님과 같이 살 수 있다니 꿈만 같다. 자나 깨나, 선생님이 곁에 있다. 평상시에는 아무리 살을 맞댄들 마지막에는 떨어져야만 하는 선생님이, 씻고 나서 다섯 걸음 걸으면 거기에 있다.

나는, 밤에도 혼자가 아니다.

"……사랑해……."

선생님한테 사랑한다고 하면, 약간 수줍어하며 눈을 피하면서 '사랑해'라고 대답해 준다.

보통은, 그런 식으로 남에게 숨김없이 호의를 전하지 못한다. 거부당하는 게 무서우니까.

절대적으로 신뢰한다는 걸 깨닫는다, 내가 선생님을.

씻는 동안에도, 선생님 생각뿐이었다. 아아, 그러고 보니 오늘 엄마랑 싸웠었지. 이제야 떠올린다. 씻고 나오면 선생님이 집에 있다는 기쁨만으로, 다른 건 아무래도 좋았다. 물기를 닦고, 잠옷으로 갈아입고 바로 선생님 방으로 간다. 선생님은 어둠으로 가득 찬 방에서 휴대폰을 하고 있어서 그 빛에 얼굴만 떠올라 있었다.

"선~생님."

부르자, 휴대폰을 엎어서 옆에 두고는 옅게 웃는다.

아아, 정말……. 좋아서, 미치겠어. 너무 미인이야. 어휘력이 녹는 타입의 비주얼. 좋아.

집이라서 머리를 풀고 있는 것도 최고였다.

"아, 휴대폰 숨겼다. 이상한 거 보고 있었구나."

야한 셀카라든가.

"아니거든요, 내일 날씨 확인했어. 그보다, 내 방에 있으면 덥지 않아?"

"더워. 그래도 괜찮아. 그것보다 쌤, 드라이어 빌려도 돼?"

나도 집에서 가져오기는 했지만, 젖은 머리로 숙여서 가방에서 찾기 귀찮았다. 선생님이 침대 한편을 양보하고, 선풍기도 내 쪽으로 돌려 준다. 그리고 드라이어도 준비해 주었다.

"욕조는 어땠어? 좁아?"

더운 게 신경 쓰였는지, 선생님이 조금 간격을 두고 앉는다. 붙어 앉아도 되는데.

"좁은가……. 세로로는 얕을지도? 우리 집은 구식 욕조라 유닛 배스를 써 보니까 신선해."

목조 저택인 할아버지 집의 욕조는 수명이 진작에 다했는지, 요즘 상태가 이상하다. 고장 나면 수리하면 되는 건

지, 욕실 자체를 리모델링해야 하는 건지 앞날이 캄캄하
다. 그 집에는…… 지금 엄마가 있지만, 혼자 있어서 청소
나 할지 의심스럽다.

얼마나 묵을지, 그런 얘기는 나오지 않아서 나도 아무
말 않고 일단은 버틸 생각이지만, 계속 여기 있을 수 있는
건 아니다. 언젠가 끝이 와서 원래 살던 집으로 돌아갔을
때, 청소도 제대로 안 되어 있는 그 집에서 다시 생활해야
하는 미래 생각에, 우울감이 눈가를 덮기 전에.

아, 몰라. 고개를 저었다.

내가 나오고 난 뒤에는 선생님 남편이 들어가고 마지막
에 선생님이 씻으러 간다. 선생님 방은 좁디좁아서 볼 게
한정적이지만, 그래도 여기저기로 눈을 돌리면, 신기하게
지루하지가 않다. 선생님이 지내는 방이라는 것만으로, 뺨
과 눈 안쪽이 확, 따뜻하고, 둥근 것에 감싸인다.

그리고 고개를 숙이면, 선생님이 쓰는 침대가 있다. 선
생님 침대. 조그맣게 중얼거리며 나도 모르게 그만 침대
위를 구르며 뒤척인다. 선생님의 침대를 아는 학생은, 나
뿐이다. 선생님네 집에서 지내다니, 반 애들이 알면 난리
나겠다고 생각하면서, 우월감에 히죽대는 내가 거울에 비
쳤다.

이 방은 이렇게 누워 있으면 오른쪽을 봤을 때 거울 속
의 나와 눈이 마주친다.

좁고, 최저한의 것만 억지로 배치한 무더운 방.

선생님이 내 방이 익숙하다고 했던 게, 왠지 알 것 같았다.

"아, 맞다."

선생님 머리, 말려 줘야지. 문득 생각이 들었다. 드라이어를 준비하고 화장실로 향한다. 나왔나 하고 확인하니 아직이라, 복도에서 기다리기로 했다. 꿉꿉한 찜통더위에 눌리며 오도카니 서 있는데 거실에서 나를 엿보는, 선생님 남편과 눈이 마주쳤다. 마주치자, 남편의 시선이 곧바로 TV 쪽으로 향한다. 나도 딱히, 보고 있고 싶지는 않아서 천장으로 눈을 돌렸다.

선생님 남편은 처음 봤지만, 딱히 나와 비슷하지는 않았다.

당연할지도 모르지만, 왠지 모르게, 안도했다.

그리고 지금까지 붕 떠 있던 부분이 있었는데 선생님은 역시, 다른 누군가의 아내구나 하고 생각했다. 이제껏 구체적이지 않았던 남편의 모습이 머릿속에서 또렷해진다.

나에게는, 연적……이라고 하는 것도 이상한 상대.

온후하고 언동이 부드러워 보이는 사람이었다. 선생님이 옛날에, 결혼해도 좋겠다고 생각한 사람.

으드득. 소리가 들린다. 내가 이 가는 소리였다.

선생님이 남편과 침실을 같이 쓰지 않는 것은 나에게 있어 구원이며, 무슨 사연이 있는 걸까 싶은 관심의 대상이기도 했다. 아직 아주 약간의 시간이지만, 여기서 지내며 선생님과 남편 사이에 미묘한 분위기가 느껴지는 것은, 내 바람이 섞인 탓일까.

하지만 그를 느끼기에, 선생님의 결혼 생활을 눈앞에서 봐도 초조해하지 않을 수 있는지도 모른다.

이 집의 공기를 들이마시고. 지금은 아직 이 냄새, 하며 출발점을 기억한다.

나는 여기를, 선생님과 나의 장소로 만들고 싶다. 아니, 여기뿐만이 아니라, 나와 선생님이 함께 있을 때, 그곳에 둘만의 세계를 쌓아 올렸으면 좋겠다. 다른 사람은 아무도 들이고 싶지 않다.

나와 선생님의 세계는 독립하고 그 외의 수많은 세계와 나란히 살아간다. 그것이 나의 이상이었다.

그러기 위해서는 무엇이 필요할까. 나는 무엇을 하면 좋을까.

그것을 찾아내는 것이, 지금의 내 소망과 목표였다.

선생님이 좀처럼 나오지를 않는다. 그러고 보니 욕실 청소도 한다고 했었지. 그걸 떠올리고 복도에 주저앉는다. 선생님은 나를 항상 착한 아이라며 열심히 한다고 칭찬해 주지만, 선생님도 일하면서 집안일도 하고 그사이에 어떻게든 짬을 내어 나를 만나러 와 주고 있다.

물론 선생님도 내가 보고 싶어서 그러는 거겠지만, 그래도, 기쁘다. 앉아서 끌어안은 무릎을 흔든다.

선생님을 기다리는 건, 고통스럽지 않다.

엄마와 다르게, 꼭 와 줄 거라 믿을 수 있으니까.

그리고 기다린 보람이 있었다.

"토가와?"

막 씻은 선생님의 윤기 어린 살결에 대번에, 화아아악 설렘이 피어난다.

씻고 나온 선생님은 달아오른 피부에 농락당하듯, 평소의 주의력도 흐트러져 있다. 몸에 달라붙는 잠옷을 내려다보고, 여태 이런 빈틈투성이인 모습을 남편에게 보였다는 생각에 뱃속 밑바닥이 뜨거워진다.

나는 좀……, 꽤……, 상당히 질투심이 심하니까.

"이리 와."

선생님의 손을 잡고 방으로 끌고 들어간다. 그리고, 선생님의 머리를 말려 준다.

선생님의 머리를 빗는, 목욕 후의 무언의 시간.

그곳에서는 내가 계속 꿈꿔 왔던 무언가가, 확실히 싹트고 있었다.

그렇게 나의 진짜 여름 방학이, 시작되었다고 할 수 있다.

선생님 집에서, 선생님과 보내는 매일매일. 드디어 여기까지 왔다 싶어, 함께 아침밥을 먹기만 하는 데도 감회에 젖고 만다. 남편은 금세 출근하고 선생님도 원래는 좀 더

일찍 나가야 할 텐데, 최대한, 나와 단둘이 있으려고 시간을 끌어 주는 것 같았다.

그런 배려에 대한 감사의 의미도 담아 껴안았더니, 기습이 되어 선생님과 넘어질 뻔했다. 조금 반성했다. 하지만 선생님을 조금 멀리서 보고 있으면 나도 모르게, 달려가서 껴안고 싶어진다.

그걸 들은 선생님은 '그래, 그게 말이지……'라며 내 전신을 보고 쓴웃음을 지었다.

도대체 뭐가 '그래, 그게'인 걸까.

낮 동안, 혼자 있을 때는 집안일을 하기로 했다. 주로 빨래와 청소가 내 일이다. 집에서 항상 하던 일인 데다가 우리 집보다 좁아서 청소 자체는 힘들지 않다. 집안일하고 선생님에게 칭찬받을 수 있다면, 보람마저 느껴진다. 그리고 청소 도구를 들고 집 안을 돌아다니는 이유는 또 한 가지.

학교에 가면, 그곳은 학교라고 느낀다. 밤거리를 걸으면 바다 내음이 닿아서, 밤을 기억한다.

그 장소의 방향성을 정하는 것, 그건 바로 냄새다.

지금은, 이 공간에 선생님과 남편, 각자의 생활 냄새가 배어 있다. 그걸, 바꿀 거다.

이 집에 내 냄새를 뿌리박을 거다. 남편이 거북해할 정도로.

나는 나쁜 인간일지도 모른다. 하지만 선생님을 누구에게든 양보할 생각은 없었다.

나보다 먼저 만나서 결혼해 버린 상대에게도, 당연히.

청소와 빨래를 해서 재워 주는 은혜도 갚고, 내가 있을 곳도 만든다.

일거양득이라는 거다.

그 외에는 뭐, 평범하게 지낸다.

선생님이 집에 있는 동안은, 계속 달라붙어 있는다. 선생님 방에서 같이 있고, 손을 잡고, 저녁밥을 같이 먹고, 설거지하고, 손을 잡고, 가끔 무릎베개도 베고, 어깨도 주무르고, 손을 잡는다. 항상 하던 것을 학교에서 집으로 양념만 살짝 바꿨을 뿐이었다.

하지만 그것만으로, 내 발은 놀라울 정도로 경쾌하게 움직인다.

믿기지 않을 만큼 활력이 샘솟는다.

나를 이토록 쉽게 행복하게 해 주는 선생님을, 진심으로 존경한다.

"토가와, 찹쌀떡하고 미타라시 경단 사 왔는데 먹을래?"

"앗, 오카노에이센 찹쌀떡이다아."

까까 호들갑을 떨며 선생님과 차를 마실 준비를 하다가, 헉하고 내 볼을 꼬집는다.

살…… 안 쪘어, 안 쪘을, 거야.

선생님과의 꿈 같은 생활에는, 딱 한 가지 문제가 있다.

먹은 만큼 살로 가는 점은, 에누리 없는 현실이었다.

선생님네 집에 오고, 첫 토요일.

나는 아마 처음으로, 선생님의 남편과 마주 보고 이야기했다.

여기에 오기 전, 소라 언니가 충고한 것을 떠올리고, 달려서 남편을 쫓아갔다. 소라 언니가 친구로서 그 얘기를 해 주지 않았다면 분명 소홀히 했을 일을 만회하고자 아파트 계단을 내려갔다.

뒤를 돌아본 남편은 내가 쫓아온 것에 동요하듯 뒷걸음질 쳤다.

"왜, 왜?"

집에서도 밖에서도 나와의 거리를 가늠하지 못하는 남편이, 예상치 못한 나의 등장에 곤혹스러워한다. 키는 별 차이가 없어, 고개를 꺾어 올려다볼 필요도, 내려다볼 필요도 없이 정면으로 대치하는 모양새가 되었다.

"저는, 오늘도 선생님이랑 온종일 같이 보낼 거예요."

멈춰 서서, 등을 곧게 편다. 남편의 키조차 삼킬 듯이.

"괜찮을까요?"

분명, 목소리와 시선으로 전해질 것이다.

내가, 선생님을 좋아한다는 선언과도 같은 것이.

남편은 처음에는, 말이 없었다. 그러라고 말하고 싶지 않은 듯이 입술과 뺨이 도망치고 있었다. 나는 버티고 서서 대답을 기다렸다. 아침은 벌써 얇은 껍질이 벗겨져, 상쾌함을 잃어 가고 있다. 목덜미를 어루만지는 습도가, 기온의 상승을 예감케 했다. 오늘도 밖을 걷고 싶지 않을 정도로 더울 것이다.

그렇다고 해도 나는, 어디를 가더라도, 선생님 손을 꽉 쥘 것이다.

남편이 숨을 크게 내쉰다.

진정하는 것 같기도, 무언가를 놓는 것 같기도 했다.

"아내가 그러기를 원한다면, 그렇게 해."

"고맙습니다."

허락을 받자마자, 내려왔을 때보다 한층 더, 발을 빨리 굴러 되돌아간다.

선생님 곁으로, 힘껏 달린다.

소라 언니는, 내일도 행복하기를 바라라고 했다. 주변을 존중하라고 했다.

그러니까 남편을 무시하지 않는다.

몰래몰래 숨지 않고, 선언한다.

나는 선생님과 행복해질 거라고 정면에서 고한다.

그에 대한 대답이나 반응은 뒤로 미뤄진 느낌이 있었다. 하지만 머지않아, 남편도 답을 해 줄 것이다. 그 답이 뭐든 간에, 나는 선생님 곁에 있을 거다. 옆에 있을 사람은 남편이 아니다.

선생님의 남편.

나와 만나기 전에, 선생님을 빼앗은 사람.

그리고 나와 만나서, 선생님을 뺏긴 사람.

그래서 나에게는, 피차일반이었다.

그다음 얼굴을 마주한 것은, 일주일쯤 뒤.

선생님과 축제에 가기로 약속한 날 아침, 이번에는 남편 쪽에서 나한테 할 말이 있다고 했다. 내 선언에 대한 대답은, 포물선을 그리듯이 늦게 날아온 모양이다.

불안해 보이는 선생님이 나에게 슥한 시선을 쏟으면서, 주뼛주뼛하는 걸음으로 집 밖으로 나간다. 그 모습을 지켜보고 나서, 남편이 그 자리에서, 어중간한 거리에서 말을 건넸다.

"너는……, 토가와는, 선생님을 좋아해?"

질문은 솔직했다. 질의라기보다는 확인하는 분위기였다.

남편 안에서도, 생활하며 확신을 얻은 거겠지.

숨길 마음은 없어서 대놓고 답했다.

"네, 결혼하고 싶은 쪽의 감정이에요."

그러니, 이혼해 줬으면 좋겠어요.

거기까지는 말하지 않았지만, 실질적으로 자백한 것과 다름없으리라.

"그런……."

남편이 말을 끝맺지 않고 뭉뚱그려, 애정의 종류를 표현한다.

"그런 겁니다."

적어도, 우애에 머물러 있지는 않다. 선생님과 나 사이의 사랑에는 서로의 체액도 오가고 있다.

눈물도, 침도, 분비되는 모든 것이 상대를 원한다는 증거였다.

"뭐, 그렇겠지……."

남편이 전부터 보류해 두었던 납득을 불러들이듯이 그렇게 중얼거린다.

아내의 불륜 상대를 보는 눈에는, 비난은 없었다. 지친 듯, 졸린 듯했다.

그러고 나서 내 정수리를 바라보며 '음', 뜸을 들이더니.

"그나서나 키가 크네."

"고맙습니다."

그 말만 하고 밖으로 나간 선생님을 부르러 갔다. 교대하듯 들어온 선생님은 당연하게도 안절부절못한다. 엄청나게, 무슨 얘기를 했는지 궁금해했지만, 오늘은 모처럼 축제에 가는 거니까 그전에 무거운 이야기는 하고 싶지 않다.

"별거 아니었어. 당연한 얘기를 했을 뿐."

그렇게 유야무야 넘어가자, 해소되지 않는 불안함에 선생님의 눈은 흔들렸지만.

나는, 오히려 후련했다.

모든 게 들통났으니, 이제 이 집에 켕길 것 따위는 없다.

선생님과 거리낌 없이 뽀뽀를 하고, 늦은 저녁의 약속 시간까지 각자의 길을 걷기 시작했다.

선생님은 유카타를 내가 대여점에서 빌릴 거라고 생각하는 모양이지만, 목적지가 다르다. 내 집으로 가지러 갈 생각이었다.

가면도 유카타도, 집에 있다는 걸 기억하고 있었다. 알기로는 할머니 물건이었던 것 같은데, 안쪽의 옷방에서 본 적이 있다. 안쪽에 잘 개어져 있어, 청소할 때 발견한 무늬가 예뻤으니까, 그걸 입고 가기로 마음먹었다.

엄마가 부재중이기를 바라면서, 집으로 향한다.

하지만 그런 바람 따위, 이루어질 리가 없다.

아직 점심 전인데, 거리가 벌써부터 축제의 전조에 싸여 있다. 그 독특한 활기가 정렬한 듯한 공기 옆을 빠져나가, 집으로 돌아가 본다. 뒷문 쪽으로 돌아가자, 새 울음소리가 들려왔다.

새는, 옆집 전기 계량기 틈새에 둥지를 틀었다. 새끼 새는 그게 일인 양 짧은 울음소리를 계속 내고 있다. 신기하게 매해, 새가 거기에 둥지를 트는데, 아빠 새와 엄마 새가 먹이를 잡아 오기를 새끼 새들은 내내 기다린다. 아빠와 엄마가 돌아오지 않으면 새끼는 전부 죽고 마는 걸까 상상하며, 그 새의, 쯔삐쯔삐 하는 울음소리를 집에서 자주 들었다.

부지런히 먹이를 잡아 왔다가 또 금방 날아가는 새를, 배웅했었다.

그런 것을 떠올리며 뒷문으로, 집에 들어가려는데.

"아."

"아."

나와 엄마 둘 다, 동시에 반응했다. 지금 막 나가려고 문을 연 엄마와 딱 마주치고 말았다. 엄마는 손에 들고 있던 양산을, 슬그머니 집어넣는다.

"……어서 와아."

"응……."

어색해서 목소리와 시선이 맞물리지 않는다. 선생님과 축제 구경할 때 신으려고 산 조리를 벗고 들어가자, 웬일인지 엄마도 같이 집 안으로 들어온다.

그냥, 그대로 니가도 되는데,

"뭐야, 돌아온 거야?"

돌아오면 안 되나 싶어 뱃속이 순간 열을 확 띤다.

"선생님이 나가래?"

"그럴 리 없잖아……."

거듭 짜증 나는 말을 한다. 신중하게 입을 열지 않으면, 또 감정이 터져 버릴 것 같았다.

"그렇겠지이. 그 선생님이 너를 버릴 거라고는 생각 안 해."

"……."

엄마랑 다르게 말이지. 그렇게 쏘아붙일 뻔했지만, 위아래로 어깨를 오르내리며 삼켰다.

반쯤 무시하고 안쪽 옷방으로 향하자, 엄마도 뒤에 따라 붙는다.

"왜 따라오는데."

"무슨 일로 왔나 해서."

"엄마한테는 볼일 없어."

확실하게 말하자,

"알아."

그러면서 코웃음 치니까, 또, 열받는다. 의식하여 안정적인 간격으로 호흡을 반복하며, 불꽃 같은 분노가 터지지 않도록 처리한다.

환기를 안 해서, 열기가 가득 찬 옷방은 구석에서 제습기 소리만이 들렸다. 옷방 가장 깊은 선반에, 그게 정성스럽게 개어져 있다. 흐르는 물에, 제비붓꽃을 곁들인 무늬의 유카타.

집에 혼자 있어도 한밤중에 아주 조금 닿아 오던 축제의 활기.

멀리서, 남이 꾸는 꿈을 바라보는 듯한…… 어렴풋하게 느껴지는 쓸쓸함.

싫었다. 그래서, 친구가 가자고 해도 안 갔다.

하지만 언젠가 이 유카타를 입고, 그 커다란 꿈에 섞여 보고 싶었다.

유카타를 쓰다듬으면서, 옛적의 작은 고집을 떠올린다.

그리고 가면이 두 개. 서로 기대듯이 보관해 둔 걸 보니, 어쩌면, 할아버지와 할머니의 추억이 담긴 물건일지도 모른다. 빌릴게, 하며 가면을 집는다.

하나는 여우. 또 하나는 개. 두 개 다 감촉이나 무게가, 싸구려라는 느낌을 불식한다. 어느 게 더 선생님에게 어울릴지 상상하면서 옷방을 나오니, 복도에서 엄마가 기다리고 있었다. 뭘 기다렸는지는 모른다. 내 손에 들려 있는 것을 보고는, '흐응' 하며 별 흥미 없어 보이는 반응을 흘린다. 나는 눈을 맞추지 않고, 고개를 들고, 집 냄새를 맡았다.

조금 떨어져 있었을 뿐인데, 꽤 낯선 냄새가 난다.

"그거, 축제에서 쓰려는 거지? 나도 지인 노점을 도와주러 가거든."

"그래."

"용돈 줄까?"

"필요 없어."

"선생님하고 가?"

되게 자연스럽게 물어오길래, 경계심이 앞선다. 나에 대해 제대로 알지도 못하는 주제에, 저 입에서 선생님이 나오는 의미를 살핀다. 엄마는 그런 내 경계를 비웃듯 태연하다.

"괜찮아, 알고 있으니까. 너, 선생님하고 불륜이잖아."

노골적이고 악의가 담긴 듯한 표현과 말투였다. 시선으로 답하자, 엄마 또한 눈과 뺨의 움직임으로 대답한다. 고상하다고는 하기 어려운, 천박함이 묻어났다.

"담임 선생과 불륜이라니, 너도 상당히 막장이구나아."

선생님과 나의 애정의 교류를 악의적으로 말해서 짜증 나지만, 그 말에 거짓은 없었다.

분명, 세간의 관점에서는 우리는 그런 관계일 테니.

겉으로 드러내면, 처벌을 받는 사랑.

차라리 자식을 방치하는 엄마가 더 건전한 셈이다. 그 사실에 입꼬리가 말려 올라갈 것 같아, 악을 쓸 뻔했다.

"뭐, 네가 그 선생님한테 놀아나는 게 아니라는 건 아니까, 그건 안심이지만."

"……………선생님의 뭘 안다고 그래?"

내 일보다 그게 더 거슬려서, 눈썹이 치켜 올라간다.

선생님을, 이해하고 있다는 듯이 지껄여서. 무시할 수 없었다.

"아니, 글쎄, 내가 덮쳤을 때도, 그 자세로 박치기를 하질 않나."

"……뭐?"

선생님 이마에 난 시퍼런 멍을 떠올림과 동시에, 목구멍 안쪽까지 얼어붙은 것처럼 굳는다.

눈빛이 예리하게, 선처럼 날카로워진다.

볼 안쪽이 억누를 수 없는 감정으로 떨렸다.

말을 가로막고 노려보자,

"아차차."

엄마가 미안함이라고는 요만큼도 없다는 듯이 입을 가린다.

"아니, 나도 좀 괜찮다 싶어서 말이지. 살짝 추파를 던져 봤는데, 가망 없겠더라고."

".............................."

엄마가 그 후에 무슨 말을 떠드는지, 귀에 넣지 않는다.

안 들어오는 게 아니라, 내 의지로 차단한다.

물에 깊이 잠수하듯이 소리와 몸이 흔들리고 있었다.

오늘, 집에 엄마가 없었으면 좋겠다고 생각했는데. 있어서 다행이다, 로 정정한다.

한꺼번에 처리할 수 있으니까.

"엄마."

"응?"

빙글빙글빙글빙글, 사고가 돈다.

많이, 생각했다.

달리 무언가 없을까 하고, 팔을 벌리고 뛰어다니며, 필사적으로 찾았다.

후회하고 싶지 않으니까.

"생활비, 항상 고마워."

없었다.

그 외에는, 아무것도 없었다.

친엄마에게 할 수 있는 감사 인사가 그것밖에 없다는 사실에, 웃음이 나왔다.

"뭐, 그 정도야……. 말해 두는데, 나는, 너를 그렇게까지."

"그리고."

차단한다. 시끄러우니까.

차단기를 내리듯이, 시야가, 분단된다.

"응?"

솟구치는 것에 구역질이 날 것 같지만, 이것만은 못 박아야 한다.

여름의 습도를 머금은 공기가 입술 틈새로 섞여 들어와, 혀를 적셨다.

"다음에 또 선생님 건드리면 죽여 버린다, 개같은 년아."

처음으로 늘어놓은 게 많아서, 눈동자가 꾹 조여든다.

엄마도 어안이 벙벙한 듯, 바로 반응하지는 못하고.

내가 내뱉은 말이 아주 조금 무서워져서.

대답을 기다리지 않고 등을 돌린다.

이 엄마의 자식으로서, 하고 싶은 말은 다 했다.

이제 볼일 없다.

"죽으라느니 죽인다느니."

뒤늦게, 엄마의 유쾌해하는 목소리가 들린다.

그 희미한 반향은 익숙한 복도 공기에, 전혀, 어우러지지 않았다.

"좋아! 아주 좋아! 내버려뒀는데도 내 취향대로 컸구나, 너!"

바이, 바이.

7장 『내 첫사랑 상대와 키스를 한다』

"우리 둘 사이의 일은 일단…… 일단이야. 나중에 얘기
하기로 하고."

"응."

"열일곱 살 맞지?"

남편이 흘끗, 내 옆을 살핀다. 토가와가 긍정한다.

"네."

"미성년자고."

"네."

남편의 시선이 내 쪽으로 돌아온다.

"……범죄 아니야?"

"맞습니다……."

고요한 지옥도였다. 아침부터 불륜 상대와 나란히 앉아,
남편과 마주 앉는 것은.

어젯밤에 거나하게 걸친 탓에 후유증에 시달리고 있는
남편의 표정은 험악하다. 숙취와 나의 외도, 어느 쪽으로
힘들어하는 건지 판별이 가지 않는다. 아마 둘 다겠지.

셋이 기상해서 아침 식사도 거른 채, 자연스럽게 모여
앉아, 지금에 이른다.

이미, 토가와 린과 부정을 저질렀다는 것은 자백한 상태다.

"범죄인 줄 알면서, 제자에게 손을 댔습니다."

스스로 죄상을 확실히 하자, 남편의 미간에 새겨진 주름
이 깊이를 더했다.

"하아……."

감탄하는 건지 기가 찬 건지, 남편이 길게 숨을 내쉰다. 술 냄새가 약간 짙어진다.

"뭐였더라……. 청소년 건전 어쩌고 였나? 아동 복지법 위반? 어느 거였지."

"모르겠어……. 징계 면직은 확실하고, 체포될 가능성도 있지만."

"저기……. 강제로 하거나 그런 게 아니라, 합의하에 한 거예요. 범죄인지 아닌지는 제쳐 두고, 선생님이 위계를 이용해서 저한테 강요하고 그런 건…… 결단코 아니에요."

토가와가 오해하지 않았으면 하는 부분만 언급해 끼워 넣는다. 자기 보신도, 변명도 아니었다.

그 부분만은 양보할 수 없다고, 말이 남편에게로 달린다.

"요컨대 무슨 말이 하고 싶냐면, 순애라고요."

아내의 불륜 상대에게 이런 말을 듣는 남편의 심정은 어떨지, 나 역시 내심 평정을 유지할 수가 없다. 적어도 남편은 겉으로는 분노를 내보이지 않고.

"뭐, 그렇겠지……."

그렇게 무언가에 납득하듯 중얼거릴 뿐이었다. 손바닥을 맞대어 비빈 뒤 남편이 나를 본다.

"당신이, 뭐랄까……. 이렇게까지 대담한 짓을 하는 사람일 줄은 생각도 못 했어."

"……나도, 내가 이렇게 되리라고는 단 한 번도 상상조차 해 본 적 없었어.”

“불륜이라니, 아니, 불륜도 불륜이지만. 불륜 상대를 집에 재운다는 게 참…… 대단해.”

이번에는 기가 찬 게 더 우세함을 느낀다. 그럴 만한 게, 내가 하고 있는 짓이 말도 안 되기에 언제 얻어맞아도 달게 맞을 수밖에 없는 일이었다. 그럴 수밖에 없었다, 토가와 린과의 사이에서는.

나는, 심판을 받을 수밖에 없는 인간이다. 그렇지만.

“미안해. 갈 곳 없는 이 아이를 내버려둘 수는 없었어.”

세계의 오류가, 내 잘못이라고는 할 수 없다. 나는, 지금에 이르러서도 잘못이라 할 만한 짓을 했다고 생각하지 않는다. 토가와를 저버리는 것은, 내 세계를 놓는 것과 같다.

하지만 나는 아직 살고 싶다. 토가와하고, 행복해지고 싶다.

“사과한들……. 모르겠다.”

이마에 난 상처라도 누르는 것처럼, 남편이 손바닥으로 얼굴을 덮는다.

“머리 아파. 여러 가지 의미로.”

그렇겠다. 그렇게 말하려다 입을 다문다. 나 역시 아직도 어딘가, 직면한 것을 다 받아들이지 못하고 있다. 일방적으로 피해를 보고 있는 남편은, 더욱 직시하기 힘들 것이다.

어떻게든 고개를 든 남편이, 눈을 치켜뜨고 의향을 묻는다.

"좀 쉬면서 생각하고 싶으니까 이따 점심에 다시 얘기하면 어때?"

"그렇게 해."

"고마워……. 아니, 고맙다고 하는 것도 이상한가……."

남편이 중얼중얼 말을 남기며 일어서서, 비틀비틀 침실로 간다. 문도 닫지 않고 그대로 침대에 쓰러지는 모습이 보였다. 누워서 미세한 몸짓조차 없어서 등이 불안해진다.

남겨진 나와 토가와가 얼굴을 마주 본다. 토가와의 안색은 평소와 다름없었다.

"들켜 버렸네."

"응."

"방으로 가자."

토가와가 내 손을 잡는다. 잡을지 말지 망설이다가, 이제는 숨길 것도 없지 않나 싶어 마주 잡았다. 일어서도 발의 감촉이 옅다. 의식하지 않은 사이에 몸이 앞으로 나이가고 있다.

백일몽을 밀어 헤치는 것 같았다.

방으로 들어와, 선풍기를 켜면서 둘이 같이 침대에 걸터앉는다.

털어놓았다고는 하나, 불륜 상대와 이렇게 버젓이 찰싹 붙어 있다니, 나도 참 배짱 한번 좋다.

"선생님, 앞으로 어떻게 할 거야?"

"어떡할까……."

앞으로 어떡하지. 나와 남편 사이에서, 솔개처럼 계속 맴도는 숙제다.

"남편과는…… 이혼하는 수밖에 없다고 생각해."

원만하게 이혼할 수 있을지는, 남편의 의견도 들어 봐야 하니 모르겠지만.

"아."

토가와가 이혼이라는 말을 듣고 뺨을 확 풀어 웃으려 한다. 입도 둥그런 모양이 되었다.

하지만 웃기 전에, 제 경솔함을 스스로 경계한다.

"기뻐하면 안 되지, 응."

토가와의 표정이 다급히 굳는다. 그 솔직함에, 듬직함마저 느꼈다.

"그다음은 체포, 되려나."

각오는 하고 있었지만, 막상 때가 다가오니 머리가 생각하는 것을 거부하고 도망치려고 한다.

지금 입에 담은 것도, 남의 일로 치부해서 아픔을 누그러뜨리려 하는 건지 거리가 멀다.

학생에게 손을 댄 이상, 그 죄는 가볍지 않다. 어느 정도 처벌로 끝날지 알 수 없었다.

"선생님이 나쁜 짓을 한 건가?"

토가와가 토라진 아이처럼 고개를 숙이고, 눈을 피한다. 토가와의 말을 기쁘게 여기면서도, 나는 고개를 든다. 거울에 비치는 것은, 어제와 다르지 않은 당연한 우리였다.

지금까지 있었던 일은 그 무엇 하나 꿈이 아니다. 현실에, 진열되어 있다.

"했지. 사람에게 상처를 주는 것은, 어떻게 포장한들 결국 악에 지나지 않아."

화장대 옆에 놓인 가면 두 개도, 무표정하게 우리를 바라보고 있다. 여름 축제에서 너무 울어서 그런지, 내 마음 깊은 곳이 메마른 것을 느낀다. 현실감을 잃은 건 그 탓일지도 모른다.

"하지만 말이야, 토가와 너는 아무 잘못 없어. 나는, 내가 바란 일을 했을 뿐이야."

이런 말 하기는 뭣하지만, 토가와 린과 마음이 통해, 몸을 겹친 것은 인생을 쑥대밭으로 만들어도 후회 없는, 감미로운 체험이었다. 나는 처음으로, 누군가를 진심으로 사랑했다.

나의 가장 큰 실패는, 결혼과 사랑의 순서를 틀린 것이리라.

그 탓에, 남편에게 크나큰 폐를 끼치고 말았다.

……하기야. 만약 독신이었다 하더라도, 학생에게 손을 대는 교사라는 건 변함없었겠지만.

그 귀여운 제자가, 내 발치에 드러눕는다. 전부터 여러 번이나 느끼는데 나보다 큰 아이가 무방비하게 응석을 부리면…… 참고 배길 수 없는 게 있다. 그래서 그만 어깨를 쓰다듬는다.

"선생님이 잡혀가면, 나도 같이 잡혀가고 싶어."

"그건 안 돼."

"왜?"

"나는 토가와의 엄마이기도 하니까. 엄마는, 아이의 행복을 바라는 법이야."

그것이 내가 아는 엄마이며, 분명, 토가와가 모르는 엄마였다.

토가와가 무언가를 견디는 것처럼 등을 둥글게 말고, 꽉 굳는다. 무언가를 참고, 견뎌 내고 나서, 내 다리 위에서 위치를 바꿔 눕는다.

"평생 같이 있어 줘, 엄마."

"응……."

토가와가 내 허벅지에, 숨기듯 얼굴을 묻는다. 시야를 가리고 무언가를 찾듯이 손을 헤매기에 내 손을 내밀자, 안심을 잡아매는 것처럼 꽉 쥐어 왔다.

눈언저리와 다리가 붙은 부분에서 은근한 온도 차를 느끼고, 남은 손으로 등을 쓰다듬는다. 넓고, 그리고 가는 등이었다. 이 등을 몇 번이나, 혀로 기었을까. 아무리 깨끗하게 보이려 해도, 품어서 길러 낸 넘쳐흐르는 성애는 다 숨길 수 없다.

지금 가장 울고 싶은 건 남편이다. 그렇지만 남편이 울어도, 나는 사과하는 것밖에 할 수 없다.

그 눈물을 건져 내려고 해도 분명, 내민 내 손가락은 투명하게 비치고 말 것이다.

그리고 점심때가 되었다.

이번에는 토가와를 방에 두고 잠에서 깬 남편과 정면으로 마주한다.

……위가 우는 것처럼 아프다.

"두통은 좀 괜찮아졌어?"

"조금은. 뭐 먹을 거 있어?"

"간단하게 만들 테니까 기다려."

바로 대화를 재개하고 싶지 않아서, 잘됐다 싶어 자리를 뜬다.

"그럴 것까지야……. 아니다, 뭐, 그래."

말리려던 남편이 번복하고, 의자 등받이에 깊숙이 몸을 기댄다.

"당신과 밥 먹는 것도, 얼마 안 남았을 테니까."

체념을 많이 포함한 그 말을, 프라이팬을 준비하는 소리로 얼버무렸다.

밑반찬과 달걀말이, 남아 있던 햄. 냉장고 속 식재료가 거의 동나 있었다. 점심 지나서는 장을 보러 가야 한다. 누구랑? 나는 여기서 앞으로 며칠을 살 생각인가. 일상이 근간부터 무너지려 하는데, 나는 어디까지, 나 자신을 유지하면 되는 걸까.

기왕 만든 거, 아침도 안 먹었으니 어색할 걸 알면서도 토가와를 식탁으로 부른다. 토가와는 '그러고 보니 배고팠어'라며 막 생각난 듯이 웃으며, 내 옆에 앉는다.

극히 자연스럽게 양보할 마음도 없다는 듯.

그 모습을 지켜보던 남편이, 흘러가는 차도의 경치라도 배웅하듯이 초점이 안 맞는 눈으로 중얼거린다.

"이상한 상황이다……."

타당한 감상이었다, 아내의 불륜 상대와 함께 집에서 밥을 먹는 것이니.

그렇게 늦은 점심을 먹는데, 남편이 달걀말이를 베어 물고는 눈을 가늘게 뜬다.

"그래, 이거야."

"왜 그래?"

달걀말이 끄트머리를 집은 채, 남편이 한숨을 쉰다.

"맛이, 내가 아는 당신 맛이 아니란 말이지."

심장을 손바닥으로 얻어맞는 듯한 충격을, 평정을 유지하며 낯빛을 바로잡는다.

토가와는 아무것도 모른다는 얼굴로 젓가락을 움직이고 있다.

"그래도 맛있어. 아니, 솔직히, 이건 이거대로 맛있어."

남은 달걀말이를 입으로 날라, 음미하며 천천히 턱을 움직이고는, 납득했는지 삼킨다.

"당신, 요리 잘하네."

"고마워……."

이런 어색한 점심은 처음이었다.

"나, 선생님 밥 정말 좋아해."

"……고마워."

어색했다.

점심을 다 먹은 토가와는 양치하러 화장실로 갔다. 그 모습을 지켜보는 남편이 쓴웃음을 지었다.

"무서운 게 없나, 쟤는."

"저 아이가 가장 무서워하는 건, 고독이니까."

"아~아, 흐~응……."

그다지 관심도 없다는 반응이었다. 그야 그렇겠지, 불륜 상대의 생태 따위인데.

타 둔 차로 입술을 가볍게 적시고 나서, 남편이 눈을 감고 토로한다.

"이제부터 어떻게 해야 하는 거야? 이런 경우, 뭘 하면 좋을까, 나는."

내게 물어도 곤란하다. 내 이상을 말하자면, 온통 이기심으로 도배하는 수밖에 없으니까.

"당신을 탓한다기보다는……. 탓한다기보다는, 탓한다기보다는 말이야, 뭐랄까……."

남편이 팔짱을 낌과 동시에 몸을 비튼다. 분노에 몸을 맡기는 일 없이, 고뇌에 농락당하고 있다.

남편은 원래가 성품이 온화해서, 의외는 아니지만. 그래도 사람이 너무 좋은 거 아닌가 싶다.

가령 입장이 반대였다면.

토가와가 딴 여자와 바람을 피우고 있었다면. 나는 당혹스러워할 겨를도 없었을 것이다.

그렇게 가상의 분노를 끓이다가, 애초에 입장이 반대가 아님을 깨달았다.

"당신 의견을 말해 봐."

"어?"

갑자기 떠넘긴다.

나는 입장상, 발언 자체를 허락받지 못해도 이상할 것 하나 없기에 되도록 입을 안 열고 있었건만.

"괜찮아, 말해 봐. 당신은 어떻게 하고 싶어."

남편이 재촉한다. 마치 참고하고 싶다는 듯이. 어떻게 하고 싶냐. 그렇게 물으면.

답은, 일이 이 지경이 됐으니 하나밖에 없었다.

누가 켰는지 기억나지 않는 에어컨의 냉기가, 목덜미를 어루만진다.

남편의 배경, 커튼 너머 낮의 눈부심을 저 멀리 있는 별의 반짝임처럼 느낀다.

"……이혼해 줘."

할 수밖에 없다든가, 그런 말투가 먼저 나올 것 같아 아랫입술을 깨문다.

내 이기심에 이혼을 청하는 거라면, 적어도 말투를 굽혀서는 안 된다.

그것이, 진작 잃어버린 성실함이라는 것의 흉내다.

"뭐, 그 수밖에 없겠지……."

바로 생각났으나 눈을 돌리고 있었을 제안에 남편이 또 한숨을 내쉰다.

"당신이, 나를 좋아하지 않는 건 알고 있었어."

목을 뺀 남편의 눈이, 현관 근처의 내 방으로 향한다. 연상하는 것은, 남편에게 안겼던 밤.

따분하다는 말을 들은 것 외에, 달리 기억이 나는 것은 어두운 천장뿐이었다.

남편은, 전혀 눈에 들어오지 않았다.

"좋아하지 않은 건, 아니었어."

그렇게 생각하고 싶다.

"됐어."

남편의 목소리에 드물게 가시가 섞인다. 그에 대해 무언가 말하려고 움직이는 내 입술을 보고, 남편이.

"됐다니까!"

뒤늦은 분노에 내몰리는 것처럼 격앙해, 내 머릿속이 표백된다.

그리고 소리친 남편도, 어색함을 곱씹듯이 눈을 피한다. 거기에 더해, 뛰는 발소리.

토가와가 나와서, 고함으로부터 나를 감싸듯 옆에 서서,

남편에게 무표정한 얼굴을 향한다.

오른손을 등 뒤로 큼지막하게 숨기고 있는 것이, 순간, 불길함을 부추겼다.

"괜찮아, 토가와. 응?"

"아아, 응……. 미안……. 아니, 나, 사과 안 하면 안 돼? 안 되려나……."

남편이 머리를 긁적이자, 토가와가 표정을 바꾸지 않은 채 말없이 자리를 뜬다.

오른손에 꽉 쥐어 있던 것은 칫솔이었다.

"갑자기 화를 내고, 위험하네. 위험한 놈이다, 미안."

"아니야."

고개를 완만하게 젓는다. 남편의 분노는 누가 봐도 정당하기만 하다.

"당신에게는, 이대로 나를 때릴 권리도 있어."

"됐어. 때리면, 쟤한테 내가 죽어."

남편의 말투에 농담은 없었다.

"게다가 나는, 당신 얼굴을 좋아해. 상처 입혀 봤자 좋을 게 없어."

"……고마워."

미풍 한 오라기조차 뺨에 닿지 않는다. 토가와가 나를 칭찬했을 때 찾아오는 것과의 차이로, 감정의 박정함을 이해한다.

나는, 정이라는 게 토가와 린에게 지나치게 치우쳐 있다.

마음이 토가와 외의 존재에게는 움직이려 하지 않는다. 이 자리에 나 혼자였다면, 그 아이를 너무 사랑해, 라며 기분 나쁘게 전신을 구불댔으리라.

"그러면, 결국…… 이혼인 건가."

"당신이, 응해 준다면."

연을 맺을 때도, 놓을 때도 동의는 필요하다. 일이 꼬이지 않으려면.

사이가 꼬여서 헤어지는 건데, 참 이상한 이야기다.

남편은, 매우 담백하게 이혼을 받아들인다.

"좋아. 이야기를 복잡하게 꼬아 봤자…… 결국, 당신이 나를 좋아하게 될 일은 없어. 헤어지자."

"아……."

열리려던 입술을 황급히 닫는다. 빛날 것 같은 눈가를 고개를 숙여 숨긴다.

토가와는 아니지만. 헤어지자는 대답에, 나도 모르게.

마음이 약해질 뻔했다.

"용서 못 해, 그런 마음은 아니지만, 그렇다고 용서하느냐 하면 그건 온전한 진심이 아니고……. 뭐라고 해야 할까……. 몇 년이나 체념하고 있었으니까, 아아, 투병에 가까울지도……. 마침내, 때가 왔구나 싶은 마음이야."

남편이 심정을 정리하듯이 식탁에 마음을 늘어놓는다.

남편과 결혼하고 4년. 투병이라고 표현하는 시간이, 겨우 끝나 가고 있었다.

“미안해.”

“응……. 근데 그러면, 헤어지고…… 끝인가? 더 해야 할 게 있나.”

“나머지는 나를 신고…… 한다든가?”

“……솔직히, 그거 내가 하고 싶지는 않은데……. 아니, 그냥 뭐, 귀찮으니까.”

벅벅벅. 남편이 머리에 상처를 내듯 거세게 긁는다.

“헤어질 거면 헤어지는 거로, 깔끔하게 빨리 끝내고 싶어.”

“……그럼, 이혼하고 나서 내 발로 가야겠네.”

다행히…… 다행히? 경찰서는 걸어서 바로였다. 어느 창구로 가야 할까.

면허를 갱신할 때 말고는 경찰에게 신세를 진 적은 없다. 설마 처음이 피해 신고가 아니라, 자수가 될 줄은 몰랐다. 내가 범죄자라고, 몇 번씩 두개골에 새겨 온 현실이 지금에 와서 희미해져 버린다. 거리를 너무 좁혀서 안 보이는 건지도 모른다.

“어? 자수하려고?”

“들켰는데, 이대로 가만히 있을 수는 없잖아.”

뻔뻔하게 살면, 눈앞에 있는 남편에게 미안하다.

남편이 한 박자 두고 고개를 비튼다.

“그럼, 안 들켰으면 자수하지 않을 생각이었던 거야?”

“……응, 아마.”

체포되기는 싫으니까, 사실은. 숨길 수 있다면, 무덤 속까지 가져가고 싶다.

"그건 그렇겠네. 아니, 그래도 당신도 그런 면이 있기는 있구나……. 이기적이라고 해야 하나. 뭐, 이기적이지 않았다면 불륜은 안 했겠지……."

남편이 중얼중얼, 무언가를 납득하듯 눈을 감는다.

말하는 대로, 전부 다 받아들이는 게 아니라. 그래도 현실을 받아들이려고 시도하는 남편을 향한 고마움과 미안함이 더해져 간다. 아직 그 정도의 인간미는 남아 있었던 모양이다.

"……모레, 당신 본가에 갈지 물어봤었지."

"아? 아아, 그랬지, 참."

"가자. 당신네 부모님 집에 가서, 내 불륜과…… 우리의 이혼을 보고해야 하니까."

"엑."

남편이 그 상황을 상상했는지 입을 일그러뜨린다.

"나, 갑자기 가기 싫어졌는데."

"나도. 하지만 무시할 수도 없잖아."

"무시하자아."

남편은 별로, 시부모님과 사이가 나쁘지 않다.

남편은.

나는, 어떤가 하면. 표면상으로는 좋은 아내, 일 셈이었다.

머리를 감싸 쥐던 남편이 고개를 들고 나를 본다.

"알고 있어?"

"뭘?"

"우리 부모님……, 아버지는 그렇다 치고, 어머니는……
경찰에 신고할지도 몰라."

"그건…… 당연한 반응이라고 생각해. 나는, 심판받아야
하는 인간이니까."

스스로 벌하고 싶지는 않지만, 시어머니가 그런다고 한
다면 말릴 생각은 없다.

시어머니는, 아마 평소처럼 속내를 알 수 없는 미소를
지으며 신고할 것이다.

"실감이 안 나는데…… 당신 말이야, 범죄자인 거지?"

"응."

"아아아."

남편이 머리 위로 돌고 있는 것이라도 쫓듯이, 천장을
올려다본다.

"……머리가 또 아파졌으니까, 한 번 더 자도 돼? 더 할
말 없지?"

"나는, 딱히."

"그래."

일어선 남편에게, 거듭 사죄한다.

"미안해."

"……우어어어어, 용서 못 해애애애애……. 안 되겠다,
머리 아파."

남편이 주먹을 힘없이 쳐들려 했으나, 그러려니까 두통

이 심해졌는지 얼굴을 찌푸리고 침실로 들어가 버렸다. 아침과 똑같이 침대에 모로 쓰러져, 꼼짝도 안 한다. 남편의 잠버릇 따위, 여태 깊이 신경 쓴 적도 없었다. 같이 안 잤으니까.

남편이 마시던 남은 차와 함께 컵을 치운다. 치우는 김에 점심 먹은 설거지도 했다. 설거지는 물일을 좋아하는 남편이 자주 해 줬는데, 토가와가 오고 나서는 그것도 없어졌다.

이혼. 거품이 인 수세미로 그릇을 문지르면서 말을 덧쓴다.

본가로 돌아간다는 선택을 할 수 없는 나는, 살 집을 찾아야 한다. 교직도 내려놓아야 할 테고, 일자리도 찾고……. 저금은, 이혼하면 내 수중에 얼마나 남을까. 내가 유책 배우자인 이상, 재산 분할 시 받을 몫이 적어질까. 앞으로를, 멍하니 상상한다.

아니, 그전에 체포되면…… 어떤 처벌을 받을까?

우선 거기서 걸리니까, 조금만 뒤로 미루자며 거품을 씻어 냈다.

"어서 와, 선생님."

뒷정리를 마치고 젖은 손 그대로 방으로 들어서자, 토가와가 맞아 준다. 이 아이의 부드러운 분위기, 웃는 얼굴, 반짝반짝 빛나는 것처럼 보이는 머리……. 모든 것에, 마음이 해방된다.

그런 토가와의 손에는, 칫솔이 건재했다.

"양치하지 않았어?"

"이건 선생님 칫솔."

보니까 손잡이 색이 내 거였다. 내 칫솔? 하며 어리둥절해하니.

"이번에는 선생님 이를 닦아 줄게."

자, 이리 와. 침대에 앉아 긴 다리를 벌린 토가와가 생글거리며 손짓한다.

"어, 저기……. 응? 무슨 소리야."

"항상 엄마 노릇 해 주니까, 오늘은 내가 선생님 엄마 할래."

팡팡. 침대 위를 부드럽게 두드려 재촉한다.

"토가와, 저기, 있잖아. 나는 그래도 명색이 교사고, 다 큰 어른이고, 그러니까…… 그러니까 말이야."

"선~생님."

"……다 큰 어른은 때때로, 동심으로 돌아가고 싶어지는 법이지."

열 살 연하 여자아이의 가슴에 갓난아기보다 탐욕스럽게 매달리는 교사가, 이제 와서 뭔 체면을 지키겠다고 하는지, 원. 체면을 지키기 위한 허세가 풀리고, 토가와의 다리 사이에 반듯이 눕는다. 침대에 비스듬히 누운지라, 다리는 뻗으면 벽이나 화장대에 닿기에 구부린다. 불편한 자세로 옆구리를 약간 아파하면서도, 위를 보자 토가와와 신선한 각도로 눈이 마주쳤다.

나와 얼굴 사이에 토가와의 부푼 가슴이 떡하니 자리 잡고 있어서…… 켕긴다. 그래서 눈을 피하게 된다.

그러나 피하려던 얼굴을 꽉 잡히고, 토가와가 쥔 칫솔이 다가온다.

"이츠키 짱, 입 벌리자."

엄마 말투로 내 얼굴을 들여다보는 토가와에게, 가슴이 술렁인다.

석양을 올려다봤을 때와도 닮은 초조함이 닥치는 것은, 시야가 토가와 린의 그림자로 막혀가는 데 대한 위기감 때문일까.

"입 안 벌리면 뽀뽀해 버린다?"

왜, 라고 생각하면서 그러면 안 벌리는 게 이득 아닌가 하고 계산한 나는 세계에서 으뜸가는 바보가 아닐까. 토가와가 주의를 준 대로, 정말로 입술을 겹치려고 한다. 일굴이 평소와 반대 방향으로 다가오는 놀라움에 삼켜질 뻔하면서도, 황급히 입을 열자 토가와가 생긋, 웃으며 칫솔을 꽂아 넣었다.

다른 누군가가 쥔 칫솔이 내 입안을 돌아다니는 것은, 처음에는 위화감밖에 안 느껴졌다. 전혀 진정이 되지를 않는다. 처음에는 힘 조절이 미숙한 나머지 입 안쪽을 찔리기도 해서 눈을 희번덕거리고 만다. 그러다 차츰 익숙해지니, 내 입을 들여다보며 이 사이나 안쪽을 정성스럽게 칫솔로 닦아 주는 것을 그저 바라보기만 하는 것에, 그 호사에 왠지…… 뭐라고 할까……, 진심으로, 몹쓸 인간으로 타락해 가는 감각이 들었다.

이대로 토가와 엄마에게 죄다 보살핌을 받으며 살고 싶다.

식사, 취침, 배설.

역시 못쓰겠네. 강에 떠내려가려던 의식이 일어난다.

이미 한 번 추태를 보여서 다행이었다. 보인 시점에서 다행일 리 없다.

"호가아."

"왜애?"

뽁. 칫솔을 한 번 빼 준다.

"나 모레, 남편 시댁에 한 번 가기로 했어. ……이혼 보고하러."

"므읍."

칫솔이 돌아온다.

"히저찌 므아."

"당연히, 따라가면 안 되겠지?"

"그허치."

토가와가 남편네 본가 현관에 서는 장면을 상상하니, 헛웃음도 안 나왔다.

얘기가 정리되기는커녕, 판 자체가 박살 날 것이다. ……그렇다면 그것도 좋겠다고, 조금 자포자기하듯 생각한다.

"자고 와?"

"음, 모르겠어."

상황에 따라 다르다. 하지만 이야기할 내용을 감안하면, 자고 오는 건 지옥이지 않을까. 가능하면 보고를 완료하는 대로, 바로 떠나고 싶지만.

"어쨌든, 무슨 일이 있어도 꼭 돌아올게."

그 자리에서 설령, 신고를 당하더라도.

이 아이를 행복하게 해 주고 싶다며 운 지 얼마 안 됐다.

할 수 있을까, 내가.

적어도 지금 이렇게 있는 것만으로도 터무니없이, 행복한데.

토가와도 분명 같은 마음일 거라고, 시선이 대답을 공유한다.

"뭔가, 플래그 같아."

"플래그'?"

"선생님은, 그런 쪽으로 영 어둡지. 하지만 그런 선생님도 좋아."

토가와는 대개의 나를 긍정한다. 그런 점이, 나에게 안심과 의존을 준다.

그리고 토가와와의 사랑에 완전히 의존한 인생을, 나는 더할 나위 없이, 긍정하고 있다.

칫솔로 엄마 플레이를 만끽하는 달콤한 고문이 끝난 뒤, 둘이 화장실로 간다.

입을 헹구고, 칫솔을 정리하고. 토가와가 손끝이 조금 젖은 손을 잡아 온다.

"엄마랑 낮잠 잘까?"

"그전에 장 봐야 해. 냉장고에 든 게 거의 없어."

"아, 쇼핑? 가자, 가자."

엄마 플레이를 시원하게 접고, 아이처럼 천진난만하게 손을 잡아 끈다.

함께 나가는 것도 경계하던 것이 무너져서, 아아, 역시 끝이 가깝구나. 짐작한다.

와해하는 일상 속에서, 그렇기에 더욱, 토가와와 이어진 감각을 소중히 하고자 마주 잡는다.

갈 수 있는 데까지는 가 보고 싶다.

이 아이와 손을 잡을 수 있는 데까지, 가능하다면, 인생의 끝 정도까지.

걷고 있다. 걷고 있다. 길을 걷고 있다.

모르는 경치가 아니라, 끝을 알고 있어서, 하지만 너무나 먼 길을.

홀로 길을, 걷고 있다.

탈 일이 별로 없어서 가끔 깜빡할 뻔하지만, 차가 있다.

유지비도 고려해서 여러 번 처분할까 상의는 했지만, 흐지부지되어 남아 있던 차다. 남편은 좀 더, 이 차로 다양한 곳에 갈 예정이 있었는지도 모른다.

나와 함께 그 풍경을 보는 일은 이루어지지 않았다. 물론 그 또한 전부, 내 탓이다.

이렇게 남편과 둘이 외출하는 것 자체가 오랜만인 것 같다. 행선지가 행선지이다 보니 마음이 들뜨는 일은 없고 운전 중인 남편의 표정도 신묘했다. 참고로 나도 대학생 때 일단 면허는 땄는데 차를 몰 일이 없어 신분증의 역할만 하고 있다.

벌써 정체될 조짐이 보이는 전방의 경치 속에서, 토가와를 생각한다.

집에 토가와 혼자 두고 간다. 신뢰하는 나는 그렇다 쳐도 남편은 마음이 복잡한 것이 귀찮아서인지, ‘뭐 어때’하고 내던져 버렸다. 불륜 상대에게 고래고래 소리 지르지 않는 남편은, 태도가 부드럽다기보다 지친 듯한 인상이 앞선다. 졸린 것처럼 계속, 눈꺼풀이 내려앉은 듯하다.

“정말 신기한 일이야. 아내의 불륜 상대가, 우리 집에서 집을 보고 있다니.”

거리가 조금 멀어지고 나서야 겨우, 남편이 그런 말을 정면을 보며 중얼거렸다.

나 또한, 멀리 조금씩 보이기 시작한 해수면의 윤슬을
바라보고 있었다.

"애가 참 대단해. 그리고 당신도."

"뭘 말하는 거려나, 대단한 게 너무 많은데."

"우리 집에 오고 일주일 만에, 분위기를 완전히 덧칠했
어. 4년을 살면서 쌓은 공기가 모조리 덮어씌워진 느낌이
었어. 그 공기에 삼켜져서, 자연스럽게 꺾인 느낌이 든단
말이지……."

"아아……."

애매하게 반응하면서, 그게 토가와가 찾아낸, 하고 싶었
던 일이었을지 생각한다.

토가와는 귀엽고 착하고 천진난만하고 순진하고 귀엽고
아름답고 귀엽고 귀엽고 귀엽고, 그리고 가차 없다. 남편
이 머무를 곳을 빼앗기 위해서 먼저 집안일을 하겠다고 한
건지도 모른다.

그 노림수는 지금 이렇게, 결실을 이룬 듯했다.

연말이나 겨울철만큼은 아니지만, 귀성길은 붐비는 경
향이 있다.

시댁은 온천 마을 근처에 있다. 신혼여행도 그 주변 온
천 여관이었다.

다만 여행을 갈 즈음에는 이미 나와 남편은 침실을 따로
쓰고 있었기에 여관에서도 이불을 떼어 놨다. 지금 와서
생각하면 대체 왜 그런 분위기에서 여행을 갔을까 싶지만,

남편은 그 계기를 기회로 우리 사이가 메워지는 것을 기대했는지도 모른다.

"당신 말이야, 여자를 좋아하는 거야?"

바다가 보이기 시작하고 길을 오른쪽으로 꺾을 즈음, 남편이 물었다. 옆쪽의 라면 가게를 곁눈질로 바라보며, 학생들의 평판을 음미하고 대답한다.

"그런가 봐."

"흐응. 나랑 똑같구나."

여기서부터는 거의 외길로, 해안 도로를 달리기만 하면 됐다.

쾌청함이 해수면에 눈을 돌리고 싶을 만큼의 눈부신 광휘를 부여하고 있다. 그리고 그 바다의, 초록빛이 감도는 파란색이 평행하듯이 펼쳐지며 하늘 색깔을 돋보이게 한다.

바다와 하늘은 결코 섞이지 않은 채, 서로에게 색채를 나눠 주고 있었다.

"나로서는 온전히 이해할 수 없으니, 이해하는 척하는 것에 지나지 않겠지만."

직진으로 한 시간 이상 걸리는 길의 태반을, 바다를 바라보며 간다.

"대학교 때 신경 쓰이는 애는 없었어?"

"기억 안 나. 게다가, 당신이 금방 말을 걸어 왔고."

"그랬지."

그리워하듯이 남편의 굳은 입매가 약간 느슨해진다. 남

편이 갑자기 말을 걸었을 때는 놀랐다. 하지만 대화하기 편한 성격이라, 이러니저러니 이야기할 기회가 늘었다.

먼저 고백한 것도, 청혼한 것도 남편이었다.

호감은 말 한마디 한마디에서 은근히 전해져 왔고, 그럼에도 불편하게 느껴지지 않고 교류가 이어지고 있다면, 아마 사귀어도 잘 풀릴 거라고 당시의 나는 생각했다.

내 기분을, 그런 식으로 해석하고 있었다.

실제로는 거기에 치명적으로 부족한 것이 있었는데, 몰랐다.

사랑을, 몰랐던 것이다.

"결혼까지 간 거, 영광으로 여길게."

저 말이 비아냥인지 진심인지, 남편의 옆얼굴로는 알 수 없다.

"당신과 살면서 즐겁기도 했어. 그것만은 정말로 그렇게 생각해."

좋게 포장하는 듯하지만 뒤집어 말하면, 즐겁지 않기도 했다고 하는 것과 같았다.

남편도 그건 이해하고 있을 것이다.

"그런데 지금은 여고생을 사랑하는 데다 푹 빠졌다고."

"그래."

"위험한 여자네."

남편이 뺨을 씰룩거린다.

"대답이 바로 나오는 게 위험해."

“사실이니까.”

창문으로 눈을 돌리니, 바다낚시 배 대여 간판이 줄지어 있다. 주택 사이로 보이는 모래사장에는 성수기라 그런지 해변 가게들의 지붕이 보인다. 보고 있으니, 햇볕에 달궈진 모래 냄새가 나는 듯한 착각이 일었다.

“아직도 믿기지가 않아⋯⋯.”

“나도 그래.”

“제자에게 손을 댄 거 말고⋯⋯, 아니, 그것도 믿기지 않지만. 그보다는, 당신이 누군가에게 푹 빠질 수 있다는 게.”

운전 중인 남편과 눈이 마주친다. 서로 마주 본다. 위험하니까 그만하자며 동시에 앞을 본다.

“당신에게 사랑이란 어떤 느낌이야?”

나이를 한 바퀴 거슬러 올라간 듯한 설문을 한다. 마침, 그 연심으로 신세를 망친 나에게는 시의적절했다.

뒤늦게 찾아온 청춘이 수위에 끼질 폐 따위는 생각지도 않고 팔을 벌리고 파란 하늘 아래를 달려 나간다.

“나에게 사랑은⋯⋯ 내 안에 있는 마음 전부가 그 사람에게 흘러들어 가지 않으면 성에 차지 않는 거야. 씁쓸한 마음이든, 괴로운 맛이든 뭐든지. 조금이라도 남아 있으면, 부글부글 끓어올라서 나를 태워 버려.”

그건 거의, 생존 경쟁의 영역이었다. 살기 위해서 다 쏟아 내지 않으면 안 된다.

치열하게 살며 몸을 태우고, 여름 하늘에 지려 하는 그

삶의 방식이 적어도 불꽃놀이처럼 피면 좋으련만. 현실은, 끈적끈적하다. 바닷물에 뒤덮인 것처럼 공기가 무겁다.

"나도 받아 보고 싶었어, 그 열량을."

그래. 원래는, 쓸쓸한 듯 체념하는 남편에게 향했어야 하는 것이다.

그러나 나는 결혼한 후에 사랑을 알아 버렸다.

사람을 좋아하게 되는 것을 얕보고, 다 안다고 생각하고 결혼한 내 잘못이었다.

"……아버님, 어머님께, 뭣 때문에 가는지는 말했어?"

"아, 응. 일단은. 이혼하기로 해서 그 얘기 하러 가는 거라고 했더니."

"했더니?"

"어머니가 박장대소했어."

그러시겠지. 나가려는 말을, 혀를 말아 삼켰다.

고속도로를 경유해서 온천 마을 입구 근처까지 간다. 여름이라 정체가 있지는 않았지만, 온천지로 통하는 길은 하나로 합쳐지기에 겨울에는 난리도 아니다. 거기서 더 벗어나, 산에 가까운 쪽 길로 들어가면 시댁이 보인다.

겨울 정체를 핑계로 정월에는 시댁에 가지 않아도 되는 것을, 내심, 안도하고 있었다.

시댁은 고풍스럽고 세월이 배어 있다. 표현 방식을 생각하면 그렇다. 목조 건물이라 토가와네 집과 연대가 비슷할 것이다. 일상에서는 볼 기회도 줄어든 기와가 검은 광택과 함께 물결치고 있다.

아마 우리가 간다니까 비워 두었을 집 앞 주차장의 자갈을, 타이어가 밟는 소리를 듣는다. 식물이 비스듬하게, 앞머리처럼 가지런히 잘려 심겨 있다. 주차장 안쪽에는 관리를 게을리해 썩고 있는 나무 덱이 보인다. 결혼 전에 인사하러 왔을 때 남편의 안내를 받아 걷다가, 삭은 부분을 밟고 빠질 뻔했다.

차에서 내리고 나서 남편이 내 쪽을 본다. 마주 보자, 그대로 고개를 비틀듯이 기울인다.

"왜 그래?"

"음~, 좀 더 오른쪽으로 붙어 줄 수 있을까?"

의도는 모르겠지만, 하라는 대로 자동차에 다가선다.

남편이 위치를 더욱 세밀하게 지시하고는,

"아아, 그래, 이런 느낌이었어."

만족한다.

발밑을 내려다보며, 뭘까, 하고 생각하는데 남편이 답을 알려 준다.

"나하고 결혼해 줄래?"

아. 작게 목소리가 새어 나온다. 그래, 그런 느낌이었다고, 나의 기억과 각도도 일치한다. 면허를 딴 남편이, 당시는 남자 친구였지만 빌린 차를 타고 외출해서, 내가 차에서 내리자, 조수석 쪽으로 왔다. 그리고 청혼을 한 것이다.

그때, 운전 중이던 남편이 낯빛을 분주하게 바꾸고 있었던 건 운전이 익숙지 않은 긴장 때문만이 아님을, 지금 이해했다.

그 남편이 한 번 더, 추억에 잠기듯이 프러포즈를 한다.

농담조로, 그렇지만 생각보다, 진심일지도 모른다.

한 번 더, 다시 시작할 수 있다면. 그럴 마음이 있다면.

그런, 희미한 희망을 감지하는 건 억측일까.

그렇다 해도, 지금의 나는.

"미안, 따로 좋아하는 사람이 있어."

약지에 끼워져 있던 반지를 빼서, 남편에게 돌려준다. 남편은 집어 든 반지 구멍으로, 나를 들여다본다.

"옛날에도, 이렇게 되는 게 나았으려나?"

"미안해."

상처 입히기 위해서만 결혼해 버린 것 같아서.

사과의 말밖에 할 수 있는 말이 없다.

의식 같은 주고받기를 끝내고, 남편이 받아 든 반지를 지붕으로 아무렇게나 던졌다.

기와에 몇 번 튕기는 작은 소리를 눈으로 좇듯이 올려다보았는데, 이윽고 멎는다.

"다음 반지가 돋아났으면 해서."

"그건 젖니……."

남편이 오랜만에, 살짝 웃으면서 현관 초인종을 눌렀다.

애타게 기다렸다는 양 우리를 맞이한 건, 시어머니였다.

"어서들 오렴. 생각했던 것보다 골치 아픈 일로 잘 왔구나.”

　초로에 접어들기 시작한 여성이, 말끝에는 나를 겨냥한 싫은 소리를 부으며 환영한다. 시어머니는 명랑하게, 입이 험하다. 그리고 내게 품은 혐오를, 쾌활하게 숨기지 않는다. 나는 겉으로는, 정중하게 대하고 있으나 실제로는, 쌓아 올린 관계 따위 없다.

　“나 왔어.”

　“실례합니다.”

　남편과 나란히 인사하면서 들어간다. 들어가서 바로 오른편에 시부모님의 침실이 있고 왼편에 거실이 있다. 2층에는 남편이 예전에 쓰던 방이 있어서 시댁에 묵을 때는 나도 남편 방을 써 왔다.

　집이 산을 등져서 그런지, 흙과 나무 냄새가 복도에 섞인다. 여름에는 집 안에 벌레의 침입이 잦다는 걸 듣고, 그렇군요, 하고 흘리면서 마음속으로는 비명을 지르고 있었다.

　거실에서는 시아버지가 쿠션을 겹겹이 쌓아 파묻히듯이 뒹굴고 계셨다. 손님을 보고, 곧바로 일어나신다. 최근에 틀니 신세를 지게 된 시아버지는 입을 벌리면 앞니 하나가 없어서, 입을 다물고 있어도 바람 빠지는 듯한 소리가 섞인다.

　“그래, 어서 와라.”

　시아버지가 아들에게 먼저 인사하고, 그리고 시선이 나에게 온다.

"왔니."

시아버지가 작게 고개를 숙여 인사하기에, 마주 숙인다. 직사각형 탁자 위에는, 사용한 흔적이 없는 재떨이와 받고 그대로 방치한 대량의 라이터가 자리하고 있었다.

"나는 정원 손질하러 가도 돼?"

인사도 대충 하고 도망치려 하는 것을, 시어머니가 어깨를 잡아 앉힌다.

"입 다물고 있어도 되니까 자리 지켜."

"……응."

시아버지가 무력하게 받아들였다. 근처에 있는 방석을 쓰라고 몸짓으로 권한다. 남편은 익숙한 듯이 자기 것과 내 방석을 나란히 놓고, 시부모님과 마주 보는 위치에 앉는다. 나도 그 옆에 앉는다.

등을 펴고 가만히 앉아 있으니, 무더위가 점점 거리를 좁혀 온다.

에어컨의 냉기가 틈새로 빠져나가는 건지, 그리 시원하지 않았다.

"이혼한다고는 들었고, 이유가 뭐니?"

시어머니가 잡담은 각설하고 본론을 꺼낸다. 시아버지는 약간 앞으로 구부린 자세 그대로 굳어 있다.

"제가 불륜을 했습니다."

간결하게 말하자,

"어머나."

시어머니가 의무적으로 느껴지는 놀라움을 표한다.

"결정타는 그런데, 몇 년 살다 보니 마음이 식었다……고 할까."

남편이 보충하듯이 덧붙인다.

결혼하고 일주일도 지나지 않아 싸늘하게 식은 것을, 계속 보관하고 있었다.

그런데 그 아파트 문을 여는 사람이 나타나서, 놔두었던 것도 녹아 버렸다.

"그러게, 다시 생각해 보라고 했잖아, 결혼하는 거."

"그랬지……."

남편이 기억났는지 눈을 감는다. 그런 이야기를 했었나. 시어머니를 보았다.

"나는 네가, 뭔가 이상했어. 어디를 보고 웃는 건지 알 수 없는 점이 말이야."

말투는 내치는 투면서, 나를 정확하게 꿰뚫어 보고 있었음에 몰래 감탄한다. 시어머니 말대로 그 무렵의 나는, 갈피가 잡혀 있지 않았다. 거기다 그걸 자각조차 못 하고 있었다.

어디를 목표로 살아가야 할지, 지침이라는 것이 없었다.

"여보, 불륜하는 여자 본 적 있어?"

"글쎄, 본 적이 있나……."

자기한테 묻지 말라는 듯이 목소리가 수그러져 있다.

"자, 여기 있어, 좋은 기회니까 봐 둬."

시어머니가 독촉한 탓에, 시아버지와 눈이 마주친다. 시아버지가, 어쩔 수 없다는 듯이 입을 연다.

"불륜이라니, 누구하고? 혹시 그, 동료 교사하고…… 그런 거냐."

말씀하시면서도 질문이 고약하다 싶었는지 시아버지의 얼굴이 점점 굳어 간다.

지옥도 같은 이 분위기에서 솔직하게 답하면 일신의 파멸을 초래할지도 모른다.

하지만 숨긴다고 한들 이미 남편은 알고 있다.

"저의, 제자하고요."

"허!"

시어머니가 펄쩍 뛰듯이 물고 늘어진다.

"너, 고등학교 교사지?"

"네."

"그럼, 그 제자는 미성년이겠구나. 즉, 지금 당장 신고하면 잡혀가는 거니?"

신이 난 기색을 숨기지 않고 확인한다. 남편을 흘끗 보자, 손으로 얼굴을 덮고 있었다.

보고 싶지 않은 건 나일까, 한껏 들뜬 시어머니일까.

"그럴지도요."

하아. 시어머니 입술이 유쾌하게 끌려 올라간다.

"재미있네."

"엮이고 싶지 않은 이야기구나……."

정반대의 두 반응이 늘어선 가운데, 시아버지의 푸념은 지당했다. 우리 부모님도 건재하셨다면, 분명 이렇게 말씀하셨을 거다.

"그래서 이혼한다고. 이런 경우에는 이혼하고 나서 체포당하는 게 좋은 거야?"

"아, 몰라……."

남편이 본가에 돌아온 것을 후회하듯이 내게 눈을 돌린다. 나는, 신이 난 시어머니를 멍하니 보고 있었다. 왠지 모르게, 재미있어하는 방식이 토가와의 모친과 닮아서, 그렇구나, 하고 수긍이 간다.

원만한 관계를 쌓을 수 있으리라는 생각이 줄곧 들지 않았던 것도, 당연했다.

"여보, 범죄자는 본 적 있어?"

"안 보고 싶어."

"마침 여기 있으니까 봐, 자, 후학을 위해서."

"재미있어하지 말라고, 진짜……."

"너야말로. 알고 있었으면 왜 이리로 왔어. 경찰서부터 갔어야지."

시어머니가 아들에게 쓴소리를 한다. 남편은,

"알고는 있는데……."

그러면서 말을 흐린다.

약해진 말꼬리가 전파되듯, 저마다의 무언이 기분 나쁜 침묵을 낳는다.

시아버지와 남편은 견딜 수 없는 분위기에 난감해했고, 시어머니의 얼굴은 실제로, 신고한다면 말을 어떻게 꺼낼지 고민하는 표정이었다. 그리고 남은 나는, 이대로 시간이 흘러 봤자, 불이익밖에 없으리라 판단하고.

셋의 안색을 살피면서, 움직인다.

"저기, 한마디 해도 될까요."

소용돌이치는 각자의 싫증 속에서 작게 거수하여 의향을 묻는다.

세 사람의 시선이 모이기에 내 발언을 기다리고 있다고 판단해 내 입장을 전한다.

"신고하시는 건, 당연한 일이라고 생각합니다. 저는 죄를 범했고 심판받아야 마땅합니다. 하지만 지금 이 자리에서 신고하신다면 저는 도망치겠습니다. 아니, 돌아가겠습니다. 오늘은 이혼하겠다는 말씀을 드리러 온 것뿐이니, 이미 제 용건은 끝났습니다. 신고는 어머님의 용건이기에, 기다릴 생각이 없습니다."

술술, 매우 지독히 이기적인 말이 입 밖으로 나왔다.

그렇지만 이 정도 했으면 되겠지. 이렇게 말하기는 뭣하지만, 보고 이상으로 지켜야 할 도리는 없다. 관계도 없다. 애정 역시도 없다. 원만하게 지내려 노력했을 뿐, 그 이상으로, 이 사람들에게 품은 감정이 없었다. 그런 배려도, 지금은 토가와에게 향하는 감정에 합류해 있다.

내가 토가와 린 이외에 느끼는 것은, 그럴싸한 흉내, 뿐이다.

남편에 대한 미안함도, 옛날의 내 잔해를 주워 겉모양만 갖추는 것에 지나지 않는다.

왜냐하면 정말로 미안했다면, 배신한 거니까, 죽어도 이상하지 않다.

하지만 나는 살아 있다. 돌아가고 싶다고, 생각하고 있다.

변함없이 웃는 건 시어머니뿐이었다. 그런 시어머니를 향해, 고개를 숙인다.

"모자란 며느리라 죄송했습니다. 그럼, 실례할게요."

"도망친다니, 아하. 영락없이 켕기는 구석이 있는 반응이구나."

향락적이고, 악의적인. 이런 어머니 밑에서 남편 같은 부드러운 사람이 자란 게 신기했지만, 토가와 모녀를 보고 뭐든지 예외는 있음을 배웠다. 아니지, 토가와의 모친은, 토가와에게 가족의 부재라는 영향을 끼지지 않았나. 그런 생각을 하니 또 갑자기 화가 치밀어 오른다.

"간다고? 그럼, 나도."

"애가 무슨 소리람, 범죄자의 도주를 돕지 마."

일어서려던 남편을 시어머니가 제지한다. 그런 시각으로 볼 수도 있겠구나, 싶었다.

남편에게 작게 묵례하고, 최대한 누구의 얼굴도 보지 않으려 하면서 복도로 나간다. 남편이 쫓아오려는 것을, 시어머니가 즐거운 듯이 뒤에서 양팔로 껴안아 억누르고 있었다. 뭘까, 이 집 사람들은.

"돌아간다니, 불륜한 상대가 있는 곳으로?"

시어머니가 계속해서, 재미있어하며 묻는다.

"……네."

"그럼, 혼자서 가렴. 그런 곳에 우리 아들을 데려가 봤자 무슨 소용이니."

"……그러려고요."

여기에, 결혼 생활과 남편과의 모든 것을 남겨 두고 가자.

아무것도 끼지 않은 왼손 약지를 유달리, 크게 흔들듯 걷는다.

신발장 앞에서 쭈그리고 앉자, 나를 신고할 예정인 시어머니가 현관까지 배웅하러 나온다. 뒤에 남편은 붙어 있지 않다.

신발을 신으면서, 시야 구석에 시어머니의 모습을 비춘다.

"아들이 너와 결혼한다고 했을 때부터, 이렇게 될 줄 알았어."

"정말요?"

"미안, 과장이 심했다. 그래도 언젠가 파탄 날 거라고는 생각했어."

태연한 얼굴로 거짓을 정정한다. 다들, 거짓말을 자연스럽게 섞는다.

그런 사회에서 전적으로 믿을 수 있는 것이 있음을, 자랑스럽게 생각한다.

"나는 미인을 싫어하니까 너도 싫지만 말이야."

"칭찬으로 듣겠습니다."

시어머니가 생긋 웃는다.

"전보다는 지금이 알기 쉬워서, 좀 낫네."

"……그것도, 칭찬으로 듣겠습니다."

"칭찬 아니거든, 불륜녀 따위한테 무슨."

구김살 없이 웃는 시어머니에게,

"그게 낫겠네요, 싫어하는 사람에게 칭찬을 받으면 난감하거든요."

그렇게 인사하고, 말한 대로 혼자서 집을 나선다.

타고 온 차를 흘끗 보고, 이것도 남편 거니까, 하며 시댁에서 멀어졌다.

차가 없으니, 온천 마을 쪽으로 나가서 전철을 탈 수밖에 없는데.

생각하고, 빈손을 내려다보고.

"아."

깨닫고 발이 멈춘다. 뒤돌아보고, 어쩌지 싶어 땀이 배어 나온다.

가방을 두고 왔다. 수중에 휴대폰도, 지갑도 뭣도 없다. 이것은 대중교통 일체를 이용할 수 없다는 것을 의미하고 누구와도 연락할 수 없다는 것이기도 하다.

그런 상태에서, 여기서부터 돌아가려면 내가 취할 수 있는 수단은 이대로 걷는 것뿐이다.

무일푼으로 택시를 잡아타고 집에 내려서 지불할 배짱도 없다. 게다가 집에 도착한들, 있는 대로 긁어모아서 택시비로 낼 돈이 있을지도 확신이 없다. 애초에, 올라가서 돈을 가지고 내려올 테니 기다려 달라는 방법이 통할까. 토가와에게 내 달라고 하는 것도, 아니, 이건 진짜 아니다.

나는, 내 의사로 지금, 돌아가겠다고 정했으니까.

되돌아가지 않아. 마음먹고 앞을 본다.

거의 외길이라 길은 안다. 고속도로로는 갈 수 없지만, 돌아가기만 하면 된다.

사람은 옛날에 온천 요법을 하러 에도에서도 걸어왔으니까, 현대인이 포장된 길을 걸어가지 못할 리가 없다. 반나절이면 도착한다. 근거는 없다, 계산도 없다, 그냥 그렇게 믿을 뿐.

도착지가 보이지 않을 정도로 지금은 먼 길. 하지만 하루도 걸리지 않는 고난이다.

이 정도 고생으로 용서받은 기분이 들 수 있다면, 세상은 너무나 자비롭다.

시댁을 뒤로한다. 좌우를 확인한 뒤, 이쪽이라며 온 길을 되돌아간다.

"온천도 좋은걸……. 토가와랑, 가고 싶다……. 언젠가 가자, 응, 꼭 가자."

중얼중얼, 소망의 조각이 새어 나온다. 열 걸음 나아간 곳에서, 내가 어째서 이런 땡볕 아래를 걷고 있는지 순간,

알 수가 없다. 더위에 벌써부터 의식이 몽롱해진 것이다. 그렇다 치고 정신을 차렸다. 괜찮아, 나는 완전 멀쩡해.

그렇다 쳐도, 이런 식으로 걸어서 돌아갈 처지가 될 줄은 예상하지 못했다.

대학교에 입학하기 전에 강제로 참가해야 했던 오리엔티어링 때는 얼마나 걸었더라. 길이 쭉, 어디까지고 이어져 있는 것을, 나도 모르게 턱을 들고 바라보고 만다. 발도 멈출 뻔한다.

산과 들에 내던져진 개가 된 기분이었다.

누군가를 좋아하게 돼서 이렇게까지 파탄이 난다면, 애초에 사람을 좋아한다는 감각과는 이어지지 말아야 했다고 생각한다. 그런 건, 차라리 이해하지 못하는 편이 좋았으리라고 생각한다.

하지만 인생에 길을 되돌아갈 방법은 없다. 전부, 모든 것에 다시 하기란 없다.

그리고 나는, 할 수 있다고 해도 다시 하고 싶지 않다.

토가와 린과 관련된 모든 것을, 놓고 싶지 않았다.

앞으로 나아가자. 턱을 당기고 발을 내디뎌 걷는다. 처음에는 발걸음이 무거워도 걷는 것에 익숙해지면, 언젠가는 고통스럽지 않을 것이다. 그렇게 생각하고 싶다. 올 때는 아무 생각 없이 지나쳤던 커다란 간판을 올려다보고 있으니, 시야에서 사라지기까지 오래 걸린다.

고속도로가 보이기 시작한 언저리에서, 쫓아온 자동차

가 다가와 선다.

운전석 창문이 열리고, 시어머니의 방해를 뿌리치고 결국 도망친 건지, 남편이 얼굴을 보였다.

"타고 갈래?"

"아니. 괜찮아, 고마워."

남편이 나를 생각해서 건넨 제의를 거절한다.

"조금은 고생해야, 뭔가 한 기분이 들잖아."

자기 긍정감은 중요하다. 바람피웠을 뿐인데, 조금 고생하면 무언가를 이룬 기분이 들 수 있다.

왠지 모르게, 무언가를 넘은 기분이 든다.

실제로는 발을 헛디뎌 굴러떨어지기만 하고 있는데.

게다가 시어머니의 말은 지당하다. 불륜 상대에게 가면서 남편의 도움을 받는 건 제정신이 아니다. 나는 토가와에게 돌아가면, 밤새도록 안을 생각이었다.

남편 눈치가 보여 계속 삼가고 있었지만, 더는 사양할 필요도 없다.

그러니까 다른 누구보다도, 남편 손을 잡을 수는 없었다.

"당신, 의외로 고집이 셌구나."

"그럴지도."

단순히 성욕에 의해 움직이고 있을 뿐인 자기중심적인 상대에게, 과대한 평가였다.

끓어오르는 것이 땀이 되어 살갗을 타고 흐르는 감촉에, 오싹오싹한 한기가 꿈틀거린다.

“그리고 치사해.”

“나 혼자 돌아가겠다고 선언하고 나온 거?”

하지만 잡혀갈 거라면, 대화 자체가 애초에 무의미하겠지.

그리고 뭐, 솔직히. 거기 있기가 매우 거북해서, 빨리 자리를 뜨고 싶었다.

그런 마음을 옛날에는 웃는 얼굴로 숨겼지만, 지금은, 분명 남편에게도 전해지리라.

“바람피우고 나서, 여러 가지 얼굴을 시도 때도 없이 보여 주는 거. 치사해.”

그렇게 말하는 남편은 불륜이 발각되고 나서 처음으로, 조금 울 것처럼 눈꼬리를 일그러뜨렸다.

못 본 척하고, 푸른 하늘을 올려다본다. 화장도 말라서 쩍 갈라질 것 같은 햇볕이었다.

“나는, 본가에서 자고 갈 거야. 가서, 마음대로 해.”

“응.”

오늘 중 가장 기쁜 소식이었다.

“자, 이것만 받아.”

남편이 무언가를 건네준다. 손바닥을 잔뜩 벌려 잡은 그것은, 차가운 보리차 페트병이었다. 최소한의 성의와도 같은 그것을, 받아 든다.

“고마워.”

“범죄자의 도주를 돕는 거, 좀 두근두근하잖아?”

남편이 한껏 익살을 부려 준다. 그런 다음, 나를 마지막으로, 물끄러미 바라보고.

"포토제~닉."

"뭐, 범죄자 사진은 사진발 좀 받겠지?"

둘이서 자포자기하듯 박장대소하고, 그대로 헤어졌다. 남편도 점점 이상해지고 있다.

역시, 끝낼 때였는지도 모른다.

남편이 가져온 건 보리차뿐이었다. 두고 온 내 가방은 보지 못한 모양이다. 됐다, 하며 고마운 마음으로 페트병 뚜껑을 열었다. 바로, 여름철에 냉수탑을 세우듯이 마신다.

틀어박혀 안쪽에서 몸을 괴롭히던 열이, 조금 가라앉는다.

동시에 목이 축여져 진정되자, 현 상황에 비명을 내질러 버릴 것 같아서 너무 마시지 않는 편이 낫겠다는 깨달음을 얻는다. 마뜩잖은 깨달음이었다. 조금은 열기에 시달리며, 들떠 있어야만 한다니.

하지만 옳지 못한 일을 하려면, 그 정도가 적절하겠지.

"지금 갈게에."

끈적한 목소리가 자연스럽게 나와서, 역겨움에 웃음이 난다.

선생님이, 엄마가, 내가, 이츠키 짱이. 토가와가 바라는 모든 내가, 원한다.

네가 보고 싶다고.

해변에서 와닿는 바닷바람에 모래알이 섞여 있어서, 뺨을 스친다.

언제 지나도 공사 중인 도로 가장자리를 빠져나가며, 암초로 둘러쳐 만든 해수욕 공간을 내려다본다. 파도도 들지 않는 안전한 장소에서, 아이와 아버지가 바닷물을 차며 놀고 있다.

그 구획을 위에서 보고 있으면, 학교 수영장이 생각난다.

초등학생 때, 다소 발육이 빨랐던 내 몸은, 자주 남들의 시선을 받았다. 자의식 과잉이었을지도 모르지만, 수영 수업 시간에는 특히 그랬다. 수영복으로 갈아입을 때면 나를 빤히 보던 여자아이가 있었다. 당시의 나는 부끄러움이 솟구쳐 등을 둥글게 말고 숨기듯이 갈아입고는 했는데 지금 돌이켜보면 그 시선의 의미가, 막 싹튼 무언가였을지도 모른다고 이해할 수 있다. 그 아이와는 특별히 친하지도 않았기에, 말을 걸기는 어려워서 시선만 의식하는, 그런 관계가 되었다.

햇살과 해수면 틈새로, 과거를 보고는 검게 타 간다.

직사광선에 살갗이 삭삭 깎여 나가는 감촉이 있다. 거친 피부도, 관리하지 않은 탄 자국도, 토가와가 환멸을 느끼지는 않을지 그것만 걱정된다. 그래, 토가와. 토가와 생각만 하고 걷고 싶은데, 도무지 집중이 안 된다. 정확히는 집중하려 하면 주변의 정보가 늘어나 타들기 시작한 뇌가 비명을 질러서 내가 걷고 있음을 모르는 척하면서, 반쯤 자동으로 발을 움직이고 있다. 그러다 보니 의식이 산만해져 토가와 생각만 하도록 사고를 한데 묶을 수 없다. 옆에서 때리는 햇살을 유연하게 받아넘기지 않으면, 금방 쓰러질 것 같았다.

진정하면 오히려 못 걷게 될 것 같아서 수분 섭취를 주저하는 사이에, 남편에게 받은 보리차는 미지근한 물이 되어 있었다. 조금 마시자, 말라 있던 목이 통증을 기억해 낸다.

하지만 피가 배어 나오는 감각과 함께, 목소리도 되찾는다.

"바다가──, 바다가 끝이 없어──."

길과 바다를 떼어 놓지 않으면, 우리 집에 돌아갈 수 없다. 그런데 아직 끊어질 기미도 없다. 경치 좋다.

토가와와 바닷가를 걸었을 때의 기억을 발밑에 겹치면서, 도로를 계속 걷는다.

이제, 두 손 두 발 다 들고 시댁으로 되돌아가기에도 힘든 거리가 되었다. 정말로 되돌아갈 수 없어서, '큰일이네' 하고 남 일처럼 흘린다. 문득 신혼여행이 떠오른다.

남편과 갔던 온천 여관. 침실은 조용하고 평온하게 차가웠다. 그렇지만 즐겁지 않은 건 아니었다.

작은 폭포를 둘이 올려다본 일.

연못의 오리에게 먹이를 줬더니 계속 뒤따라와서 웃었던 일.

야외 족탕에 발을 담갔는데 수건 준비하는 걸 잊어서 고생했던 일.

나쁜 기억뿐만은 아니었다. 지금은 좋은 추억이 된 것도 있었다.

하지만 토가와와의 추억은 좋은 것밖에 없다.

하나라도 잊고 싶지 않은 것들뿐이다.

"…………아, 하나 있다, 잊고 싶은 거."

오줌 선생님만은, 어떻게든 이 세상에서 지울 수 없을까 하고 지금도 저주한다. 나 자신을.

날아온 모래알이 섞인 발소리가, 당분간 계속된다.

방심하면 마ㅇ크래프트 의 좀비 소리를 내는 내가 있기에, 수분을 자주 조금씩 보충한다.

걷고 있으면 이따금 패밀리 레스토랑과 해산물 요리점이 보인다. 맛있겠다. 의식이 빨려 들어가지만, 나는 들어갈 수 없다. 사랑받고 싶다고 간절히 바라도, 누구나가 초대받는 것은 아니라는 점과 조금 비슷한 기분이 들었다. 바치기에 상응하는 것이 없으면 문전박대다.

사랑에 무상은 없다.

그래서 나를 위한 행동이 소중한 누군가의 기쁨이 되는 것을, 올바름이라고 믿는다.

그 뜻을 가슴에 품고, 그저 걷는다.

발바닥과 손가락 끝이 뜨겁다. '걷기 편한 신발을 준비합시다'라는 오리엔티어링 문구를 뒤늦게 떠올린다. 아직 서로 친하지 않아 서먹한 신입생들을 재빨리 모아서, 친목을 다진다는 대학교의 오지랖으로 생겨난 전통 행사에 참가해서, 작은 산 두 개 정도를 걸었던 기억이 있다.

모래알이 또 날아온다. 이 도로를 다 빠져나갈 즈음에는 모래투성이가 되어 있겠지.

가끔 뒤돌아보아도, 경찰차가 나를 쫓는 기색은 없다.

벌써 신고했을까. 바다의 눈부심에 눈을 감으면서 아무래도 좋다고 상상한다. 신고라고 하니까 말이지만, 토가와만큼 귀여우면 가히 범죄적이라고 평해도 틀린 말은 아니라고 본다. 실제로 내 인생을 유괴하지 않았는가. 그래. 그뿐이다.

토가와를 얼른 보고 싶다는 마음이 두통처럼 두개골을 때린다.

처음 교실에서 봤을 때, 키가 크다고 생각했다. 그 정도 생각밖에 없었던 내가 정말로 딴사람처럼 느껴진다. 인간은 외견을 그대로 두고 내면을 너무 바꾼다. 외견만은 의태처럼 남겨 두고, 불륜을 태연한 얼굴로 해내는 괴물의 정체가 까발려졌으니, 자, 어떤 최후를 맞게 될까.

거울에 비친 내가 기억의 담장을 넘어 해수면에 비치려고 하다 실패해서, 파도에 먹혔다.

아까부터 주마등처럼 과거를 보고 있는데, 정말로 육지를 걷고 있는 게 맞을까. 실은 이미 일사병으로 쓰러진 게 아닐까.

흘러내린 땀을 혀로 핥으니, 맛이 느껴졌다. 아직 괜찮은가 보다.

내가 꾸는 꿈은, 소리에 촉감, 맛이라는 감각이 없다. 틀림없이, 현실이었다.

머리 위를 텅 비우는 이미지를 그리며 자동 보행을 해도, 무거운 다리와 허리 통증을 점점 무시할 수가 없다. 햇볕을 너무 쬔 손발이 바싹 말라비틀어진 듯한 착각을 일으키고 있었다.

풍화하는 내 손발을 생각하며 걷는다. 그편이, 질질 끄는 몸도 조금은 가벼워질 듯하다.

걷고 있다. 걷고 있다. 길을 걷고 있다.

모르는 경치가 아니라, 끝을 알고 있어서, 그렇지만 너무 먼 길을.

길을 홀로, 걷고 있다.

바다가 일시적으로, 숲에 뒤덮인다.

고개가 숙여져 앞으로 기운 탓인지, 길가의 나무들이 무척 커 보였다.

염풍해용으로 심긴 수림이 경치를 일시적으로, 바다에서 떼어 놓는다. 그 급경사 너머에는 아직 바다가 있지만, 날아오는 모래알과 해수면의 반짝임이 없는 만큼 아주 조금 걷기 쉬운 기분이 든다.

꽤 걸었네. 등을 편다. 너무 펴면 뒤로 젖혀져 발이 멈출 것 같다. 게다가, 휘청거린 시야가 원래대로 돌아오는 데도 시간이 걸린다. 누가 봐도 몸 상태가 안 좋아지고 있었다.

목이 마른 상태로 햇볕을 너무 뒤집어썼는지, 두통이 온다. 일사병에 걸렸는지도 모른다. 생각 이상으로 무모한 짓을 저지른 걸까. 길 한복판에서 쓰러지면, 아무도 도와주지 않을 것이다. 무엇보다, 토가와가 멀어진다.

그리고 멈춰 있으면, 토가와와 가까워질 수 없다.

무슨 아까운 짓이람. 발은 멈추지 않는다. 머리와의 연결을 상실한 것처럼 다리가 무겁지만, 내려다보고 있으면 저절로 앞으로 나가고 있다. 나아가지 않으면 토가와는 영원이다. 영원히 다다를 수 없다. 하지만 조금이라도 나아가면, 영원은 언젠가가 된다. 불륜 상대를 만나기 위해, 나는 진리에 매달린다.

나무들 사이사이 바다로 통하는 언덕길이 보이고, 거기 계단 앞에 자판기가 설치되어 있다. 아아. 목이 신음한다. 하지만 살 수 없다. 땡전 한 푼 없다. 자판기가 눈앞에 있어도, 선택지가 생기지 않는다. 우리는 일상에서 부자유를 느끼며 살아가지만, 실제로는 돈이나 환경이라는 당연한 것들에 보호받고 있었음을 안다. 그게 벗겨지면 정말로, 폐색되어 간다.

진작에 내용물이 없어진 페트병을 꽉 쥔다.

나에게, 토가와 린은 이미 당연함 중 하나였다. 그 당연함을 잃게 되는 것은, 싫다. 진심으로, 싫다. 적어도 걷기 편한 신발이면 좀 나았을 텐데. 바람이 있는 편이 차라리 마음이 편해진다. 토가와는 점심을 챙겨 먹었을까. 시댁은 지금 무슨 얘기들을 해 대고 있을까. 휴대폰은 어쩌지. 왜 걷고 있지. 이렇게 땡볕 아래 있는 게 언제 이후일까.

사고가 정리되지 않아서 병렬한다. 그 산만함이 고통스러워 괜히 더 짜증이 난다. 흐르던 땀도 점점 멎어 가고, 머리가 뜨겁다. 자판기를 가만히, 가만히 바라보다가 몸의 방향을 틀자, 다리가 엉킬 뻔했다. 이러면 안 돼. 지면을 다시 디디고 머리부터 발까지, 한 줄기 선을 그리려고 의식한다. 눈을 감고 잠시 그대로 있자, 약간 차분해졌다. 좋았어. 자판기를 향해 살짝 샛길로 샌다. 토가와를 빨리 만나고 싶은 일념을 꾹 참고, 돈도 넣지 않았으면서 버튼을 적당히 누르고 자판기 옆 쓰레기통에 빈 페트병을 맡긴다. 이걸로, 빈손이 되었다.

아무것도 남지 않았다.

반지도 끼지 않은 손바닥을 내려다보고.

그러니까 가도 돼. 면죄부를 얻은 것처럼 다시 길로 돌아온다.

내가 아는, 토가와에게 이어지는 단 하나의 길로 돌아간다.

뒤돌아보면, 여기까지 걸어온 길 끝이 먼 하늘에 삼켜져

간다.

어디로도 돌아갈 수 없다. 사람은 언제나, 기다려 주지 않는다.

우리는 돌아가고 싶다고 바란 1초 후에는, 그 마음으로 되돌아갈 수도 없다.

돌아가고 싶다니, 이제 와서, 생각조차 안 들지만.

나는 그 아이에게서 많은 변화를 받았다. 그 모든 것이 법에 저촉되는 것은 아니다.

그중에는 성장이라고 부를 수 있는 것도 분명히 있다.

싫어하는 인간에게, 싫다고 할 수 있게 된 건 성장으로 봐도 되는 걸까.

그냥 단순히 머리 나사가 풀린 것뿐일지도 모른다.

토가와와의 관계 속에서 얻은 인간성으로, 나는 확실히 싫은 인간이 되었다.

그것은 타고난 내 천성이 그랬던 것인지, 인간이라는 생물이 애초에 그렇게 삐딱하게 만들어진 것인지.

어느 쪽도 납득은 갔다.

……뭐, 됐나.

그렇다면 좋아하는 사람에게도 확실하게, 좋아한다고 전하러 가자.

토가와 린을 사랑한다. 이제 족쇄는 없어졌고, 가슴도 펼 수 있다.

얼마나 충만한 여정인가. 앞으로 나아갈 때마다, 토가와에게 가까워질 수 있는 것이다.

나는 지금, 이상적인 인생을 걷고 있다. 최고로 행복했다.

이 행복이 계속 이어지는, 훌륭한 어른이 되고 싶다.

되고 싶다고, 사무치게, 바랐다.

가끔 질질 끌리는 발이 걸려서, 잠에서 깬 것처럼 황급히 고개를 든다.

관광지로 유명한 건널목 근처까지 오니, 단체 관광객으로 넘쳐나고 있었다. 다들 방파제 끝에 서서 석양을 찍고 있다. 솔개보다 수가 많다. 들려오는 언어는, 지금은 중국어가 많은가. 해 질 녘이라 햇살이 조금 부드러워져, 주변을 확인할 정도의 여유가 생긴다.

반대쪽으로 가면 바다를 한눈에 내려다볼 수 있는 경사면에 묘지가 있다. 전망이 좋아서 호감이 간다.

죽어서 남는 게 뭐가 있겠냐마는…… 그래도 기분이 좋을 것 같은 장소였다.

석양을 바라보고 있으면, 이상하게 눈이 부예진다. 그런데 수분이 말라서, 눈물이 나오지 않는다.

그저 눈을 가늘게 뜨고, 돌아가야지, 하며 마음이 조급해진다.

차라리 달릴까. 걸음을 약간 빨리 해 보려 의식한다.

머리만 남고 몸이 뿔뿔이 흩어질 것 같은 감각에, 포기하고 보폭도 원래대로 한다.

피로가 든 종이봉투를 매달고 있기라도 한 듯이, 몸의 균형이 엉망이다.

눈을 감고 싶을 정도로 마디마디가 아프다.

하지만 아픔이 손발의 위치를 의식하게 해서, 몸을 움직이는 법을 뇌에 새긴다.

아픔은, 토가와와 나를 이어 주는 중요한 것 중 하나였다.

이 건널목이 보였으니, 집이 확실하게 가까워지고 있다. 가깝고, 그렇지만 괴롭다.

일도 그렇지만, 마지막을 마무리 지을 때가 가장, 힘들다. 어중간하게 끝이라는 희망이 보여서, 의사가 흔들린다. 아직 오른편에는 바다, 바다, 바다. 석양과 함께 황금 바다가 일렁이고 있다.

……바다.

형용할 수 없는 원시적인 감정이, 다 안을 수 없는 크기로 밀려온다.

뛰어들어 돌아가고 싶다고 바라는 듯한, 바다 저편으로 마음을 가져가 버릴 것 같은, 그런 기분이다.

울면 조금은 해소될 듯한 그 답답함을, 지금의 나는 울 수 없기에 계속 떠맡는 처지가 된다.

몸의 오른쪽 절반이 통증도 없이 타서, 엄지와 중지를 비비면 손가락 끝이 먼지가 되어 사라져 갈 것 같았다. 그리고 석양의 침식은 몸에만 그치지 않고, 기억도 태운다. 빛의 저편으로 사라지기 전에, 오랫동안 조명을 맞을 일 없이 먼지를 뒤집어쓴 과거가 부각된다.

돌아가신 부모님과의, 단편적인 추억. 잡을 수 없는 거리감에서 재생되는 부모님 목소리.

눈을 감으면 금방이라도 만날 수 있는데, 결코, 실감을 동반하지 않는다.

고인과의 거리는 언제나, 눈꺼풀보다 가깝고, 우주보다 멀다.

아빠, 엄마. 키워 주셨는데, 죄송해요.

저는, 탐욕스러워졌어요.

욕망을 알고, 바람을 깨닫고, 길을 벗어났어요.

도저히 뵐 면목이 없는 삶이라 죄송하게 생각해요.

그래도, 아직 살아 있어요. 살아가요. 죽지 않아요.

왜냐하면 저는 아직, 토가와가 수영복 입은 모습을 본 적이 없거든요.

알몸도 속옷도 다 봤는데, 하지만 그건 그거고. 이건 이 거니까요.

마음이, 창해와 벽공을 배경으로 그 푸르름을 과시하는 토가와 린을 원하고 있었다.

다 타 버려 재가 된 심신이, 소리 없이 재생해 석양을 빠져나간다.

여름을 벗겨 낸 양 부드러워지는 바닷바람이 뺨을 때린다.

선회하는 새 울음소리에 맞춰, 나도 운다.

토가―아토가―아.

"행복……해진다아. 하게 해 준다아."

힘없이 결의를 표명하고, 만들지 못한 주먹의 잔해가 수분 부족으로 떨린다.

이렇게 힘들게 왔는데 집에서 기다리는 사람이 없으면, 죽을래.

토가와가 아니라, 경찰이 애타게 기다리고 있으면, 어쩌지.

황급히 되돌아갈까?

웃기지 마.

되돌아가는 건 한 번이면 족해.

그날 밤, 토가와 린을 보고 되돌아가 들어선 이 길을, 끝까지 나아갈 뿐이었다.

그리고.

잠에서 깬 것처럼 고개를 들자, 눈앞에 문이 있었다.

여닫지 않았던 날이 과연 있었을까.

집 문 앞에, 어느새 서 있었다.

"아, 하아."

해산했던 의식이 타산적이게도, 금세 되돌아온다.

문손잡이를 잡자, 눈앞에 있는 문이 기온에 다운된 머리가 만들어 낸 환상이 아님을 안다.

꽉 쥐고, 돌린다.

돌아가지 않는다.

"어?"

열쇠도 없기에, 집에 누가 없으면 들어갈 수 없다.

아아, 좋다아. 기다려 주는 사람이 있다는 게. 이끌리듯이, 문을 두드린다.

호우를 맞은 것처럼 몸이 무거워, 한 번 고개를 숙이면 다시 등을 펼 수 있을 것 같지가 않다.

어떻게든 위를 향하려고 턱이 올라간다. 숨을 들이쉬었다 내뱉기만 하는데도, 평소 신경 쓰지 않던 소모를 의식한다. 지쳤다, 편해지고 싶다, 보고 싶다. 그런 마음이 혼탁해지면서, 그때를 기다린다.

"……선생님?"

문을 열기 전에 확인하는 그 목소리가 귀에 들어와서, 무릎이 푹 꺾일 뻔했다.

"토가와……."

앞으로 고꾸라질 것 같은 몸을, 문에 문지른 이마가 지탱한다. 아, 문, 차가워서 기분 좋다. 그 문이 나를 밀어서, 꽉, 하고 뒤로 젖혀진다. 머리가 크게 움직이자, 그것만으로 눈이 핑핑 돌 것 같았다.

"선생님."

열린 문 너머로, 빛을 등진 토가와가 눈을 동그랗게 뜨
고 있다. 씻고 잠옷으로 갈아입은 모습을 보고, 아아, 벌써
시간이 그렇게 됐나, 하며 이해한다. 지금이 몇 시인지도
모른다.

오늘이 아직 오늘이라는 보장도 없었다.

하지만 토가와가 기다려 주고 있었다는 것만으로도 나
는, 만족한다.

몸이 뜬다.

지금이라면, 부유할 수 있을 것 같다.

"다녀왔어."

발을 앞으로 움직였더니, 생각보다 크게 내디디는 바람
에 상반신이 따라오지 못해, 반 바퀴 빙글 회전한다. 그대
로, 신발도 벗지 않고 복도로 미끄러져 들어간다. 바닥에
튕겨 돌아오는 숨소리가 갈라지고 호흡이 잠겨서 바싹 말
라 있었다. 조금만 긴장을 풀면 눈이 뒤집힐 것 같아서, 어
깨와 얼굴에서 힘을 뺄 수가 없다. 토가와가 곁에 쭈그리
고 앉아, 얼굴을 들여다본다.

"선생님, 왜 그래? 어? 어떻게 된 거야?"

토가와가 곧장 일어서서 현관에서 밖을 내다본다. 아무
도 없는 것을 확인하고 나서 문을 닫고 잠그는 것을 지켜
본다. 엎드린 채, 여기까지 두르고 온 내 공기를 먼지투성
이처럼 느꼈다.

"저녁밥은, 먹었어?"

만신창이란 이런 것일까. 손가락 끝이 기분 좋게 저린다.

토가와가 방금 있던 위치로 돌아와, 내 머리를 잡는다. 들어 올려서, 자기 다리 위로 끌어갔다. '아헤헤'. 칠칠치 못한 웃음소리와 미소가 새어 나오면서, 그 살에 뺨을 비비적 문댄다. 토가와는 나를 이렇게 응석을 부리게 하고 받아 주어, 기분 나쁜 생물로 만들고 나서 귀여워하는 취미가 있는 모양이다.

기호가 매우, 훌륭하다.

사르르, 머릿속이 녹아 가는 소리에 등줄기가 한기를 느낀다.

"돌아올 거면 연락해."

"미안해."

토가와가 허공에, 손가락 움직임으로 사각형을 만든다.

"답장이 한 통도 안 와서 걱정했어. 엄청나게 많이 보냈다고. 알아?"

"미안해. 휴대폰을, 깜박 놓고 왔어."

발바닥이 뜨겁다. 손가락 끝이 미지근하다. 통증은 마비됐는지, 가려움만이 남았다.

"혼자, 걸어서 돌아왔어."

"……왜?"

"바보 천치 같은 오기를 부린, 지극히 독선적인 자기만족."

뒤집혀서 천장을 본다. 크게 숨을 들이쉬고 내뱉으려 했더니 가죽이 갈비뼈에 걸려서, 호흡이 흐트러졌다. 그런 나를 걱정스레 살피는 토가와에게 왼손을 보여 준다. 처음에는 의도를 헤아리지 못했는지, 토가와가 고개를 갸웃한다. 손가락 사이에 숙숙 자기 손가락을 닿지 않게 넣으며 놀기 시작한다. 그러다, 아무것도 끼지 않은 약지의 존재를 알아차렸는지, 소리조차 되지 못한 소리를 짜냈다.

"와⋯⋯."

매달리듯, 토가와의 두 손이 내 왼손을 좌우에서 잡는다. 엄지손가락과 새끼손가락을 각각 반대 방향으로 잡아당겨져서, 찢어지겠다, 하고 피식 웃는다.

"처음 뵙겠습니다. 취미는 당신을 눈으로 좇는 것. 당신을 사랑하는 것. 당신을 소중하게 여기는 것. 당신을 독점하는 것. 당신과 시간을 보내는 것."

말라비틀어진 목에서 피 맛이 나서, 캑캑댄다.

"당신에게 닿는 것. 당신을 느끼는 것. 당신을 다정하게 대하는 것. 당신의 웃는 얼굴을 보는 것. 당신의 소원을 들어주는 것. 당신을 지키는 것. 당신에게 구원받는 것. 당신을 너무 생각해서 불안해지는 것. 당신의 고독에 다가서는 것. 당신과 즐겁게 얘기하고 나서 좀 더 이렇게 말할걸, 저렇게 말할걸 후회하는 것. 당신과 만나는 것. 당신에게 사랑받는 것. 당신의 돌아올 장소인 것."

자기소개하는 사이에 조금 기운이 나서, 몸을 일으킨다.

일어나 토가와를 가까이서 보니, 아아, 축제 풍경을 바라보듯이 시야가 따뜻하게 번진다.

이런 꿈이라면, 계속 꾸고 싶다.

"이런 나라도 괜찮다면 말인데……. 사귀어, 줄, 래?"

토가와가 대답보다, 소리보다 먼저 달려들어서, 끌어안았다.

컥. 충돌로 폐가 찌부러져 공기가 새었다.

"오늘이 결혼기념일이면, 축하해야지!"

"어라……."

던진 공은, 있는 힘껏 되던져져 수평선 저편으로 사라져갔다.

아직 전 남편과 정식으로 이혼하지 않았는데 결혼하고 말았다. 중혼이어도 괜찮을까.

……괜찮으려나. 토가와의 가는 허리를 안는다.

사귀어 달라고 고백한 건, 이게 처음이었다.

이걸로 됐어. 납득한다. 확신한다.

누군가를 상처 입힌다고 해도. 인간으로서 틀려먹었어도. 교사로서 끝나더라도.

이제까지의 모든 것을, 좋았던 일이든, 나빴던 일이든 누군가를 탓할 생각은 없다.

누구에게도 양보할 생각이 없었다.

나의 이런 삶의 방식은, 토가와 린의 전부이기도 하기 때문에.

"있지, 선생님……. 결혼 기념으로 갖고 싶은 거 있어?"

"사랑."

바로 답했더니, 쪽 하길래, 쪽 했다.

"그리고 차……를 가져다주면, 무척 기쁘겠어……."

말라비틀어졌는지, 그렇게 무거웠던 손발이 이제는 한층 더 희박하게 느껴진다.

이따금 손가락 끝이 저리는 거로 겨우, 몸의 윤곽을 의식할 수 있다.

토가와가 잽싸게 달려갔다 되돌아와, 보리차를 가져와 주었다.

"고마워."

"마시게 해 줄까?"

찰랑찰랑 흔들리는 차를 손에 들고, 토가와가 생글생글 웃으며 옵션 추가를 제안한다.

"……사랑을 받아 볼까나~."

주욱 흘리길래, 쭈욱 빨아들이며, 사랑도 함께 받았다.

충전된 몸이 겨우, 비명을 지를 수 있게 된다. 전신이 괴롭다. 피로가 눈처럼 소리 없이 내려 쌓여서는, 머리를 새하얗게 만들려고 한다.

하지만 저항해서, 하고 싶은 일을 한다. 자는 시간이 아까웠다.

나에게는 이제, 시간이 별로 안 남았을지도 모르니까.

"오자마자 좀 그렇지만 같이…… 목욕, 안 할래?"

반지를 뺀 것뿐인데, 내가 봐도 뻔뻔스러웠다.

그렇지만 토가와에게 닿아 있었더니, 그런 기분이 들었

다. 마음에 큰 여유가 생겼다.

구원받은 것처럼 말하고 있지만, 쉽게 말해서, 토가와를 좀 더 만지고 싶어졌을 뿐이다.

"세상에. 요즘 사람들은 손이 빠르네."

사귀고 1초도 안 지나서 결혼으로 몰고 가는 토가와도 퍽 대단하다고 생각한다.

"아니, 저기……. 지금 혼자서 들어갔다가는 물에 빠져 죽을 것 같아서 그래."

자면 깨워 줘. 그렇게 부탁하자 토가와가 만면에 미소를 띠며 내 손을 잡아 일으킨다. 구두를 아무렇게나 벗어 놓고 복도로 올라와, 토가와의 경쾌한 발소리에 이끌려 둘이 욕실로 향했다.

갈아입을 옷도 준비하지 않고 꽃이 피듯이 옷을 벗어 던지고 뛰어든다.

당연하지만, 이미 토가와가 씻고 나서 물을 뺐기에 욕조는 비어 있었다.

알몸 그대로 둘이 나란히, 무릎을 부둥켜안고 앉아 따뜻한 물이 차기를 기다린다.

"전에도 이런 적 있었지."

"있었지."

호텔과 다르게 조명도 별 볼 일 없는, 간소한 유닛 배스지만 토가와와 함께 들여다보는 것만으로 입매가 허물어지는 것을 억누를 수 없었다. 왜 웃냐며 즐거운 듯 지적하기에, 너야말로, 라고 대꾸하면서 가볍게 장난을 치니까 피로와 내 입장을 잊어버리고 말 것 같다.

그렇게 장난을 섞어 가며 시간을 보내다 보니, 따뜻한 물이 찬다. 아파트 유닛 배스는 성인 여성과 그보다 큰 여자아이의 동시 입수를 상정하지 않은 크기지만, 밀착하면 둘이 욕조에 녹아들 수 있었다.

뙤약볕에 그은 살갗에 따뜻한 물이 찌릿찌릿 스민다. 아프지만, 그 자극이 버릇된다.

어깨까지 담그자, 슈우우, 팽팽했던 공기가 이와 입술 틈새로 빠져나가는 소리가 났다.

"녹을 것 같아."

"이쪽으로 더 녹아도 돼~."

오늘은 토가와가 뒤에서 나를 껴안는 모양새가 되었다. 토가와의 생기 있는 살결과 따뜻한 물이 내 등을 편안하게 받아 주니까 정말로 이대로 눈을 감길 것 같다.

"피곤하면 어깨 주물러 줄까?"

"무조건 잠들 테니까, 너무 상냥하게 하지는 마."

"뭐야, 그게~."

처음 듣는 주의에 토가와가 까르르 웃는다. 그 사랑스러움에 응석을 부려 머리에 힘을 빼자, 토가와의 어깨가 지탱해 준다. 열 살 연하 제자에게 몸을 맡기는 감각을, 세상에서 얼마나 많은 사람이 알고 있을까. 호강한다. 그렇게 중얼거리고 물 밖으로 삐져나온 무릎을 쳐다본다.

돌아왔음을 새삼 실감하고, 진심으로 안도했다.

눈꺼풀이 기분 좋게 무겁다.

새근새근 숨을 쉬는 사이에, 놓친 풍선처럼 의식이 멀어질 것 같다.

"그러고 보니, 경찰 왔었어?"

"아~니."

"그래……."

잠깐의 유예를 준 건지도 모른다. 세간인지, 세계인지, 우리를 둘러싼 것이.

"안 물어봐? 오늘 무슨 일 있었냐느니, 무슨 이야기를 했냐느니."

"안 물어봐. 솔직히 아무래도 좋거든. 선생님이 빨리 돌아와 줬으니까, 그걸로 됐어."

딱 잘라 말하는 토가와의 손이, 내 가슴을 야트막하게 건져 올린다.

"얘가……."

저항할 힘이 솟지 않는다. 그런데 심장에는 피가 힘차게 모이는 감촉을 느꼈다.

"역시 혼자는…… 이제, 싫어. 선생님이랑 같이 살면서, 그게 어떤 건지 알아 버렸어……. 이제 전으로는 못 돌아가."

"토가와……."

진지한 얘기 하면서 남의 가슴을 손가락 끝으로 재미 보지 마.

"있지, 선생님……. 신혼 생활이라는 건, 이 뒤에 말이
야……."

토가와의 손가락과 목소리가, 꽉 조여든다.

조금 전에 사귀자고 고백했는데, 벌써 결혼 생활이 시작
되었다.

괜찮으려나. 일단은 학생과 교사인데.

같이 목욕하고 있다는 사실이, 이성을 선잠에 들게 한다.

그럼 괜찮겠지……. 결혼해 버려도.

나는, 음란 교사니까.

뒤도니, 토가와의 입술로만 눈이 간다. 어깨 움직임에
맞춰, 따뜻한 물이 찰랑 신이 났다.

"선생님네 오고 나서 야한 짓 한 번도 안 했는데……."

"첫날에 하지 않았어?"

"대단하다. 우리가, 고작 그것만 하고도 참을 수 있었
다니."

따뜻한 물과 피부 온도로 달아오른 토가와의 뺨이 윤기
를 띤다. 조금이라도 아래를 보면, 토가와의 가슴이 시야에
들어와, 뚝뚝, 욕망을 본뜬 것처럼 물방울이 소리를 낸다.

"……그러게."

"아, 방금 가슴 봤다."

그러게.

그리고 토가와가 머리를 감겨 주었다. 몸을 씻겨 준다는
건 사양했다.

얌전히 다 씻을 믿음이, 서로에게 없었으므로.

현기증이 날 만큼의 시간을 만끽하고 목욕을 마친다. 결혼기념일의 끝도 가까워 오는 데다, 청소하는 시간조차 아까워서, 씻고 난 뒤의 여러 가지 관리라든가, 생각할 거라든가, 앞으로의 일이라든가.

그런 것들을 전부 한데 모아서 내던지고, 막 씻은 토가와 린을, 침대로 불러들인다. 머리가 아직 다 마르지 않은 토가와의 촉촉한 분위기에, 반쯤 몸을 일으킨 고양감이 조용히 그때를 기다린다.

사이를 메우는 선풍기 소리와 바람에 앞머리를 휘날리며, 토가와를 안아 올리듯이 침대에 눕힌다. 내가 이끄는 대로 따르는 토가와는, 내 그림자가 올라타자 그 입술을 연다.

"선생님. 나, 알겠어?"

의도를 바로 파악하기 힘든 물음에 움직임이 굳는다. 알겠냐니, 무엇을?

"토가와……."

당연한 대답으로는 부족한지, 토가와는 미소만 짓고 있다.

결혼했으니까 성을 바꿔야 하나? 아니, 그런 쪽은 아닐 것 같다.

토가와가, 계속 기다리고 있다. 여기가 아닌 장소를 겹치듯이, 눈동자가 흔들리고 있었다.

신기하게도 나 또한, 이 상황에 순간 겹치는 것을 본다.

다 닳아 해진 사진 조각처럼, 무언가가 뇌리를 헤엄치고. 하지만 땀처럼 흘러내리지는 않는다.

결국, 당연한 것을 부딪칠 수밖에 없었다.

"토가와 린. 나의, 가장 소중한 사람."

그 뺨을, 보이지 않는 눈물이라도 닦아 주듯이 엄지로 어루만진다.

토가와가 엷게 웃으며 팔을 벌리고, 나를 맞아들인다.

마음에 들었나 보다. 안도한다.

나에게는 과거가 아니라, 지금 토가와의 마음을 건져 올리는 것밖에 할 수 없다.

구름을 빠져나와, 미지의 땅에 내려서듯이. 드디어 허락을 얻어, 토가와 린과 나를 포갠다.

첫사랑 상대와 나누는 입술의 감촉은, 따뜻하지 않은 눈물을 자연스레 배게 하기에 충분했다.

우리의 음란한 시간이 이어진다.

그것이 며칠인지, 몇십 일인지 명확하지 않다. 실제로는 몇 시간 정도일지도 모른다. 해가 닿기 힘든, 창문도 없는 방에서 서로의 사지가 부딪히고, 뛰어다니고, 침대가 좁은데 대한 안타까움과 화를 다른 형태로 승화하고는 섞인다.

상대의 몸에 아무리 닿아도, 가라앉을 기미가 없는 둔한 열에 들떠 상대를 원하고 원한다. 토가와 또한, 일심불란하게 나를 목표로 해 온다.

무언가를 아쉬워하는 듯한, 미련을 전부 토해 내는 듯한, 교합을 영겁토록 원한다.

그 이외의 것을 최소한으로 끝내고는 상대의 몸으로 밀어닥치는 시간이, 언제까지 계속되었을까. 여름도 끝나지 않고 매미는 아득히 먼 곳에서 울고, 인생은 아직 계속되는데도 우리는, 평생 치의 정념을 모조리 소화하듯이 바친다.

그 열 덩어리가 된 시간 속에서 나는, 생각한다.

인생이 망했다고 느끼게 되는 순간은, 역시 사람을 죽였을 때 가장 와닿지 않을까 생각한다.

내 상상력으로는 거기에 다다른다.

그러면 나는 지금, 인생의 막다른 곳으로부터 어느 지점에 있는 걸까. 있기는 할까? 발끝으로 벽을 차고 있다는 실감은 확실히 나고, 압박감이 입술을 누르고 있다. 그런데 그 입술은 누르는 감촉이 부드럽고, 닿아 있을 때 살짝 빨아들이기만 해도 머릿속이 표백되어 간다.

입술 틈새로 속삭이듯 새어 나오는, 나를 부르는 소리에 소름이 돋는다.

나의 위치와, 지금 벌어지는 일이 불가항력으로 눈앞에 끌어내져 오한 같은 것이 퍼진다. 그리고 그 오한의 중심을 피부의 온기가 스쳐 지나가니, 한란의 차이에 살갗이 비명을 지르는 것도 당연했다. 하지만 그 비명마저도, 포개지는 소리 속으로 매몰된다.

더 여유가 없었다면, 이렇게 되지는 않았으리라.

운이 좋지 않았다면. 행복하지 않았다면. 충분하지 않았다면. 더 지쳤더라면. 하늘을 올려다볼 수 없을 만큼 맥도 못 추었다면. 일을 열심히 하지 않았다면. 시력이 더 낮았다면. 야맹증이었다면. 말을 걸지 않았더라면. 쫓아가지 않았더라면. 몰랐다면.

교복을 입지 않았더라면.

사람은 죽이지 않았다.

아직 아무도 상처받지 않았다.

알아 버린 외로움에 다가서려 해서.

그런데도 나는, 인생이 끝나려 한다.

품 안에 얻은 것은, 전부 나를 애태우고 번민하게 한다.

열 살 어리고, 여고생에, 제자에, 키가 나보다 크고, 2학년에 미성년자, 나는 기혼에, 교사에, 휴일이고, 여고생에, 열일곱에, 유부녀고, 여고생에, 바람에, 묘령에, 부정이고, 여고생에.

하나만 꺼내도 나를 파멸로 이끌 요소를, 용케 이만큼이나 모아서.

그런 상대와, 침대에서 입술을 겹치고 있는 나는.

풍경이 희미해질 만큼 여고생의 향기에, 굽으면 안 되는 쪽으로 뇌가 비틀리며.

지금도, 그때를 회상하며, 생각한다.

그때, 되돌아가지 않았더라면 분명, 나는 살아 있지 않았을 거라고.

살아 있었다.
토가와 린과 확실히, 살아 있었다.

그런 시간의 끝을 고하듯이 누군가가 초인종을 누른다.
절취선이 들어간 것처럼, 몸이 무너져 가는 감각.
무너지는 몸을 끈으로 묶어 잡아당겨, 이어 맞추어 일어난다.
경찰일까, 남편일까. 누가 왔든 상관없었다. 관계없었다.
벗어 던져 둔 옷을 대충 걸치고 침대에서 일어서 나선다. 누워 있던 토가와가 그 눈을 흔들며, 매달리듯이 본다.
"선생님……."
"또, 꼭 돌아올게."

손바닥에 남은 희미한 감촉을 꽉 쥐듯이 주먹을 단단히 하고.

"누구세요?"

방을 나와 엎어지면 코 닿을 데 있는 현관에, 여름 냄새에 희미한 바다가 섞인다.

나와 토가와만의 작은 세계 밖에는, 언제나 바다 내음이 감돌고 있었다.

그 내음이 닿지 않는, 토가와 린의 방을 눈꺼풀 뒤에 그려 보고.

거기에 확실한 추억이 남아 있다는 것을 버팀목 삼아.

힘차게, 앞으로 내디뎠다.

"네, 음란 교사 마에카와 이츠키입니다!"

『유부녀도 교사도 제자도 여고생도 아닌 이야기』

그렇게 해서, 나는.

스물일곱 살의 첫사랑을 가슴에 품고, 천천히 고개를 든다.

여름을 들이마신 입술과 함께.

낭떠러지에서 천천히 낙하하듯이, 사회에서 몸을 떼어놓고.

가라앉고.

격류에 몸을 얼마나 휩쓸렸을까.

최근에서야 겨우 조금 숨을 쉴 수 있게 되었다.

이 세계에 있는 것은, 허락받았기에 존재한다. 누군가가 그랬다.

나도 분명, 누군가에게, 허락받은 거라고 생각하고 싶다.

교사라는 입장과, 무엇보다 세상의 신용을 잃고, 그럼에도 족쇄는 없고.

나고 자란 땅을 떠나 서쪽으로, 흘러 도착한 곳은 친척이 하는 선술집.

선술집, 타이요. 그 이름의 포렴을 오늘도 지나간다.

"안녕하세요."

가게로 들어가 인사하자,

"어, 왔어? 안녕."

내 머리보다 높은 곳에서 목소리가 돌아온다. 전통 의상을 입고 가게 이름이 들어간 앞치마를 하고, 약간 자란 머리를 묶고 있는 점장이 평소처럼 미소 지었다.

선술집을 꾸려 나가는 이 사람, 마에카와 타이요라는 여성은 나보다 연하이며 무엇보다 키가 눈길을 끈다. 180cm쯤이라는 본인 말대로, 내가 가장 잘 아는 장신의 여자보다 머리가 위에 있었다.

'정말 감사하게도, 부모님에게 물려받은 선술집이 제법 잘되고 있거든. 가게는 그리 크지 않은데, 혼자서 하기가 힘들어지던 참이었어. 참인데 말이지.'

'네.'

처음에 대면했을 때를 면접이라고 생각하고, 마에카와 씨에게 내 사정을 전부 밝혔다. 그런데도 나를 고용해 주다니 감사할 따름이다. 마에카와 씨는 내 신상을, 범해 온 짓을 듣고 나서 잠자코 나를 안내하더니, 우선 음식 조리를 돕게 했다.

실기 시험인가? 어리둥절해하면서도 지시한 대로 재료 준비를 해 나간다. 비교적 오랜만에 식칼을 잡았는데 손의 움직임 의외로, 자동이었다. 의식하지 않고 움직이는 손을 가만히 바라보고 있으면, 신기하게 마음은 편안해진다. 마음은 고여 있으면, 탁해진다. 어떤 형태로든 몸을 움직인다는 것은 기분 전환이 되어서, 중요할지도 모른다.

작업을 마치자, 이것이 합격의 결정타가 되었는지, '고용'이라는 한마디로 정리했다.

'고마워. 당장 조금 편해졌어.'

'저기……, 일하게 해 주는 건가요?'

'내게 의지하는 친척을 내쫓기도 꺼림칙하니까 말이지.'

'실례지만요.'

'솜씨도 좋고, 합격 사유는 뭐로 할까…….'

'결정이 너무 빠른 거 아니에요……?'

'음……. 그래. 없음! 왠지 모르게 고용하고 싶은 거로.'

'네…….'

'한눈에 그 인간에 대해 알면 고생 안 하지. 결정적 사유는, 앞으로 찾아보도록 할게.'

이리하여 흘러가던 나무는 가까스로, 새로운 모래사장에 내던져져.

지금에 이른다.

"그럼 선생님, 오늘도 잘 부탁해."

"네."

이제 교사가 아닌데 원래 무슨 일을 했는지 설명한 이래로, 마에카와 씨도, 손님들도 선생님이라고 부른다. 말하기로는, 선생님 같은 얼굴에 그런 분위기란다. 마에카와가 둘이나 있으면 헷갈리고 번거로우니 호칭이 있는 건 상관없다. 그런데 얼굴은 그렇다 쳐도 분위기가 아직 다 빠지지 않은 걸까 싶어서, 가끔, 거울에 비치는 얼굴을 들여다본다.

거울에는 사람으로 의태한 괴물을 찔러 죽이고, 그저 세월을 겪은 인간이 있을 뿐이었다.

조금 지친 듯 보인다. 그래도 눈을 피하지 않고 볼 수 있었다.

나도 옷을 갈아입고 마에카와 씨와 나란히 서서, 조리 밑준비를 돕는다. 마에카와 씨로부터 뻗은 긴 그림자가 조리장 안쪽까지 닿아, 때때로 초침처럼 흔들린다. 지금은 거기에, 나라는 시침이 하나 더.

그건 그렇다 치고, 궁금했던 것을 물어본다.

"그거, 보기 힘들지 않아요?"

가게가 조금 어두워서 물어보니,

"물론 그렇지."

왜인지 자랑스러워하며 대답한다.

오늘의 마에카와 씨는 동그란 선글라스를 쓰고 있었다. 여름 해가 닿기 어려운 실내에서.

"태양이 선글라스라니, 센스 있지 않아?"*

"뭔가 재치 있는 듯하면서도…… 그냥 말장난인 듯한데요."

"어울린다는 말을 들어서 써 봤어."

"잘 어울리기는 해요."

그 윤기 나는 흑발, 날카로운 얼굴 조형과 어우러져 매력이라는 간판이 쓰러지지 않았다. 전통 의상에 앞치마, 그리고 선글라스라는 신기한 조합을 장신이 근사하게 소화하고 있다.

------

*마에카와 타이요라는 이름의 한자가 태양과 같다.

내가 쓰면 수상쩍기만 하겠지.

"그래? 선생님도 그렇게 말하는 거 보면, 과연, 정말로 어울리는 건지도 모르겠어."

"이런 말 하면 뭣하지만, 비일상의 분위기가 느껴져요."

"아, 좋다, 그거."

비일상이라는 표현을 주워, 마에카와 씨가 뺨을 풀어 웃는다.

"그런 걸 원해서, 옛날에는 여러 가지 해 봤지."

"여러 가지라 하면요?"

"여러 가지가 여러 가지지. 샌드위치나 가다랑어나."

"……식도락요?"

지금도 여전한가. 그렇게 중얼거리는 마에카와 씨의 가늘고 긴 손가락이 선글라스에 걸리자, 아아, 좋다. 감성을 울리는 그림을 보는 듯했다. 경험을 고려하여 오해를 두려워하지 않고 굳이 자기 분석을 하자면, 나는 얼굴이 반반한 여자아이에게 약할지도 모른다. 보통 그런가, 하고 납득한다.

"저 말고는 누구한테 들었어요?"

마에카와 씨는 독신이다. 결혼도 지금은 딱히 생각이 없다고 했었다.

"눈부실 정도로 빛나고 있는 아이한테."

마에카와 씨가 그때를 떠올리며 어깨를 가볍게 으쓱한다. 처음에는 표현을 애매하게 해서 얼버무리는 건가 싶었다. 그러다 정말로 빛날지도 모른다고 생각을 고친다.

이 동네에서 가끔, 머리 색깔이 굉장한 한 아이와 마주친다. 그 아이의 엄마로 보이는 사람도 마찬가지로, 구름한 점 없는 파란 하늘을 채워 넣은 듯한 색의 머리를 빛내고 있다. 비유가 아니라, 정말로 빛나는 것처럼 보인다. 빛입자가 궤적을 남겨서 놀랐다. 여기서는 유명한지, 마에카와 씨에게 이야기하자 익숙한 반응이라는 듯이, 짧게 웃었다. 그 모녀에게 칭찬받았는지도 모른다.

식칼을 놓고, 다른 작업으로 들어가기 전에 도마를 씻는다. 귀에 걸리는 머리카락처럼 흐르는 물소리와 함께, 몇 가지 기억이 흘러넘친다.

남편과는 이혼하고 나서는 연락하지 않지만, 얼마 전에 딱 한 번, 그쪽에서 사진을 보낸 적이 있다. 사진 속에는 인력거꾼 복장을 하고 짐승상 앞에 의기양양하게 선 남편이 있었다. 거기에 '포토제~닉'이라는 한 단어를 곁들여서 왔다. 어울린다고 답장했지만, 그 이후로 따로 답신이 없어, 아주 조금 구원받은 기분이 들었다. 구원받으면 안 되는 나의, 작은 자기만족이었다.

인력거꾼이라고 하니, 호시 씨는 여전히 여자아이에게 손을 대고 실실거리며 산다고 들었다. 의외로 아무도 자기를 찌르러 오지 않으니, 이대로 사는 수밖에 없겠다고 한탄한다고도 들었다. 그 사람은 경솔함 속의 성실함을 미처 숨기지 못하고 있으니, 주변에 있는 사람들이 그를 눈치채는지도 모른다. 그러니까 분명, 호시 씨가 바라는 일은 평생 일어나지 않으리라 본다. 그것이 호시 씨에게 어떻게 행복이고 어디까지가 불행인지는, 나는 모른다.

어느 쪽이든, 나는 이제 고향으로 돌아갈 이유가 없다. 그러니까, 두 번 다시 만날 일도 없으리라. 오랜 시간을 그 동네에서 보냈는데도, 버리고 나면 의외로 감상이 옅다.

끝날 줄 알았던 인생은, 살아 있는 한 계속된다.

그런 당연한 것을 이 나이가 되어서야 알았다.

도마를 닦고, 숨을 한 번 뱉고. 또 금방 다른 작업을 한다.

고개를 들자, 문득, 울리지도 않은 학교 종소리를 들은 기분이 들었다.

그리고 세상의 해가 지기 시작할 무렵, 선술집 타이요의 해는 떠오른다.

밖에 포럼을 걸고 들어가자, 마에카와 씨가 이제야 선글라스를 벗었다.

"오늘도 선생님을 노리는 손님이 우르르 몰려오면 좋겠다!"

"안 와요, 그런 거."

"글쎄? 의외로 있을 것 같은데. 결혼반지도 안 끼고 있고."

그 말에 왼손 약지를 본다. 아무것도 끼지 않은 약지는, 전보다 가냘파 보였다.

긁듯이, 두 번, 세 번 구부린다. 반지를 끼고 있었을 때보다, 저항이 없었다.

"마에카와 씨도 안 꼈잖아요."

"나는 혼자인 게 그렇게 고통스럽지 않거든, 옛날부터."

대답이 된 듯, 안 된 듯. 대화가 끊기고, 손발을 움직이는 시간이 시작된다. 예전이었다면 일이 끝을 보이기 시작할 법한 시각부터, 나의 진짜 하루가 움직이기 시작한다.

가게를 열자마자 방문한 손님의 주문을 받아 마에카와 씨에게 전하자, 대답 대신이 왔다.

"맞다, 참. 결정적 사유 말인데."

"네?"

"선생님은 술을 마시지 않는다. 이거로 하자고 어제쯤 생각했어."

처음 만났을 때 찾지 못한 것을, 마에카와 씨가 이제야 덧붙인다.

"하아. 술은 평생 입에 대지 않기로 했거든요……."

"나도 마시지 않기로 했어."

"……심한 실수라도 저질렀나요?"

학생한테 오줌 누는 거 도와달라고 했다든가. 지금 생각해도 거품을 물 것 같다.

"나쁜 추억이 아니야. ……그래서, 소중히 하고 싶어서 그런 거야.”

마에카와 씨가 미소 지으며 선글라스를 벗는 시늉을 하다가 이미 벗고 있음을 깨닫고는 고개를 들어 새침한 태도로 얼버무린다.

“술을 안 마시는 동지끼리, 마음이 맞을 것 같아.”

“아하……. 아, 추가 주문요.”

“예이~.”

음식도 만들고 서빙도 하며, 넓지 않은 가게 안을 춤추듯 뱅글뱅글 도는 것이 내 일이라고 할 수 있다. 조리장에 머물러 있을 수 없는 그 분주함이, 그렇지만 때때로 기분 좋다.

움직이고 있으면 쓸데없는 생각을 할 여유가 없어져서, 그건 그것대로 도움이 된다.

누군가를 배신하고, 상처 주고 살아 있었다는 과거가, 간혹, 기분을 구석인 어둠으로 밀어 넣으려 한다. 그것에 저항할 수는 없다. 그것은 결코 잊어서는 안 되는, 내가 선량했을 무렵의 아픔인 것이다. 그 통각을 잃으면, 나는 정말로 선악의 지침을 잃을 것이다.

나는, 고약한 인간이다. 그러나 지금은 죽는 편이 낫다고 스스로 벌주지 않는다.

오히려, 그 반대다.

좋은 사람이고 싶다.

다정함에 죄책감을 느끼고 싶지 않다.

아무리 심해도, 어쩔 수 없어도, 살아 주겠다.

왜냐하면.

"선생님, 나 다녀왔어~."

밤과 함께, 나의 태양이 돌아오니까.

"우리 집은 아니지만, 어서 와."

퇴근길 차림 그대로, 토가와가 가게에 얼굴을 내민다.

토가와 린. 옛 제자, 나보다 키가 크고, 나보다 훨씬 젊고, 그리고 나보다 머리가 길다.

내가 조금 짧아졌다고는 하나, 결국, 머리 길이까지 나보다 길다.

"너의 선생님은 오늘도 닭튀김 만들기에 지대한 공헌을 하고 있어."

"오늘 주문이 많네요."

"그럼 나도 닭튀김. 그리고 밥."

주문하면서 카운터 자리 빈 곳에 걸터앉는다. 토가와만 주목하고 있을 수는 없다, 하지만 돌아다니는 틈틈이 그만, 눈이 가고 만다. 그때마다, 눈알을 날카롭게 찢겨, 감정이 쏟아져 내리는 듯한 착각에 시달린다. 행복은, 아플 정도의 자극으로 가득 차 있었다.

이 아이는 약속한 대로, 나를 기다려 주었다.

그리고 다시 만난 토가와는 한 치의 망설임 없이 고향을 버리고, 나를 따라와 주었다.

지나치게 잘 풀린 미래가 찾아와서, '왜?'라고 토가와에게 물었다가 혼났다.

한 번만 더 물어보면 정말로, 울어 버릴 거라고 협박당했다.

그래서 나는, 더는 이 행복을 의심하지 않고, 손을 마주 잡고 여기까지 왔다.

"전통 앞치마를 입은 선생님, 오늘도 좋다~."

"고마워."

닭튀김이 나오기를 기다리는 토가와가, 나를 계속 눈으로 좇으며 싱글벙글 웃는다. 활기 넘치는 선술집 안에서 약간 이채로운 분위기를 두른 미녀의 안중에는, 나 말고는 비치지 않는 모양이다. 나도 일이 없으면 그 모든 시선에 답하고 있다. 하지만 이 직장을 잃으면 더 이상 후퇴할 길이 없기에, 욕망으로 새어서는 안 된다. 버텨야 할 때였다.

그래도 기회를 틈타 토가와에게 시선을 보내고, 다른 손님이 말을 걸지는 않는지, 경계를 게을리하지 않았다. 세상은 토가와만 한 미인을 그저 웃는 얼굴로 지켜보고만 있지는 않는다.

그런 얘기를 전에 했더니, '선생님, 거울 봐'라며 생글생글 웃으며 대꾸했다.

아니, 무조건 토가와가 더 귀여운데……. 납득이 안 간다.

봐, 저렇게 귀엽잖아. 목 운동이 될 정도로 방향을 바꿔 힐끔힐끔 시선을 줄 때마다, 눈이 마주친다. 지금은 성실하게 일하고 있으니까 '귀엽다' 말고는 생각하지 않게 주의하고 있지만, 휴일은 위험하다. 내가 위험하고 토가와도 위험하다. '어, 뭐야, 왜 이렇게 예뻐'라며 머리카락이 자란 가장자리나 뒷모습, 옆에서 엿보고, 발가락 끝도, 하며 보고 있는 것만으로 뜬 해가 저물려 한다.

그 정도로, 너무, 어른이 된 토가와에게 푹 빠져 있다.

참고로 토가와의 키는 그 뒤로 더욱 자라, 나와 키 차이가 한층 더 벌어지고 말았다. 좋아.

토가와 생각을 하면서 다른 일을 하는 내 특기를 활용하여 닭튀김을 완성했다.

밥이나 채소 절임을 정식처럼 쟁반에 나란히 놓고, 닭튀김과 함께 가져다준다.

"엄마의 애정이 듬뿍 담긴 밥, 잘 먹겠습니다~."

주변의 오해를 살 농담을, 토가와가 부드럽게 선언한다.

"밥하고 절임은 내가 만들었어."

"조용."

끼어드는 마에카와 씨를 토가와가 웃는 얼굴로 튕겨 내고, 우적우적한다.

그렇게 내가 조림을 만들고 완자 꼬치를 만들거나 하는 사이에 저녁 식사를 마친 토가와가 계산하면서 조리장으로 얼굴만 내민다.

"오늘은 선생님이랑 같이 가고 싶은 기분이야. 마에카와 씨, 올라가서 기다려도 돼?"

안쪽에서 닭꼬치를 담당 중인 마에카와 씨에게 묻는다.

토가와와 마에카와 씨. 지금은 허물없지만, 처음에는 토가와가 경계했었다.

아무래도, 내가 바람피우지 않을까 약간 의심했던 모양이다. '서운해'라고 하고 싶지만, 내 과거를 감안하면 아무런 반박도 할 수 없는 노릇이었다. 과거는 아직 칼날을 드러내고 있기에, 꽉 쥐고 덮어서 가릴 수 없다.

"상관은 없는데, 꽤 기다릴걸."

마에카와 씨에게는, 토가와와 나의 관계도 전부 얘기했다. 내가 담당 학급 학생에게 손을 댔다는 사실을 듣고, '그런 일이 진짜로 있구나'라며 박물관 전시품을 감상하는 듯이 쳐다봤다. 그 이상의 언급은 하지 않는 마에카와 씨와의 거리가, 직장에서는 편안하다.

"그러게, 먼저 가도……."

"선생님을 기다리는 건 익숙하니까, 괜찮아."

"……그러네."

한번, 긴 시간을 기다리게 해 버렸기에, 이 아이에게는 고개를 들 수가 없다.

토가와가 묶고 있던 머리를 풀고, 안쪽 휴게실로 올라간다. 일하는 도중, 종종 안쪽을 엿보니, 세 번째 정도에, 토가와가 방 한가운데서 방석을 베개 삼아 누워 있는 것이 보였다. 거리가 있어도, 토가와의 숨소리가 들리는 기분이 들었다.

마에카와 씨에게 빌려서, 수건 이불만 토가와에게 덮어

주고 그 후에는 영업을 마칠 때까지 성실한 척했다. 실제로는 토가와 생각밖에 머리에 없는 평상시의 나로, 청소까지 버텨 냈다.

"수고했어. 내일도 잘 부탁해."

"네. 고생하셨어요."

"쉬세요."

뒷정리를 마치고, 기다리고 있던 토가와와 함께 인사한다. 저물어 가는 선술집 타이요의 불빛에서 멀어져 밤길로 나오자, 토가와가 곧바로 손을 잡아 왔다. 마주 잡고, 둘이 길을 걷는다.

남의 눈을 꺼리지 않고, 손을 잡을 수 있다.

이 아이에게, 당연한 사랑을 줄 수 있다.

그것만으로도 나는 여름을 지나쳐서, 겨울 공기 속에서 조용히 숨을 내뱉듯이, 몸을 떨고 만다.

토가와 린을, 엄청나게, 행복하게 해 준다.

나는 그러기 위해, 지금의 나를 받아들이고, 질질 끌며, 살고 있다.

"역시 선생님은 머리 푸는 게 최고야."

"토가와도."

갈 때는 시간이 안 맞지만, 올 때는 이렇게 둘이 함께 같은 아파트로 돌아올 수 있다. 손을 놓을 기회를 놓쳐, 항상 불편하게 각자 신발을 벗게 되어도, 놓지 않는다.

둘이 집으로 들어와 한숨 돌리면서 토가와가 머리 위에

서 축복을 내려 준다.

"한 번 더, 다녀왔어."

"어서 와."

무난하게 인사하고 나서, 문득, 떠오른다.

"……선생님?"

말할까 망설였다. 엄청나게, 고민했다.

이럴 때는 절대, 입에 담지 않아야 한다. 경험은 답을 알고 있다.

하지만 말했다.

"어서 와, 린."

순식간에 식은땀이 뿜어져 나와 등이 끈적해졌다.

목뼈가 우두둑, 불협화음을 연주했다.

너는 바보다. 전신이 비틀려 끊어질 것처럼 그렇게 호소한다.

토가와는 처음에 '어?' 하며 굳었다가, 머리 위를 지나는 별을 바라보듯 '아~' 하며 눈이 헤엄친다. 내가 도망치려 하기 전에, 젊음을 휘둘러 기민하게 돌아 들어왔다.

방긋, 아니, 귀여움에 치우친 그런 미소가 아니다. 히죽, 순도 100%의 심술이다.

"방금 거, 한 번 더 해 줘."

"어서 와."

"아니이, 린린거리는 거."

"어서 오십시오."

“그건 그거대로 좋고.”

“다음에 또 오세요.”

“안 가아아.”

가로막고, 그리고.

“다녀……, 다녀왔지이츠키 짱!”

대항하는 토가와에게 덮쳐져, 둘이 외출복 그대로 쓰러진다.

“아핫.”

목소리가 뒤집힌다.

“선생님, 닭꼬치 냄새 나.”

“오늘도 열심히 일하고 왔으니까요.”

그것이 지금의, 내 냄새. 교실 창문에서, 연기가 되어 멀리 흐르듯이.

그 냄새를 긍정하듯이, 기뻐하듯이 토가와의 다리가 파닥파닥 춤춘다. 파닥거리며 앞으로 전진한 토가와의 얼굴이, 나를 들여다봐 온다. 서로 끌렸을 때부터 변함이 없는 천진난만함을 눈앞에 두고, 평온 속에서 그것을 거리낄 것 없이 받아들이는 시간이 찾아와서, 어쩐지 눈물이 맺혔다. 그 눈물을, 토가와가 사랑스럽다는 듯이 핥는 바람에, 더욱 조용히 눈물이 넘쳐흘러서.

밖으로 흘러 떨어질 뿐인데, 가슴이, 차오른다.

토가와 린. 옛 제자, 나보다 키가 크고, 나보다 훨씬 젊고, 그리고 나보다 머리가 긴, 가장 사랑하는 사람.

-끝-

HITOZUMA KYOSHI GA OSHIEGO NO JOSHIKOSEI NI DOHAMARI
SURU HANASHI vol.3

©Hitoma Iruma 2025
Edited by 전격 문고
First published in Japan in 2025 by KADOKAWA CORPORATION, Tokyo.
Korean translation rights arranged with KADOKAWA CORPORATION, Tokyo.

유부녀 교사가 여고생 제자에게
푹 빠지는 이야기 3

2026년 4월 30일 1판 2쇄 발행

저　　　자 이루마 히토마
일 러 스 트 네코야시키 푸시오
옮 긴 이 변성은
발 행 인 유재옥
담 당 편 집 정영길

이　　　사 조병권
편 집 팀 정영길 조찬희 박치우 이소의 정지원 최유정 김혜주
디자인랩팀 김보라 전세연
디지털사업팀 김지연 윤희진 장혜원
라이츠사업팀 김정미 유아현 백세영
영업마케팅팀 최연욱 김민
물 류 팀 백철기 이새롬
경영지원팀 최정연
인쇄제작처 ㈜코리아피엔피
발 행 처 ㈜소미미디어
등　　　록 제2015-000008호
주　　　소 서울시 마포구 토정로222, 502호 (신수동, 한국출판콘텐츠센터)
판매 및 마케팅 (070) 8822-2301

ISBN 979-11-384-4222-0 04830
ISBN 979-11-384-3873-5 (세트)